rororo

Emma spürt bei der Hochzeit ihrer Cousine in der Kirche plötzlich eine Hand auf ihrer liegen. Ihr Sitznachbar mit den hellbraunen Augen berührt sie derart sanft und elektrisierend, dass sie der Predigt kaum folgen kann. Bei der abendlichen Party ist es so weit: Endlich kommen sich die beiden im Garten näher als nah, aber Emma muss überstürzt aufbrechen und verliert Kit aus den Augen – bis bei der nächsten Hochzeit ein sexy Motorradfahrer auftaucht.

Karen S. Smith

Explosion der Lust

Erotischer Roman

Deutsch von Silke Bremer
Rowohlt Taschenbuch Verlag

Deutsche Erstausgabe
Veröffentlicht im Rowohlt Taschenbuch Verlag,
Reinbek bei Hamburg, Juni 2005

Die Originalausgabe erschien 2001 unter dem Titel
«Up to no good» bei Black Lace, London
Redaktion Stefanie Röders

Umschlaggestaltung any.way, Andreas Pufal
(Foto: SuperStock/mauritius images)
Satz Sabon PostScript (InDesign)
bei Pinkuin Satz und Datentechnik, Berlin
Druck und Bindung Clausen & Bosse, Leck
Printed in Germany
ISBN 3 499 23964 7

3. Auflage März 2006

Inhalt

Die erste Hochzeit

Ich war allein in der Sakristei. Durch den Türspalt drangen aus der voll besetzten Kirche die Atemgeräusche der Hochzeitsgäste herein; meine Verwandten, meine Freunde, mein zukünftiger Ehemann, alle warteten auf mich. Lass sie ruhig einen Moment warten, dachte ich und sah an mir herunter. Ich war in weiße Spitze verpackt wie ein Geschenk. Ich streifte mit den Händen über meinen Busen, der vom festen Stäbchenkorsett hochgedrückt und zusammengepresst wurde, und stellte mir vor, wie mein frisch gebackener Ehemann ihn heute Nacht streicheln, wie er die kleinen Perlmuttknöpfe lösen, meine Brüste auspacken und die Nippel in den Mund nehmen würde.

Ein höfliches Hüsteln veranlasste mich, den Kopf zu wenden: Der Pfarrer kam nach mir sehen. Er errötete, peinlich berührt von meiner schamlosen Pose. «Sind Sie bereit?», flüsterte er mit rauer Stimme. Er war jung, hoch gewachsen und braun gebrannt. Er musterte mich mit ernstem Blick, während er mit seinen großen Händen am Besatz des Messgewands herumnestelte. Ich wandte mich ihm zu, die Hände immer noch am Busen. Er beobachtete mich fasziniert, nahezu ängstlich. Ich hielt seinem Blick stand, stellte ihn auf die Probe, wollte das Schweigen möglichst in die Länge ziehen. In der Kirche begann ein kleines Kind zu weinen.

«So gut wie», antwortete ich. «Nur noch eine Kleinigkeit – vielleicht könnten Sie mir behilflich sein?»

«Selbstverständlich. Worum geht's denn?», fragte er.

Mir blieb gerade noch Zeit, «Darum» zu flüstern, da drückte ich ihm auch schon die Lippen auf den Mund, fasste ihm ins Lockenhaar und zog seinen Kopf an mich. Einen Moment lang versteifte er sich vor Bestürzung, dann gewannen seine animalischen Instinkte die Oberhand, und er steckte mir die Zunge ebenso leidenschaftlich in den Mund wie ich ihm meine.

Durch das Gewand hindurch spürte ich seinen großen, harten Ständer. Er hat einen Steifen, seit er hereingekommen ist und mich gesehen hat, dachte ich. Er fasste mir an die Brüste, an den Po, drückte mich an sich. Es war, als wollte er mich verschlingen, mich verschlucken, mir Krumen entreißen wie einem frischen Laib Brot und sie sich in den Mund stecken.

Ich hätte ihm gern unters Gewand gefasst und den Schwanz berührt, der gegen meinen Bauch drückte, doch ich fand den Saum nicht. Deshalb legte ich die Hand auf seinen Ständer und walkte ihn durch den Stoff hindurch. Ein leises Stöhnen, Zeichen der Unterwerfung, kam aus seinem Mund, den er immer noch auf meine Lippen presste. Es hatte den Anschein, als würde er die Kontrolle über seine Gliedmaßen verlieren, und als sich der Griff seiner Hände lockerte, kniete ich vor ihm nieder, sodass sich die Schleppe zu einem See weißer Spitze ausbreitete.

Jetzt kam ich unter das Messgewand. Ich öffnete den Reißverschluss seiner Hose und hielt endlich seinen Schwanz in der Hand. Er glühte geradezu und war geschwollen vor Verlangen. Ich bemühte mich, den Kopf unter die zahlreichen Schichten des Messgewands zu stecken und seinen wundervollen Schwanz in den Mund zu nehmen, doch mein Priesterfreund hatte andere Pläne: Er ließ sich so ungestüm auf die Knie nieder, dass er beinahe auf mich draufgefallen wäre, und drückte mich rücklings auf den Steinboden nieder.

Jetzt musste ich meine Unterröcke aus dem Weg schaffen. Er hatte es so eilig, dass er sich nicht mal die Zeit nahm, mir den Slip herunterzustreifen; er schob ihn einfach beiseite und drang mit einem Stoß in mich ein. Ich war so erregt und feucht, dass mir sein machtvoller Stoß den Atem nahm. Die Finger in mein Haar gekrallt, hielt er mir den Kopf fest und küsste mich, als wollte er mich nicht nur mit dem Schwanz, sondern auch mit der Zunge ficken. Mit der anderen Hand packte er mich bei der Schulter, damit ich unter seinen Stößen nicht wegrutschte. Meine Schenkel, die über dem Ansatz der weißen Strümpfe nackt waren, rieben sich an den kalten Bodenfliesen.

Er fickte mich fest, tief und schnell. Mit jeder Bewegung stieß seine Schwanzspitze an meine Gebärmutter, und sein Unterleib prallte gegen meinen Kitzler. Die Lust grenzte schon an Schmerz, so groß war sein Schwanz und so wild seine Rammelei. Jetzt konnte ihn nichts mehr davon abhalten zu kommen.

Ich schaute hoch und erblickte hinter ihm ein Regal voller Gesangbücher. Ich dachte an die Hochzeitsgäste, die geduldig auf unser Erscheinen warteten. Als ich ihm den Mittelfinger in den Arsch steckte, stellte ich mir vor, mein Bräutigam käme nach uns sehen und überraschte uns, ich rücklings auf dem Boden liegend, das weiße Kleid um mich ausgebreitet, der Priester auf mir wie ein Tier. Er presste das Gesicht an meine Brust, um den Aufschrei beim Kommen zu ersticken, und erbebte am ganzen Leib, als die Stoßbewegungen in unkontrollierte Zuckungen übergingen. Ich stopfte mir eine Hand voll Messgewand in den Mund, dann setzte auch bei mir der Orgasmus ein. Die Wellen der Lust erschütterten mich von innen nach außen, während ich mir das Gesicht meines Bräutigams vorstellte: Bestürzung und Abscheu mischten sich darin mit Erregung, hervorgerufen durch den Anblick seiner Braut, die auf dem Boden durchgefickt wurde.

«Emma?» Der Klang der vertrauten Stimme ließ mich zusammenzucken. «Wach auf, wir sind schon fast da.» Meine Schwester betrachtete mich amüsiert im Rückspiegel, und mein Schwager verlagerte gereizt die Haltung, als ich den Kopf von seiner Schulter nahm.

«Tut mir Leid», murmelte ich. «Hab ich lange geschlafen?»

«Fast eine Stunde lang. Auf der Autobahn gab es Stau, deshalb fahren wir gleich zur Kirche.»

Meine Verwandten wussten, dass die einzige Möglichkeit, meine Teilnahme an Familienhochzeiten sicher zu stellen, darin bestand, mich zur Feier und anschließend wieder nach Hause zu fahren, was für mich den Vorteil hatte, dass ich nicht nüchtern bleiben musste.

In Wahrheit hatte ich bei Hochzeiten gemischte Gefühle. Einerseits musste ich nervige Konversation mit Menschen bestreiten, die ich nur an Hochzeiten und Beerdigungen sah und mit denen ich bestenfalls den Nachnamen gemeinsam hatte. Andererseits ging von einer Hochzeit ein perverser erotischer Reiz aus, wie mein Traum mir soeben wieder bewiesen hatte. Vielleicht rührte er daher, dass ursprünglich die jungfräuliche Braut darauf gewartet hatte, von ihrem Bräutigam vernascht zu werden – die Ehe sanktioniert schließlich offiziell, dass zwei Menschen einander um den Verstand ficken, was man aber unter keinen Umständen aussprechen darf. Wie auch immer, jedenfalls war es nicht das erste Mal, dass ich auf dem Weg zur Hochzeit einer Cousine einen feuchten Traum gehabt hatte.

Während meine Schwester langsamer wurde und auf der schmalen Straße, die zur Dorfkirche führte, Ausschau nach einer Parklücke hielt, bemühte ich mich, mein cremefarbenes Seidenkostüm zu glätten. Kevin, ihr Ehemann, streifte sich an der Stelle, wo mein Kopf geruht hatte, übers Jackett. Insgeheim amüsierte ich mich über ihn und fragte mich, wie viel vom schmutzigen Inhalt des Traums ich mir wohl hatte anmerken lassen. Kevin war ein netter Bursche – aber damit hatte es sich auch schon. Bisweilen kam mir meine Schwester, die zwei Jahre jünger ist als ich, zehn Jahre älter vor.

Wir hatten uns tatsächlich verspätet. Die Braut, unsere Cousine, wartete schon am Portal, als wir an blühenden Lindenbäumen entlang auf die Kirche zueilten. Wir lächelten ihr schuldbewusst zu und schlüpften in die Kirche. Nach dem hellen Frühlingssonnenschein musste ich einen Moment stehen bleiben und warten, bis meine Augen sich an die Dunkelheit gewöhnt hatten. Sämtliche Hochzeitsgäste hatten die Köpfe herumgedreht, denn sie hatten mit dem Erscheinen der Braut gerechnet: Auf einmal stand ich völlig ungerechtfertigt im Mittelpunkt der Aufmerksamkeit. Während mir das Blut in die Wangen schoss, warf ich mich in die erstbeste Kirchenbank, als der Organist auch schon den Hochzeitsmarsch anstimmte.

«Welch eine Erleichterung», murmelte zu meiner Linken eine tiefe Stimme. «Einen Moment lang hab ich schon geglaubt, du wolltest meinen alten Freund Robin heiraten.»

Wie von einer Hornisse gestochen ruckte ich mit dem Kopf und blickte in belustigte hellbraune Augen. «Wieso Erleichterung?», flüsterte ich zurück. «Dein alter Freund Robin könnte eine wesentlich schlechtere Partie machen!»

«Pssst, sei doch nicht gleich beleidigt.» Der Sprecher legte mir die Hand aufs Knie. «Ich wollte sagen, welch eine Erleichterung, dass ich mich jetzt nicht ein Leben lang beherrschen muss, nicht der Frau meines besten Freundes den Hof zu machen.»

Ich war sprachlos. Während meine Cousine Sarah in einem Traum aus elfenbeinfarbenem Satin an uns vorbeischritt, gelang es mir, meine Verwirrung zu verbergen und die kühle Hand dadurch von meinem Knie zu entfernen, dass ich mich mit den anderen zusammen erhob. Widerwillig, wie mir schien, rutschte die Hand herab, als mein Nachbar ebenfalls aufstand und den Blick zum Altar wandte.

Er war groß. Ich bin kein Zwerg und messe mit Socken einsdreiundsiebzig, dennoch war seine Schulter mit meiner Wange auf einer Höhe. Er hatte lange, schlanke, braun gebrannte Hände mit kantigen Fingerspitzen. Den Blick gerade nach vorn gerichtet schlug er sein Gesangbuch auf und hielt es so tief, dass ich problemlos mitlesen konnte. Dabei fiel mir mein Traum ein, und auf einmal verspürte ich ein inwendiges Prickeln. Ehe ich mich versah, fasste ich das Buch mit der Linken, sodass sich unsere Finger berührten. Er zog sie nicht weg.

«Wir haben uns vor Gott versammelt, um der Hochzeit von Robin und Sarah beizuwohnen …» Ich nicht. Der einzige Grund für meine Anwesenheit war die Berührung seiner Finger. Auf einmal zählten nur noch die drei Quadratzentimeter meiner Hand, die elektrisiert waren vom Hautkontakt. Und diesem großen, sonnengebräunten Fremden ging es ganz ähnlich, das spürte ich. Das Gesangbuch hielt er vollkommen still, als wollte er mir keinen Vorwand liefern, meine Finger wegzuziehen.

Das erste Lied wurde angestimmt. «Komm, Heiliger

Geist, Herr, wahrer Gott ...» Seine Singstimme war ebenso tief wie sein Flüstern: Meine Schulter berührte seinen Arm, und ich spürte das Vibrieren in seiner Brust. Meine Stimme ist hoch, klar, untrainiert, wie die eines Chorknaben. «Der du der Tröster bist genannt, des allerhöchsten Gottes Pfand», sang ich, «du Liebesglut, du Lebensbronn, du Herzenssalbung, Gnadensonn.» Ich bin sicher, er konnte meine Gedanken lesen – ohne aus dem Takt zu kommen, schob er seine Hand über die meine, die das Gesangbuch hielt.

Als das Lied geendet hatte, nahm die Gemeinde Platz, um der Predigt zu lauschen. Ich glaube, die Rede des Pfarrers handelte davon, dass Gott wollte, dass wir einander liebten. Oder etwas in der Art. Um die Wahrheit zu sagen, verstand ich kein einziges Wort. Während mein hoch gewachsener Basso profundo mit festem Griff meine Hand hielt, wurde ich allmählich schwach.

Er bewegte ganz langsam seine Finger, und schon die geringste Druckveränderung setzte elektrische Ströme frei, die mir geradewegs in den Hals, die Brustwarzen und den Kitzler fuhren. Wir fixierten den Pfarrer mit einer solchen Konzentration, dass er uns bestimmt für frisch bekehrte Konvertiten hielt. Ich wagte es nicht, noch einmal in die karamellbraunen Augen zu blicken, denn ich fürchtete, die Kirche könnte niederbrennen, wenn es zu einem Kurzschluss käme.

Wir erhoben uns, sangen, setzten uns, lauschten, antworteten im Chor. Die ganze Zeit über lag seine Hand quälend reglos auf der meinen. Allein dadurch, dass er meinen Handrücken berührte, liebte er meinen ganzen Körper. Als das glückliche Paar, mittlerweile vereint als Mann und Frau, auf dem Weg aus der Kirche an uns vorbeischritt, war ich ganz benommen vor Erregung. Hätte er mich hochgehoben, auf die Kirchenbank gelegt und in aller Öffentlichkeit gefickt, hätte ich mich nicht gewehrt.

Wir folgten den anderen Hochzeitsgästen in den Sonnenschein hinaus. Am Ausgang streckte uns der Küster zu unserer Verblüffung auffordernd die Hand entgegen. «Das Gesangbuch?», sagte er. «Oder möchten Sie es als Souvenir behalten?» Als mein Begleiter das Buch zurückgab, ließ ich die Hand sinken, denn jetzt hatten wir keine Deckung mehr. Taumelig wie Tänzer zum Ende eines Musikstücks, wenn die Lichter wieder angehen, stolperten wir ins Freie, nicht mehr Hand in Hand, sondern zusammengehalten von einem unsichtbaren elektrischen Strom.

Wir traten auf den Rasen und musterten uns zum ersten Mal eingehender. Er war schlank, sonnengebräunt und hatte das dunkle Haar hinten kurz und in der Stirn zu einem Pony geschnitten. Er steckte die Hände in die Taschen seines schokoladenbraunen Leinenanzugs und starrte mich unverhohlen an. «Wirklich sehr hübsch», murmelte er.

«Du siehst auch nicht gerade wie eine komplette Niete aus», erwiderte ich und wünschte mir, ich hätte mich tatsächlich so selbstsicher gefühlt, wie ich mich zu geben suchte.

Er hob eine Augenbraue (ein Trick, den ich jahrelang erfolglos geübt habe). «Sehr freundlich von dir.»

Er wollte noch etwas sagen, doch da tauchte der Best Man neben uns auf, legte ihm die Hand auf den Arm und zog ihn mit sich fort. «Kit, wir brauchen dich im Haus», sagte er energisch und setzte dann hinzu: «Du musst dich doch nicht umziehen, oder?» Kit (jetzt kannte ich wenigstens seinen Namen) blickte sich mit bedauernd hochgezogenen Brauen nach mir um.

Von den Glückwünschen, dem Fotografieren und den

immer gleichen Fragen von Tanten und Onkeln zu meiner Karriere und meinem Familienstand bekam ich kaum etwas mit. Ich gab der anstrengenden Autofahrt die Schuld an meiner Benommenheit, wusste aber, dass ich in Wahrheit noch ganz von der Berührung seiner Hand in Anspruch genommen war – von Kits Hand. Schließlich fuhren wir zum Haus. Der Empfang fand in einem großen Zelt im Garten statt, und dort legte ich meine Hand als Erstes auf ein beruhigendes Glas Sekt.

Ich erhaschte einen Blick auf Kit. Als Freund des Bräutigams hatte er verschiedene Aufgaben; er schenkte Wein ein und geleitete ältere Verwandte zu ihren Plätzen. Ein paar Mal blickte er mich so durchdringend an, dass sich mir die Nackenhärchen sträubten. War es nur Einbildung oder versuchte er tatsächlich, sich mir zu nähern, bloß um jedes Mal vom scheinbar aus dem Nichts auftauchenden Best Man abgefangen zu werden? Wurde ich vor Kit beschützt oder er vor mir?

Schließlich wurden wir aufgefordert, unsere Plätze einzunehmen. Das Hochzeitsfrühstück begann. Ich saß zwischen dem jungen Küster und einer Schulfreundin von Sarah. Ich schaute mich um, doch Kit ließ sich nicht mehr blicken. Was soll's, dachte ich bei mir, es hat keinen Sinn, mir deswegen einen Kopf zu machen. Es ist ja nicht so, dass ich ihn später nicht mehr wiedersehen werde.

Ich wandte mich dem Küster zu, doch da zog Kit ihn auf einmal energisch auf die Beine. «Es wär mir lieb, wenn Sie sich neben Onkel Bernard setzen würden», sagte er in einem Ton, der keine Widerrede duldete. «Er braucht jemanden, der sich um ihn kümmert.» Dann nahm er auf dem frei gewordenen Stuhl Platz. Mir krampfte sich der Magen zusammen. Ich legte die Hände flach auf den Tisch, um mich abzustützen. «Wenn man schon für die Sitzordnung verantwortlich ist, sollte man seine Stellung auch ausnutzen dürfen», sagte er vergnügt und ergriff ein Glas. «Also, wo waren wir stehen geblieben?»

Ich habe noch nie erlebt, dass jemand in der Öffentlichkeit so schamlos geflirtet hat wie Kit bei diesem Hochzeitsfrühstück. Auf Klischees wie anzügliche Mundbewegungen beim Essen oder eine Berührung beim Herüberreichen des Salzstreuers verzichtete er dabei. Eigentlich berührten wir uns kaum; stattdessen flirtete er mit den Augen und mit Worten. Aus seinem Mund klang «Hattest du eine angenehme Anreise?» wie «Hättest du Lust, mit mir zu ficken?». Es war eine Qual für mich.

Als das Frühstück beendet war, sich die Aktivitäten an den Rand des Zeltes verlagerten, das Geschirr abgeräumt und die Anlage der Tanzkapelle aufgebaut wurde, bemerkte ich, wie der Best Man Kit aus der Ferne einen auffordernden Blick zuwarf. «Ich glaube, deine Möbelpackerqualitäten sind gefragt», sagte ich.

Kit blickte sich zum Best Man um und fing dessen Blick auf. Gleichzeitig senkte er die Hand unter den Tisch und fuhr mit dem Finger ganz leicht über meinen Oberschenkel, bis zum Strumpfband, das durch den Rock hindurch zu fühlen war. Als sei nichts geschehen, sah er wieder mich an und sagte: «Du hast Recht.» Am liebsten hätte ich ihn auf der Stelle geküsst, was er bestimmt in meinen Augen lesen konnte. Er aber stand auf und ging zur kleinen Bühne.

Ich gesellte mich zu einer kleinen Gruppe jüngerer Verwandter und deren Freunden, die den Getränketisch belagerten, und während die Band sich fertig machte, tranken wir und scherzten miteinander. Dann setzte die Musik ein – Sarah hatte sich eine Swingband gewünscht –, und das glückliche Paar betrat als erstes die Tanzfläche. Die beiden konnten richtig gut Swing tanzen. Obwohl Sarah noch immer das lange Hochzeitskleid trug, wirbelte ihr frisch gebackener Ehemann sie umher, warf sie sich über die Schulter, schleuderte sie auf Armeslänge von sich und drehte sie im Kreis. Kein Wunder, dass sie sich ausgerechnet für diese Band entschieden hatte! Der Klavierspieler und der Kontrabass legten einen energischen Rhythmus vor, und die Bläser bewegten sich im Einklang miteinander und hatten eine Menge Spaß. Die Sängerin, der das Paillettenkleid wie auf den Leib geschneidert war, seufzte schmachtend ins Mikrophon.

Zum Glück konnten auch diejenigen von uns, die keine zwei Tanzschritte beherrschten, zu der Musik tanzen, und schon bald tobten wir ausgelassen auf der Tanzfläche umher. Aufgrund der körperlichen Anstrengung und meiner Übererregtheit geriet ich alsbald in Hitze: Ich spürte, wie mir der Schweiß den Rücken hinunterrann. Ich wirbelte herum und wäre beinahe gegen Kit geprallt. Er fing mich mit dem linken Arm auf und nutzte meinen Schwung aus, um mich an sich zu ziehen, nicht fest, aber doch mit Nachdruck. Mit der Rechten fasste er mich bei der Hand, und schon tanzten wir im Takt der Musik. Seine Linke ruhte in meinem Kreuz. Er hielt mich so locker, dass ich die Hüften zur Musik bewegen konnte, gleichzeitig aber auch so fest, dass ich spürte, wie erregt er war.

Er war ein guter Tänzer; er kannte nur ein paar Tanzschritte mehr als ich, doch sein ganzer Körper bewegte sich so geschmeidig im Rhythmus der Musik und er führte mich mit so großer angeborener Autorität, dass ihm meine Schenkel ganz von selbst folgten und meine Füße ihren Platz von alleine fanden. Den Kopf hatte ich in den Nacken gelegt, sodass ich ihm in die Augen sehen konnte, und unsere Gesichter waren nur Zentimeter voneinander entfernt. Hätte er den Kopf auch nur geringfügig geneigt, hätten wir uns geküsst.

Auch jetzt wieder versprachen seine Hände so viel, ohne mich auch nur zu streicheln. Wir wissen, was du willst, sagten sie. Wenn es so weit ist, wirst du rasend werden vor Lust und dich uns vollständig ausliefern. Ich ermunterte ihn, die Hand von meinem Rücken entweder auf den Po hinabrutschen zu lassen oder sie mir seitlich an den Busen zu legen. Praktisch wand ich mich, soweit mir das beim Tanzen möglich war. Das Saxophon spielte ein leidenschaftliches Solo. Währenddessen hielt Kit meinen Blick fest und forderte mich heraus, als Erste wegzusehen.

Das Stück endete mit einem furiosen Finale, dann schloss sich nahtlos eine langsame Nummer an. Einige Leute verließen die Tanzfläche, um sich frische Drinks zu holen. Wir harrten aus und nutzten die Gelegenheit des Tempowechsels, um richtig eng zu tanzen. Ich rieb bedächtig meinen Bauch an seinem Hosenschlitz, unter dem ich eine so harte und heiße Erektion spürte, dass ich schon meinte, er werde gleich hier auf der Tanzfläche kommen. Mit dem Daumen fand er genau die Stelle in meinem Kreuz, die mir weiche Knie machte.

«Emma.» Es war Kevin, sein Timing so schlecht wie eh und je. «Wie lange willst du noch bleiben?»

Für immer, wie fändest du das, hätte ich beinahe erwidert, hielt meine Zunge aber im Zaum. Kevin hatte sich erboten, nüchtern zu bleiben und auf dem Heimweg zu fahren, deshalb langweilte er sich und hatte es eilig, zu seinen Gartenbüchern zurückzukehren. Wenn man ihn so sah, mochte man kaum glauben, dass er noch in den Zwanzigern war.

«Wir haben eine weite Strecke zu fahren, deshalb würde ich gern bald aufbrechen. Wie wär's in zwanzig Minuten?»

Ich nickte hilflos. Wahrscheinlich hätte ich die Frist auf eine halbe Stunde ausdehnen können, aber welchen Sinn hätte das gehabt? Ganz gleich, was ich tat, schon bald würde ich auf dem Rücksitz von Kevins Wagen zum Haus meiner Schwester zurückfahren und den Mann zurücklassen, den ich am liebsten nackt ausgezogen und am ganzen Körper abgeschleckt hätte.

Während Kevin sich zwischen den Tänzern hindurchzwängte, musterte Kit mein bestürztes Gesicht. «Bleibst du denn nicht über Nacht?», fragte er.

Ich schüttelte verzweifelt den Kopf. «Meine Schwester fährt mich nach Hause», antwortete ich. «Mir bleiben noch zwanzig Minuten.»

Er sagte kein Wort und ließ meine Hand nicht los. Er drehte sich einfach um, schritt eilig von der Tanzfläche und zog mich hinter sich her. Wir traten ins Freie, und er wandte sich sogleich nach rechts, fort von den Lichtern im Garten und hinein in die Dunkelheit. Ich sah nichts mehr. Mehrere Absperrseile und ein Blumenbeet verfehlten wir nur um Haaresbreite. Unter einem kleinen Baum hielt Kit an, schob mich mit dem Rücken gegen den Stamm und küsste mich endlich.

Er hatte mir beide Hände ums Gesicht gelegt und hielt es fest wie eine Trinkschale. Seine Lippen waren voll und weich und bedeckten meinen ganzen Mund, während er seine Zunge zwischen meine weit geöffneten Lippen schob und sie an meiner rieb. Ich schmolz dahin. Ich hielt mich an seinen Armen fest, sonst wäre ich gefallen. Er leckte mir Zähne und Lippen, gemächlich und ohne Hast. Sein Mund war so warm und nass. Als er mich auf Kinn und Hals küsste, wanderten Wellen der Lust zwischen meine

Beine hinab. Ohne Umschweife zog er mir das Top hinunter, legte die Hände um meine Brüste und leckte die Haut oberhalb des Spitzen-BHs.

Ich hatte meine Finger mittlerweile in seinem Haar versenkt. Er roch sauber, nach Babyshampoo. Aus dem nur wenige Meter entfernten Zelt drang die Musik zu uns heraus, ein einfühlsames Saxophon spielte die Einleitung zu «Summertime». Er hakte die Daumen unter den oberen Rand der BH-Körbchen, zog sie hinunter und entblößte meine Nippel. Zärtlich umspielte er sie mit der Zunge, dann nahm er sie zwischen die Zähne und knabberte behutsam daran. Ich war so nass, dass der Spitzenbody zwischen meinen Beinen bereits feucht wurde. Während er fest an einem Nippel sog, legte Kit die Hand auf das Vorderteil meines Rocks und massierte den Kitzler durch den Stoff hindurch mit Finger und Daumen. Ich stöhnte leise auf.

«Summertime ...», sang die Sängerin im Zelt, «... and the living is easy.» Kits lange, schlanke Finger streichelten mich durch den Rock hindurch, mit gleichmäßigen, gemächlichen Bewegungen, von denen mir die Beine zitterten. Ich stützte mich an seinen Schultern ab. Inzwischen sah er mir in die Augen und fuhr mit der anderen Hand langsam über meine Nippel, wobei er mich nur ganz sachte mit der Handfläche berührte. Mein Mund fand den seinen, und ich küsste ihn leidenschaftlich.

Er schlug mir den Rock hoch und drückte mich behutsam an den Baum. Der Body war zwischen den Beinen mit Druckknöpfen verschlossen, die er eilig öffnete. Ich spürte die kühle Nachtluft im Schamhaar und an meiner feuchten Ritze. Während er mit dem Daumen den Kitzler reizte, steckte er mir drei Finger hinein. Ich war so feucht, dass mein Saft über seine Hand rann. Er küsste mich noch immer und sah mir dabei in die Augen. Er bewegte die Hand in meiner Möse vor und zurück, zog die Finger so weit wie möglich heraus, dann schob er sie wieder hinein, bis mich seine Knöchel dehnten. Mit der anderen Hand öffnete er seinen Reißverschluss und holte den Ständer heraus, an dem ich mich beim Tanzen gerieben hatte.

Er war lang, anmutig geschwungen und hatte eine große Eichel. Trotz der Dunkelheit konnte ich an der Spitze einen funkelnden Tropfen Feuchtigkeit ausmachen. Ich legte die Hand um den Schaft und zog ihn an mich. Als ich ihn langsam massierte, war Kit mit Stöhnen an der Reihe. Er nahm meine Unterlippe zwischen die Zähne und biss mich, gerade so fest, dass der Lust, die er mir mit der Hand bereitete, ein wenig Schmerz hinzugefügt wurde.

Er zog die Hand aus mir heraus und legte sie auf meine Hand, die seinen Schwanz hielt. Seine Finger fühlten sich klebrig an. Er dirigierte seinen Schwanz an meine Möse und schob die dicke, glatte Eichel ein Stück weit in die Öffnung. Einen Moment lang stand er reglos da und sah mir in die Augen, ohne mich zu küssen, nur mit der Schwanzspitze in meiner Möse. Dann nahm er meine Hände und legte sie an die raue Baumrinde. Langsam drang er in mich ein, bis mich sein Schwanz vollständig ausfüllte und sein Schamhaar gegen meinen Kitzler drückte.

Das reichte mir. Ich war so lange erregt gewesen, dass ich auf der Stelle kam, gegen den Baum gepresst und aufgespießt von seinem langen Schwanz, während im Zelt die Hochzeitsgäste tanzten und das Mädchen sang: «One of these mornings, you're gonna rise up singing ...» (Seitdem bekomme ich jedes Mal, wenn ich den Song höre, eine Gänsehaut.) Kit rührte sich nicht, als meine im Orgasmus zuckende Möse seinen Schwanz massierte und ich mich hilflos wand. Er beobachtete mein Gesicht, während ich mich bemühte, meinen Aufschrei zu unterdrücken. Erst als ich die Augen wieder aufschlug und seinen Blick erwiderte, begann er mich mit gemessenen Stößen zu ficken. Jedes Mal, wenn sein Riemen sich tief in mich hineinbohrte, spürte ich seine Leinenhose an den Schenkeln und am Bauch. Die dicke Eichel rieb sich an den Graten in meinem Innern.

Kit hob meine Oberschenkel an, schlang sich meine Beine um die Hüfte, sodass mein Gewicht sich auf seinen Schwanz und den Baumstamm verteilte, und bewegte mich auf seinem Steifen auf und ab. Mit dem Mittelfinger streichelte er den Eingang meiner Möse, die Stelle, wo sein Schwanz rein- und rausfuhr, ganz glitschig von meinem Saft. Ich hatte das Gefühl, mein Innerstes kehre sich nach außen.

Als seine Bewegungen leidenschaftlicher wurden, sprang die Erregung wieder auf mich über. Ich spürte seinen feuchten Finger an meiner Rosette; erst ein sanfter Druck, dann schob er ihn hindurch. Geschmiert von meinen Säften glitt er ganz hinein. Ich war vorn und hinten ausgefüllt, und mit jedem Stoß seines Riemens bohrte sich auch sein Finger tief in meinen Arsch. Als er heftig stoßend kam, baute sich auch in mir ein weiterer Orgasmus auf, Möse und Anus kontrahierten, und ein Schrei kam mir über die Lippen, den Kits Mund kaum zu dämpfen vermochte.

Als ich die Füße unsicher wieder auf den Boden stellte und wir eng umschlungen dastanden, legte Kit mir behutsam den Zeigefinger auf die Lippen. «Hush, little baby, don't you cry», tönte es durch die dünne Zeltleinwand. Wir mussten beide lächeln. Kit neigte den Kopf und küsste mich, diesmal ganz zärtlich. In der Ferne hörte ich jemanden «Emma?» rufen.

Es war meine Schwester.

«Mist!», flüsterte ich und blickte mich nach der Stimme um. Eine Gestalt näherte sich uns durch den Garten. Es war Kevin. Kit ließ seinen Schwanz aus mir herausgleiten, und ich schlug den Rock hinunter. Blitzschnell verschwand ich in der Dunkelheit und zog mir im Laufen den Spitzenbody über die Brüste. Als ich um die Ecke des Zelts bog, stieß ich mit der Sängerin zusammen, die gerade unter einer Eingangsklappe hervortrat, die Paillettenschuhe in der Hand. Sie musterte mich überrascht, dann bemerkte sie, dass meine Kleidung in Unordnung war, und lächelte viel sagend. Während ich zur Vorderseite des Zelts ging, da ich dem von Kevin ausgesandten Suchtrupp entgehen wollte, beobachtete ich, wie die Sängerin zu einem Lieferwagen ging. Auf einmal wirkte sie viel weniger glamourös als eben noch – woran lag das bloß? Als sie in den Lichtkreis der Parkplatzleuchten trat, sah ich den Grund – sie hatte Clogs angezogen, um sich auf den matschigen Gartenwegen nicht die Schuhe schmutzig zu machen.

Auf die schockierten Blicke, die mich begrüßten, als ich meine Handtasche aus dem Zelt holen ging, war ich nicht vorbereitet. Bei der lauten Musik konnten sie mich doch wohl nicht gehört haben? Meine Schwester reichte mir die Tasche und bugsierte mich schnurstracks wieder ins Freie. «Komm schon», murmelte sie, «ehe Sarahs Mutter sieht, in welchem Zustand du bist.»

«Was soll das heißen?», erwiderte ich unverfroren.

«Beim nächsten Mal solltest du vielleicht kein cremefarbenes Kostüm anziehen», erwiderte sie und schubste mich auf den Rücksitz. Kevin hatte bereits den Motor angelassen und schaute grimmig drein. Ich beschloss, mich nicht für die Verzögerung zu entschuldigen.

Als der Wagen anfuhr, schälte ich mich unter Verrenkungen aus der Jacke und untersuchte sie. An der Rückseite hatte die bemooste Rinde grüne Abdrücke hinterlassen. Sie sahen aus wie Grasflecken. Kein Wunder, dass Kevin so entrüstet war. Als wir auf die Hauptstraße einbogen und Richtung London fuhren, ging mir auf einmal durch den Kopf: Ich hab ihm nicht mal auf Wiedersehen gesagt.

Der Telefonanruf

Ich drehte den Schlüssel im Schloss, trat in meine Wohnung, kickte die Schuhe in der Diele weg und ließ die Zehen in den weichen, federnden Teppich des Wohnzimmers einsinken. Ich öffnete die große Balkontür und winkte meiner Schwester nach, schnupperte den frischen Duft der Geranien.

Ich war froh, wieder zu Hause zu sein. Meine Schwester hatte mein skandalöses Verhalten ausgesprochen amüsant gefunden. Kevin hingegen war während der langen Heimfahrt und beim heutigen Mittagessen recht frostig gewesen und hatte so getan, als habe man mich beim Quälen von jungen Hunden ertappt und nicht bei einer schnellen Nummer hinter dem Zelt. Ich warf mich aufs Sofa und stellte den Anrufbeantworter an.

«Hi, Emma, ich bin's, Jane. Wo steckst du? Hallo? Na ja, ruf mich zurück, wenn du wieder da bist.» Meine beste Freundin – dem Tonfall nach zu schließen offenbar immer noch etwas angeschlagen von einer Trennung, die noch nicht lange zurücklag. Ich nahm mir vor, sie anzurufen, sobald ich mir einen Tee gemacht hätte, und rief die nächste Nachricht ab.

«Wo steckst du, sexy Rotschopf? Ich hab deine Wohnung beobachtet, aber du warst nicht da. Ich wollte durch die Schlafzimmergardinen zuschauen, wie du dich ausziehst. Du weißt doch, wie sehr ich's mag, in deinem Garten zu stehen und mir einen runterzuholen, während ich dir beim Duschen zusehe. Ich hab's gern, wenn du dir die

Titten einseifst, dann stell ich mir vor, es wär mein Saft. Aber du bist ausgegangen, da muss ich wohl wieder nach Hause gehen und mir auf die Fotos einen runterholen, die ich aufgenommen habe, als du nackt in der Wohnung rumgelaufen bist und geglaubt hast, niemand könnte dich sehen.» Die rauchige Stimme und der East-London-Akzent sagten mir, dass es Geoff war.

Ich weiß nicht mehr genau, wie wir auf Telefonsex gekommen sind, aber mit Unterbrechungen ging das nun schon ein Jahr so. Er war häufig unterwegs – drei Monate hatte er jetzt nichts mehr von sich hören lassen –, aber hin und wieder bekam ich von ihm eine schmutzige Nachricht wie diese. Dann schloss ich die Augen und stellte ihn mir vor: einen großen Mann mit kahl rasiertem Schädel und muskulösem, mit bizarren Mustern tätowiertem Oberkörper.

Ich nahm das schnurlose Telefon in die Hand und wählte seine Nummer. «Hallo, hier ist der Anrufbeantworter von Geoff White. Danke für Ihren Anruf ...» Natürlich war wieder sein Anrufbeantworter dran. Selbst wenn er zu Hause war, nahm er nur selten ab, wenn ich anrief. Bisweilen fragte ich mich, ob er meine Anrufe aufzeichnete, um sie sich später erneut anzuhören. Ich trat ans Fenster und blickte auf London hinaus, schwelgte wie immer im Anblick des tiefroten Abendhimmels, der Hochhäuser von Canary Wharf und des Millennium-Domes.

«Willkommen daheim, Seemann», flüsterte ich in den Hörer, jedes einzelne Wort sorgfältig betonend. «Du hast mir gefehlt. Ich hab mich so einsam gefühlt, dass ich jeden Abend mit einem anderen Mann ins Bett gegangen bin, aber beim Kommen hab ich immer die Augen zugemacht und dein Gesicht vor mir gesehen. Jetzt, wo du wieder da bist, werd ich baden und mir die ganzen Lustsäfte abwaschen.

Dann verteile ich den Schaum auf den Titten und stell mir vor, du würdest deinen Schwanz dazwischen reiben.»

Als ich aufgelegt hatte, ging ich ins Bad. Nach den Ausschweifungen des Vorabends war ich noch etwas mitgenommen, und ein langes Bad in heißem, nach Lavendelöl duftendem Wasser war jetzt genau das Richtige. Ich warf die Kostümjacke mit den Grasflecken in die Ecke und lächelte bei der Vorstellung, was man wohl in der Reinigung denken würde. Meine vollen Brüste bewegten sich sanft im Wasser, etwas tiefer wogte mein kleiner, kupferfarbener Busch wie Tang in einem Felsentümpel. Träge streichelte ich mir über die Brüste und vergegenwärtigte mir die kühle Nachtluft und die Berührung von Kits Hand. Die Erinnerung an die intensive Begegnung verursachte eine Gänsehaut. Ich hatte mich damit abgefunden, Kit nie wiederzusehen – schließlich hatte ich mich nicht einmal von ihm verabschiedet, geschweige denn ihm meine Telefonnummer gegeben –, außerdem wusste ich nicht, wo er wohnte und was er tat, kannte nicht einmal seinen Nachnamen. Trotzdem würde ich die Leidenschaft, die ich mit ihm erlebt hatte, nicht so schnell vergessen. Eine Hand wanderte zum Schamhaar hinunter, das sich im Wasser ausbreitete, und ich fuhr mit den Fingern hindurch und streichelte mich sanft. Ich war zu entspannt, um kommen zu wollen, doch allmählich breitete sich in meinem Bauch ein lustvolles Kribbeln aus.

Ich wollte gerade aus der Wanne steigen, als das Telefon klingelte. Das ist bestimmt Jane, dachte ich und ging tropfend und ohne mir den Schaum abzuwischen ins Wohnzimmer.

«Dann bist du also zu deinem wahren Gebieter zurückgekehrt, sexy Rotschopf.» Es war Geoff. «Erzähl mir, was du gerade machst.»

«Ich bin nackt und klitschenass», antwortete ich. «Und was machst du?»

«Ich denke an deinen Körper», schnurrte er, «und ich hab einen Steifen, der sich so anfühlt, als würde er jeden Moment explodieren.»

Ich ging ins Schlafzimmer hinüber. «Ich betrachte mich im Spiegel», sagte ich. «Ich bin nass und glänzend, und es haftet noch etwas Schaum an der Haut. Ich streichle mir die Brüste und massiere die Brustwarzen.»

«Nimm einen Nippel zwischen Daumen und Zeigefinger», sagte er. «Drück ihn, und zwar fest. So wie ich ihn drücken würde.»

Ich beobachtete mich im Ganzkörperspiegel und stellte mir vor, seine großen, rauen Finger zwickten mich in den Nippel. Er hörte, wie ich scharf einatmete.

«So ist's gut», fuhr er fort. «Und jetzt leg die Hand um deine Brust und heb sie an den Mund. Lutsch am Nippel.»

Ich senkte den Kopf und nahm die Brustwarze zwischen die Lippen, saugte so fest, dass er mich übers Telefon schmatzen hörte. Er knurrte wie ein Tier.

«Beiß rein», sagte er. «Mit den Zähnen.»

Ich stellte mir vor, er drücke mit seinen breiten Händen meine Schultern aufs Bett nieder und bewege den Kopf an meinem Körper hinunter. «Ich fass mir zwischen die Beine …», sagte ich, er aber fiel mir ins Wort.

«Warte! Geh ans Fenster. Zieh die Vorhänge auf.»

Ich trat ans Schlafzimmerfenster und öffnete ein Stück weit die Vorhänge. Das Schlafzimmer geht zum Garten hinaus, der von Bäumen umgeben ist. Um mich beobachten zu können, musste man auf meinem Balkon stehen – und genau das tat Geoff. Von hinten angeleuchtet lehnte er am Geländer und hielt in der einen Hand das Telefon. Die andere hatte er sich in die Jeans gesteckt und massierte den Steifen, den ich trotz der Dunkelheit deutlich sah.

«Willst du jetzt die Tür aufmachen und den großen bösen Wolf reinlassen, meine kleine Fuchsstute?», brummte er ins Telefon, die Augen in tiefe Schatten gehüllt.

Ich presste meinen nackten Körper ans kalte Fensterglas und genoss die Kühle an meinen Brüsten. «Nein, ich glaube nicht», erwiderte ich. «Noch nicht.» Stattdessen rieb ich mich am Glas, schob die Brüste rauf und runter, die Nippel ganz steif von der Kälte und vom Druck. Ich neckte ihn, führte langsam die Linke an den Mund, befeuchtete jeden einzelnen Finger mit Speichel und fasste mir dann zwischen die Beine.

Ich knickte in der Hüfte ein und spreizte die Schenkel, schob den Unterleib vor und teilte die Schamlippen mit den Fingern, damit Geoff auch alles mitbekam. Mit weit gespreizter Möse wichste ich mich mit dem Mittelfinger und massierte die bereits angeschwollene Möse.

Geoff näherte sich der Balkontür. «Lass mich rein», bat er mich, «ehe deine Nachbarn die Polizei rufen.» Dabei machte ihm das Ganze ebenso viel Spaß wie mir.

«Noch nicht», erwiderte ich entschlossen. «Du musst erst brav sein und die Peepshow angucken.» Ich schob den Finger rein und raus.

Er senkte den Kopf und leckte in Höhe meiner Brüste am Glas. Es war ein eigentümlich erregendes Gefühl, nackt zu sein und seinen Körper dennoch nicht spüren zu können. Ich kniete nieder, öffnete den Mund und saugte an der Stelle, wo sein Ständer gegen die Scheibe drückte. Er keuchte, und ich wich zurück, mich unablässig befingernd, während er den Reißverschluss öffnete und seinen Steifen herausholte. Er schloss die Faust darum und bewegte sie auf und ab.

«So ist's gut», murmelte ich, «lass es dir kommen, während du die Show genießt.»

Ich drehte mich um, bückte mich und beobachtete ihn zwischen den Beinen hindurch. Es machte mich an, ihm zuzusehen und zu wissen, wie sehr er sich wünschte, auf dieser Seite der Tür zu sein, und dass alles, was ich tat, ihn nur noch schärfer machte.

«Guck mal», neckte ich ihn, «wie feucht ich bin. Möchtest du deinen Schwanz nicht lieber hier reinstecken, anstatt dich dort draußen in der Kälte zu reiben?»

Mit der freien Hand fingerte ich spielerisch an mir herum, schob einen einzelnen Finger in der Möse vor und zurück. Ich sah mein blasses Spiegelbild in der Glasscheibe, das sich mit Geoffs dunkler Gestalt überlagerte. Meine langen, schlanken Beine gingen in die sanft geschwungenen Arschbacken über, und dazwischen verschwand mein Finger in der dunklen Öffnung der Möse. Meine schweren Brüste schwangen hin und her, und das rote, nasse Haar hing mir in Strähnen ins Gesicht. Durch das Spiegelbild meines einladend herausgestreckten Hinterteils hindurch war sein bleicher Schwanz deutlich zu erkennen. Eine Welle der Erregung durchrieselte mich, als mir klar wurde, dass ich das Gleiche sah wie er und noch dazu seine Reaktion beobachten konnte.

«Du Miststück», ächzte er. «Wenn ich zu dir reinkomme, werd ich dich richtig heftig ficken ...» Er verlor allmählich die Beherrschung. Sein Gesicht war verzerrt vor Erregung, und es würde nicht mehr lange dauern, bis er seinen Saft auf die Scheibe meiner Balkontür spritzen würde. Die Vorstellung erregte mich – ich hatte das Gefühl, tatsächlich in einer Peepshow zu tanzen, während fremde Männer sich in der Dunkelheit hinter der Glasscheibe zum Orgasmus brachten.

Mir war klar, dass Geoff genau beobachten konnte, wie ich mir die Möse dehnte, und steckte vier Finger in mich hinein. Ich beobachtete ihn dabei, wie er gebannt zuschaute, wie ich die Finger raus- und reinschob und dabei auch den Kitzler bearbeitete.

«O ja», ächzte er und streichelte sich jetzt langsamer, um den Orgasmus hinauszuzögern. «Fick dich nur selbst, du kleine Hure. Zeig mir alles. Du magst das, hab ich Recht?»

Ich fühlte den Orgasmus nahen, wie eine große Woge kurz vor dem Brechen. «Ich möchte abspritzen, während du kommst», sagte Geoffs Stimme in meinem Ohr, und ich kam, stieß die Finger in mich hinein und schrie ins Telefon.

Anschließend lehnte ich mich mit zitternden Beinen ans Bett. Dann sah ich aus dem Fenster. Geoff war weg.

Einen Moment lang fürchtete ich, er sei auf dem Balkon gesehen worden und geflohen. Als ich ein Geräusch im Wohnzimmer hörte, fiel es mir wieder ein – bevor ich ins Bad gegangen war, hatte ich die Balkontür zwar zugedrückt, jedoch nicht versperrt. Als ich ins Wohnzimmer trat, war er bereits drin.

«Dann hättest du mich also draußen in der Kälte warten lassen, Peepshow-Girl?» In seiner ruhigen Stimme schwang ein drohender Unterton mit. Ich stand reglos da; das Blatt hatte sich gewendet, was mir gar nicht so ungelegen kam. Jetzt war er im Vorteil, und er wusste es. Mit einem Mal hatte sich das wohl vertraute Zimmer, das zumeist ein Ort der Stille und der Ruhe für mich war, in die Arena dieses Mannes verwandelt, der die Macht hatte, mich gefügig zu machen.

«Komm her», befahl er mir. Ich gehorchte und nahm vor ihm Aufstellung. «Dreh dich um; ich will dich ficken.»

Ich wandte ihm den Rücken zu, und er drückte mich gegen die Rückseite des Sofas, schob meinen Oberkörper über die Lehne. «Wird allmählich Zeit für einen richtigen Schwanz, Showgirl», flüsterte er mir ins Ohr, spreizte mir mit seiner schwieligen Hand die Hinterbacken und tastete gierig nach dem Eingang, der noch feucht und weich war von meinen Liebkosungen. Ich stützte mich auf dem Sofa ab, während er in mich hineinstieß und mich an den Schultern festhielt.

Bei jedem Stoß drückten die eiskalten Metallknöpfe seines Hosenschlitzes gegen meinen Arsch. Die Gürtelschnalle klirrte leise. Mit seinen von rauem Jeansstoff umhüllten Beinen hielt er die meinen gespreizt, und meine bloßen, noch immer feuchten Füße stießen an seine Stiefel. Seine stoppelige Wange kratzte mich im Nacken, als er mich an sich zog.

«Das willst du doch, Showgirl, hab ich Recht?», flüsterte er mir ins Ohr. «Einen Mann, der dich ordentlich fickt, stimmt's?» Er schob die freie Hand zwischen mich und das Sofa, sodass mein Kitzler im Rhythmus der Stöße gegen seinen Finger gedrückt wurde. Ich schluchzte vor Lust.

«Dabei möchtest du bestimmt Publikum haben, nicht wahr, Peepshow-Girl?» Er fasste mir zwischen die Schulterblätter und drückte mich nach vorn, bis ich praktisch über der Sofalehne hing, dann hielt er mich fest und stieß immer fester in mich hinein, drückte mich gegen seine Finger. «Du fändest es geil, wenn dir jemand dabei zuschauen würde, wie ich dich um den Verstand vögele.» Ich zitterte und bebte im Orgasmus, und das reichte, ihn ebenfalls kommen zu lassen. Mit drei tiefen, kraftvollen Stößen spritzte er stöhnend seinen Saft in mich hinein.

Schweißnass und erschöpft sackten wir zusammen. Mit seiner harten, trockenen Hand wischte er mir nachlässig den Schweiß vom Rücken. Allmählich beruhigte sich unser Atem, und er richtete sich auf, wobei sein Schwanz aus mir herausglitt. Ich schauderte in der plötzlichen Kühle. «Das kommt davon, wenn man nackt in der Wohnung rumläuft!» Er grinste. Sein Saft rann mir an der Innenseite der Schenkel hinunter.

Ich ging ins Bad und schlüpfte in den Bademantel. Als ich wieder ins Wohnzimmer trat, standen zwei Gläser und eine Flasche Wein auf dem Tisch, die Geoff zuvor auf dem Balkon gekühlt hatte. Wir legten uns Seite an Seite aufs Sofa und tranken kalten Wein, wobei sich die gewohnte Vertrautheit ganz von selbst einstellte. Geoff streichelte mir beiläufig die nackten Beine, während wir miteinander plauderten. Er war erst am Vorabend aus Australien zurückgekommen, deshalb hatten wir uns eine Menge zu erzählen, und er litt noch zu sehr unter dem Jetlag, um schon schläfrig zu sein.

Ich hatte Geoff vor ein paar Jahren auf einer Party kennen gelernt und ihn anfangs für unerträglich arrogant gehalten, ein Charakterzug, der mich sowohl zur Weißglut brachte als auch faszinierte. Er war groß, selbstbewusst, sah gut aus und arbeitete als Stuntman für den Film. Den ganzen Abend lang versuchte ich unter Einsatz meiner ganzen Schlagfertigkeit, ihm einen Dämpfer aufzusetzen, musste aber feststellen, dass er ebenso gut auszuteilen wie einzustecken verstand.

Die anderen Partygäste wurden unserer obsessiven Wortwechsel entweder überdrüssig oder ließen sich durch unsere spitzen Zungen einschüchtern, und um vier Uhr morgens waren wir auf einmal allein. Der Punktestand war noch immer ausgeglichen. Als er aufstand, dachte ich schon, er wolle gehen, da zog er eine Münze aus der Tasche seiner Jeans.

«Kopf oder Zahl?», fragte er.

«Kopf», antwortete ich. Er warf die Münze.

«Zahl», verkündete er. «Dann also zu mir.»

Welche Dreistigkeit! Ich konnte nicht widerstehen. «Also gut», sagte ich, «aber ich erwarte ein warmes Frühstück.»

Heute Abend wusste er jede Menge Geschichten über die Beinahe-Katastrophen beim Filmdreh in Australien zu erzählen, über seine Freizeit, die er am Strand und mit Tauchen im warmen blauen Meer verbracht, und die Menschen, mit denen er zusammengearbeitet hatte. Ich hatte schon einige seiner Freunde kennen gelernt, die ausnahmslos den Eindruck machten, als sei mit ihnen nicht gut Kirschen essen. Ihre Vorstellung von einem handfesten Scherz bestand darin, jemandem eine Sprengladung in die Hose zu stecken oder sich vom Dach eines zwanzigstöckigen Hotels abzuseilen und mitten in der Nacht mit dem Ruf «Zimmerservice!» von außen gegen das Fenster zu hämmern.

Ich hatte ebenfalls viel zu erzählen. Seit unserer letzten Begegnung war ich bei einem aufstrebenden Architektenbüro eingestiegen. In der Woche zuvor war unser Entwurf für einen Museumsneubau angenommen worden, und ich hoffte, dass einige meiner Ideen in das Gebäude einfließen würden. Geoff wollte wissen, wo ich eben gewesen sei, und das Gespräch wandte sich dem Thema Hochzeiten zu.

«Ich kann sie nicht ausstehen», sagte er. «Ich habe unendlich viele Cousinen, Cousins, Tanten und Onkel und habe meine halbe Kindheit in kratzigen, steifen Anzügen auf Hochzeiten verbracht. Jetzt sind sie alle geschieden, und ich denke mir: Ihr habt mir das angetan – und wozu? Ich wünsche ihnen alles Glück der Erde, sehe aber nicht so recht ein, was das eigentlich soll.»

Zu meiner eigenen Überraschung verteidigte ich die Institution Ehe. «Mit dieser Einstellung brauchst du's gar nicht erst zu versuchen. Ich finde, wenn zwei Menschen in der Öffentlichkeit, im Beisein all ihrer Freunde, einander versprechen, ihr Bestes zu geben, dann sollte man wenigstens aufkreuzen und ...»

«... und sich auf ihre Kosten besaufen», beendete Geoff an meiner Stelle den Satz.

«Ja, das ist schon ein Grund», räumte ich ein. «Meistens bekommt man eine gute Party geboten. Als Kind bin ich jedenfalls nie zu Hochzeiten gegangen. Meine erste Hochzeit hab ich mit achtzehn miterlebt.»

«Und ...?» Geoff machte es sich mit geschlossenen Augen bequem, die Beine hatte er um mich geschlungen. Offenbar war er in der Stimmung für eine Gutenachtgeschichte, und die sollte er bekommen.

«Ich hatte gerade den Schulabschluss gemacht, und in dem Sommer heiratete meine beste Freundin. Ich war die erste Brautjungfer – langes, pfirsichfarbenes Kleid, alles, was dazugehört. Es war eine richtige Dorfhochzeit – nachmittags wurden sie kirchlich getraut, am Abend wurde im örtlichen Countryclub gefeiert. Ihre Eltern waren geschieden und ihre Mutter war weggezogen, deshalb musste ich die Organisationsarbeit übernehmen, den Diskjockey engagieren, die Gästeliste zusammenstellen und so weiter. Es war ganz ähnlich wie bei unserer ersten Schülerparty – alle Freunde waren da, außerdem deren Eltern und ältere Geschwister. In ein paar Monaten würde die Hälfte von uns aufs College gehen. Das war das letzte Mal, dass wir alle zusammen waren.»

«Mmm-hmm?», half Geoff nach und streichelte mir mit seiner rauen Hand zärtlich über Beine und Bauch. «Und was geschah bei der Hochzeitsfeier?»

«Also, das Komische war, dass sie seit der Grundschule meine beste Freundin war, aber ich verstand mich auch ganz prima mit ihrem Dad. Er flirtete ständig mit mir. Es war großartig! In der Schule hatte ich es mit pickligen Jungs zu tun, und auf einmal interessierte sich ein stattlicher Farmer für mich. Das hat mir gefallen.»

«Wie sah er aus?», fragte Geoff und ließ seine Hand über meinen Körper wandern.

Ich schloss die Augen. «Er hatte ein wunderschönes, verlebtes Gesicht. Man sah ihm an, dass er in den Zwanzigern und Dreißigern richtig gut ausgesehen hatte, aber aufgrund der vielen Arbeit im Freien und des übermäßigen Alkoholkonsums war seine Haut wettergegerbt und faltig. Er hatte erstaunlich schwarzes Haar, das er sich im Fünfzigerjahrestil eingefettet hatte. Und er hatte breite Schultern – wenn ich Julie besuchte, und er kam gerade aus dem Kuhstall, musste er immer seitlich durch die Tür gehen, sonst hätte er nicht durchgepasst.

Als ich am Hochzeitsmorgen aufkreuzte, stand er im Anzug da. So fein herausgeputzt hatte ich ihn noch nie gesehen. Er sah phantastisch aus – ein großer, kräftiger Mann in einem tadellos sitzenden schwarzen Anzug, mit weißem Hemd, gewienerten Schuhen und so weiter. Ich sah ihn an und dachte: Mein Gott, mir gefällt der Vater meiner besten Freundin. Schon seltsam. Weil ihre Mutter nicht da war, setzte ich mich natürlich neben ihn und plauderte den ganzen Tag mit ihm. Plötzlich hatte ich nach all den Schuljungs einen richtigen Mann an meiner Seite. Weil Julie heiratete, waren wir auch beide ziemlich aufgewühlt. Ich glaube, wir hatten beide ein wenig das Gefühl, sie zu verlieren, und deshalb klebten wir aneinander, weißt du.

Am Abend hatte ich viel zu tun, musste das Buffet anrichten und so weiter, und dann hatte sie die Ansprachen hinter sich gebracht und den Hochzeitskuchen angeschnitten, und ich dachte: Jetzt kann ich mich entspannen. Als der DJ Frank Sinatra auflegte, damit die Eltern alle mittanzen konnten, sah mir Julies Vater in die Augen und sagte: ‹Möchten Sie tanzen?›, wie ein richtiger Gentleman. Also tanzten wir zu dem Frank-Sinatra-Song, er legte mir die Hand um die Taille, wie es sich gehörte, und auf einmal dachte ich: Er sieht nicht nur Julies Freundin in mir. Da müsste sich doch was draus machen lassen. Ich schaute ihn an, und er erwiderte meinen Blick. Ich wusste aber nicht, was ich tun sollte. Schließlich war er fünfundvierzig; es war kaum damit zu rechnen, dass er mich bitten würde, ihn nach draußen zu begleiten und mit ihm auf dem Parkplatz zu knutschen. Also nahmen wir wieder Platz, spielten mit unseren Gläsern herum, und irgendwann ging ich vor lauter Verlegenheit auf die Toilette.

Als ich den Festraum verließ, war er auf einmal hinter mir. Er war mir gefolgt, und jetzt standen wir auf dem Gang und blickten uns an. Da dachte ich bei mir: Wenn ich jetzt nichts unternehme, wird nie was passieren. Ich fasste ihn bei der Hand und näherte meinen Mund dem seinen. ‹Nicht hier›, flüsterte er und zog mich durch eine weitere Tür in ein dunkles Zimmer.

Kaum hatte sich die Tür hinter uns geschlossen, packte er mich und küsste mich leidenschaftlich. Er küsste viel besser als die unerfahrenen Teenager, die ich kannte. Für mich war das eine neue Erfahrung, er aber wirkte vollkommen selbstsicher. Er hielt mich umschlungen, hatte die Hände auf meinen Arsch gelegt und drückte mich an sich. Seine Zunge war überall, leckte mir über die Lippen, umkreiste meine Zunge. Er war so kräftig, dass ich es nicht schaffte, meine Arme auch nur halbwegs um ihn zu schlingen, deshalb klammerte ich mich praktisch an seinem Jackett fest.

Wir schwankten ein wenig – ich glaube, wir waren beide ziemlich betrunken – und hielten Ausschau nach einer Sitzgelegenheit. Im Raum standen zwei Billardtische. Er hob mich mühelos hoch und setzte mich auf den einen Tisch. Dann knöpfte er mir die Bluse auf. Es war schon erstaunlich; trotz seiner großen Pranken, mit denen ich ihn ständig an den Maschinen hantieren sah, ging er ganz behutsam zu Werke. Dann öffnete er mir die Bluse und sah meine Brüste unter dem Spitzen-BH. Der Ausdruck in seinen Augen machte mich so scharf wie nie. Und dann saugte er mir die Nippel durch die Spitze hindurch und massierte sie mit seinen großen Händen.

Ich schaffte es, ihm den Gürtel zu lösen und den Reißverschluss runterzuziehen. Sein Schwanz war groß wie alles an ihm, und ich versuchte ihn zu wichsen, ziemlich ungeschickt, glaube ich, er aber verstand den Wink, schob die Hände unter meinen Rock und streifte mir den Slip runter – ließ ihn einfach auf den Boden fallen. Mit einem Finger bearbeitete er behutsam den Eingang meiner Möse. Ich war ziemlich feucht, doch das war bei weitem der größte Schwanz, den ich je aufgenommen hatte, deshalb war Vorsicht geboten. Als er ihn langsam rein- und rausschob, flüsterte er: ‹Willst du es?›, und ich antwortete ebenfalls flüsternd: ‹Ja.›

Daraufhin drückte er den großen Schwanz an mich und schob ihn ganz langsam, aber energisch in mich hinein, denn ich war ziemlich eng. Es war wundervoll – es tat kein bisschen weh, sondern fühlte sich an, als würde ich gedehnt und ausgefüllt. Er hielt mich bei den Hüften gepackt, und ich klammerte mich leise stöhnend an seine Schultern. ‹Ich tu dir doch nicht weh, oder?›, fragte er, und ich antwortete: ‹Nein, es hat sich bloß noch nie so gut angefühlt.› Und dann steckte sein Schwanz bis zum Anschlag in mir drin – ein tolles Gefühl.

Er meinte, ich solle mich hinlegen, und ohne den Schwanz rauszuziehen, platzierte er mich so auf dem Tisch, dass meine Hüften über die Tischkante hinausragten. Dann bewegte er ihn raus und rein, und zwar anfangs noch ganz langsam. Weil ich mich ihm bereits entgegenstemmte, war ich weit offen, der Kitzler entblößt. Er massierte ihn mit den Fingern, während er mich fickte. Er sah mich an, während ich mit offener Bluse und weit gespreizten Beinen vor ihm lag. In seinen Augen funkelte die pure Lust. Die Erregung baute sich in mir mit der gleichen Unaufhaltsamkeit auf, mit der ein kleines Boot einem Wasserfall entgegentreibt. Die ungewohnten Empfindungen überwältigten mich – sein großer Schwanz, der tief in mich hineinstieß, sein Finger, der mich immer heftiger rieb, und schon glitt das Boot über die Kante und ich war verloren, der Strömung hilflos ausgeliefert. Es dauerte einen Moment, bis ich merkte, dass er mir den Mund zuhielt, um meinen Lustschrei zu ersticken. Und dann zog er sich auf einmal aus mir zurück und kam, auf meinem Gesicht, meinen Titten, meinem Haar, meinem ganzen Körper.»

Einen Moment lang lag ich schweigend da und schwelgte in dem Bild, das ich vor meinem geistigen Auge sah. Ich meinte, den herben Geruch seines Saftes zu riechen und klebrig auf der Wange zu spüren.

«Also, du schaffst es immer noch, mich zu schockieren», meinte Geoff.

Ich schlug die Augen auf und sah, dass er mich fasziniert betrachtete. Er hatte wieder einen Steifen, der wie ein Pflanzentrieb aus seiner Jeans hervorragte. «Ich weiß», antwortete ich, «das gefällt dir ja so an mir.»

Ich glitt vom Sofa, hockte mich zwischen seine Beine, streckte den Kopf vor und nahm die Eichel in den Mund. Sie war so dick, dass ich den Mund ganz weit aufmachen musste. Einige Male saugte ich die Eichel ein, genoss ihre warme Glätte und den Hauch von Mösengeschmack, der noch an ihr haftete. Dann richtete ich mich auf, knöpfte ihm das Hemd auf und entblößte seine breite, fast unbehaarte Brust, die mit den zahlreichen Tattoos geschmückt war, die er von seinen Reisen mitgebracht hatte.

Ich nahm einen Schluck vom kühlen Wein, doch anstatt ihn hinunterzuschlucken, nahm ich eine seiner Brustwarzen in den Mund und ließ den Wein auf seine Brust rinnen. Von der Kühle zuckte er leicht zusammen. Ich goss noch etwas Wein aus dem Glas auf seine Brust und folgte ihm mit der Zunge, als er auf Geoffs straffen, muskulösen Bauch hinunterfloss. Dann zog ich ihm die Jeans aus. Wie gewöhnlich trug er keine Unterwäsche.

Ich füllte meinen Mund mit kühlem Wein und zog eine feuchte Spur auf seinem Schenkel, dann nahm ich den ganzen Schwanz in den Mund. Vom plötzlichen Temperaturabfall zuckte er. Ich bewegte die Lippen am Schaft auf und ab, umfasste ihn mit einer Hand. Geoff warf stöhnend den Kopf in den Nacken und schloss die Augen, die Finger in mein Haar gekrallt. Ich saugte ihn behutsam, fuhr mit der Zunge über die glatte Eichel.

Geoff nahm einen Schluck Wein und zog mein Gesicht behutsam zu sich empor. Als er mich küsste, spuckte er mir den Wein mit hartem Strahl in den Mund, als ob er käme. Gleichzeitig goss er mir den restlichen Wein im Glas über den Busen. Ich schnappte nach Luft. Er zog mich noch weiter hoch, sodass er mir die Brüste zusammendrücken und den Wein davon ablecken konnte. Mit seinen rauen Fingern zwirbelte er mir die Nippel.

Dann ließ er mich wieder zurücksinken, sodass sein Schwanz zwischen meinen nassen Brüsten zum Liegen kam, und küsste mich. Er drückte meinen Busen zusammen und schob die Eichel dazwischen hin und her. Während er beobachtete, wie er meine Titten fickte, brummte er: «Das ist geil. Das sieht richtig scharf aus. Ich muss aufpassen, sonst spritze ich dir noch ins Gesicht, genau wie der Daddy deiner Freundin.»

Ich richtete mich auf und setzte mich rittlings auf ihn, nahm seinen feuchten, glitschigen Schaft in mir auf. Ich spürte, wie die dicke Eichel sich in mir rieb, während ich im Rhythmus seiner Stöße auf ihm schaukelte. Er hatte das Gesicht zwischen meinen Brüsten vergraben, schob sie mit den Händen zusammen. Mein Kitzler rieb sich an seinem Unterleib, mit den Händen stützte ich mich hinter ihm am Sofa ab.

Als sich tief in meinem Inneren der Orgasmus aufbaute, ritt ich ihn schneller und bestimmte das Tempo selbst. Ich rammte ihm die Hüften entgegen, als stieße ich in ihn hinein, als wäre ich die mit dem Schwanz. Ich fasste ihn bei den Handgelenken und drückte seine Hände gegen die Sofalehne, sah ihm ins Gesicht. Er war in Ekstase; die Augen hatte er halb geschlossen, die Lippen geöffnet. Ich stellte mir vor, ich fickte ihn, stieße mit meinem großen Schwanz in ihn hinein und brächte ihn zum Orgasmus, mit so tiefen Stößen, dass es beinahe wehtat. Ich stellte mir vor, ich spritzte meinen Saft in ihn hinein, während er mir vor Erregung hilflos ausgeliefert war. Dann setzte am Kitzler der Orgasmus ein und pflanzte sich nach außen fort, bis ich am ganzen Körper zuckte und sich meine Möse um Geoffs Schwanz zusammenzog.

Als die Kontraktionen abflauten und ich wieder Luft bekam, drehte er mich auf den Rücken und fickte mich in seinem eigenen Rhythmus. Ich war so feucht, dass sein Schwanz schmatzende Geräusche machte.

«Hörst du das?», flüsterte ich.

«O ja», antwortete er und sah mir in die Augen.

Am gesteigerten Tempo seiner Stöße merkte ich, dass er im Begriff war zu kommen, und als er die Beherrschung verlor und in mir kam, kratzte ich ihm mit den Fingernägeln über den Rücken.

Dann lagen wir Seite an Seite auf dem Sofa, schweißnass und zu erschöpft, um uns zu rühren. Geoff legte mir seinen schweren Arm um die Schulter und barg sein Gesicht an meiner Wange. Als ich ihm mit dem Finger über die Seite fuhr, erschauerte er.

«Schön, dass du wieder da bist», murmelte ich.

«Schön, wieder da zu sein», brummte er, dann schliefen wir ein.

Geoff grinste affektiert. Je mehr Kleider ich aus dem Schrank holte, mir vor dem Spiegel anhielt und wieder verwarf, desto anzüglicher wurde sein Grinsen, als wollte er sagen: Geschieht dir recht, wenn du zu einer Hochzeit fährst, anstatt mit mir eine Woche zu verreisen. Tatsächlich hatte ich schon häufiger daran gedacht, die Reise nach Schottland abzusagen und stattdessen mit Geoff einen Kletterausflug zu unternehmen.

Wir hatten zwar keine richtige «Beziehung», kannten uns aber lange genug, um entspannt miteinander umzugehen. Geoff war nicht der Typ Mann, mit dem man häuslich werden wollte, Gott bewahre. Wir taten gar nicht erst so, als wären wir einander treu, und wenn einer von uns auswärts arbeitete, blies der andere deswegen nicht Trübsal. Gleichwohl verstand er es, sich zu amüsieren und dafür zu sorgen, dass auch ich nicht zu kurz kam, und die Vorstellung, tagsüber mit Geoff zu kraxeln und nachts das Bett mit ihm zu teilen, war durchaus reizvoll.

Das Problem dabei war, dass mir Eric, der Bräutigam, eine Absage nicht verziehen hätte. Außerdem wollte ich mit Jane zusammen reisen, und sie hätte es bestimmt nicht freundlich aufgenommen, wenn sie die weite Fahrt im Schlafwagen hätte allein machen müssen. Hinzu kam, dass ich sie nicht allein zu einer Feier reisen lassen wollte, wo sie außer Eric, mit dem sie erst kürzlich eine Affäre gehabt hatte, niemanden kannte. Außerdem ist eine Hochzeit eine Hochzeit, und wenn alle Stricke rissen, konnte ich immer noch in einer echten schottischen Burg jede Menge Sekt schlürfen. Da ich Geoffs Einstellung zu Hochzeiten kannte, verzichtete ich darauf, ihn zu fragen, ob er mich begleiten wolle.

Als Geoff mich schließlich in der Euston Station mit einem munteren «Dass du mir ja die Hände vom Daddy der Braut lässt!» verabschiedete, blieben mir noch fünf Minuten bis zur Abfahrt des Zuges. Jane war bereits in unserem Abteil, hatte die Schuhe ausgezogen und eine Flasche Scotch aufs Fensterbord gestellt.

«Ich hab mir gedacht, ich bring mich schon mal etwas in Stimmung», erklärte sie. In Anbetracht des niedrigen Whiskystands in der Flasche hatte sie ihre Stimmung schon mächtig angeheizt. Vielleicht hatte sie das mit Eric ja schwerer getroffen, als sie sich anmerken ließ.

Jane und ich kannten uns seit über zehn Jahren, und wir hatten nur sehr wenige Geheimnisse voreinander. Ich hatte ihr nie erzählt, dass ich mir eines Abends ohne ihr Wissen ihren Wagen ausgeborgt hatte, und sie hatte mir ihre Affäre mit meinem ersten richtigen Freund verschwiegen (er erzählte mir davon, als ich unter seinem Bett ihr T-Shirt entdeckte). Davon abgesehen hatten wir schon viele Abenteuer miteinander beweint und – was häufiger vorkam – belacht.

Ich nahm die Flasche und ein Zahnputzglas in die Hand, und sei es, um zu verhindern, dass sie sich sinnlos betrank. Niemand teilt ein Schlafwagenabteil gern mit einer sentimentalen Betrunkenen, selbst dann nicht, wenn es sich um die beste Freundin handelt. Außerdem wollte ich nicht, dass sie bei der Hochzeitsfeier in angetrunkenem Zustand aufkreuzte, womöglich die Braut beiseite nahm und ihr ins Ohr flüsterte: «Du kannst ihn ruhig haben. Er ist ein richtiges Miststück.» Das wäre ihr nämlich durchaus zuzutrauen gewesen.

«Und wie sehen deine Pläne für morgen aus?», fragte ich leichthin. «Beabsichtigst du, in Gegenwart des glücklichen Paares Erics Vater zu vernaschen?»

«Eigentlich», antwortete sie mir pseudo-ernsthaft, «hab ich eher dran gedacht, mit dem Bräutigam Sex zu haben ... und zwar hinter dem Zelt, an einen Baum gelehnt.» Wir mussten beide lachen.

«Dann denk bloß dran, dass du kein cremefarbenes Kostüm anziehst», riet ich ihr.

Jane lächelte verbittert und leerte ein großes Whiskyglas, dann streckte sie es mir auffordernd entgegen. Ich hielt mich beim Einschenken unauffällig zurück.

«Na los», sagte ich, «erzähl mir schon, was für ein Arschloch er war.»

«Ach, so war es nicht.» Sie seufzte gleichmütig. «Es ist nur so ... ich meine, ich hab nie geglaubt, dass das was für länger wäre, aber es wäre doch nett, wenn er mich wie eine alte Freundin behandeln würde. Seit der Trennung hat er kaum mit mir gesprochen.»

«Schlechtes Gewissen?», schlug ich vor.

Jane nickte zynisch. «Ja, das wird's wohl sein. Wenn er mich für eine böse Verführerin hält, kann er sich einreden, es sei nicht seine Schuld gewesen, dass er seine Verlobte betrogen hat. Ach, was soll's. Geschieht mir recht, wenn ich mir anderer Frauen Männer ausborge. Aber wie sieht's bei dir aus? Triffst du dich immer noch mit Geoff?»

Der Zug fuhr aus dem Bahnhof und begann die weite Fahrt nach Norden. Während er rumpelnd und ächzend London hinter sich ließ, arbeiteten wir uns bis zum Flaschenboden vor und brachten uns in festlichere Stimmung. Gegen zwei, irgendwo hinter Birmingham, fläzte Jane sich todmüde auf dem unteren Bett. Das blonde Haar fiel ihr in Strähnen ins Gesicht.

«Ich würd gern eine Tasse Tee trinken», murmelte sie. «Eine schöne Tasse Tee. Wär das nicht toll?»

Ich musste zugeben, dass eine Tasse Tee genau das Richtige für mich wäre, denn nach der knappen halben Flasche Scotch fühlte sich mein Mund staubtrocken an. Außerdem war klar, dass Jane an der Bar nicht bedient werden würde, falls sie es überhaupt bis dorthin schaffte. Und so steckte ich die Geldbörse ein und trat aus dem Abteil.

Der Zug donnerte gerade durch eine verlassene Gegend irgendwo im Norden Englands. Mit ausgestreckter Hand wahrte ich für den Fall, dass der Zug eine Kurve fuhr, das Gleichgewicht und stolperte über den schmalen Gang, froh über die durch die offenen Fenster hereinwehende frische Luft. Im Speisewagen saßen noch ein paar Leute, ein Pärchen und einige Männer, entweder allein oder in Zweiergruppen. Die Bedienung sah von einer Zeitschrift auf. «Guten Abend», sagte ich, zu sehr darum bemüht, nicht zu lallen. «Könnte ich vielleicht eine Kanne Tee bekommen, für zwei Personen?»

Ich nahm am erstbesten Tisch Platz, während die Bedienung in der Küche verschwand. Der Mann am Nebentisch sah interessiert aus dem Fenster, als wollte er überspielen, dass er mich angestarrt hatte. Er hatte sandfarbenes Haar und einen Hauch von Sommersprossen. Die muskulösen Unterarme hatte er neben dem Whiskyglas aus Plastik auf die Tischplatte gestützt. Seine blassblauen Augen spiegelten sich im dunklen Fenster; er sah mich an, dann schaute er wieder weg.

«Orion, der Jäger», sprach ich ihn an.

«Wie bitte?»

«Orion», wiederholte ich. «Die drei Sterne sind der

Gürtel, und daran hängt das Schwert. Die beiden Sterne dort sind die Schultern.» Er wirkte überrascht, dass ich ihn angesprochen hatte – angenehm überrascht.

«Stimmt das wirklich?» Er hatte einen weichen schottischen Akzent, die Art Akzent, die mich auf der Stelle schwach werden lässt.

Ich setzte mich auf den freien Platz an seinem Tisch und zeigte zum Sternenhimmel hinaus. «Und das ist Sirius.»

«Der Hundsstern?»

«Der stellt Orions Jagdhund dar.»

Sein zerknittertes Lächeln war einfach hinreißend. Ich reichte ihm die Hand.

«Emma Fowler. Abteil A9.» Lächelnd ergriff er meine Hand.

«Hamish McQueen. Abteil A11.» Er schüttelte mir mit festem, aber entspanntem Griff die Hand und gab sie langsam wieder frei.

«Dann sind wir sozusagen Nachbarn.»

Die Bedienung brachte das Tablett mit den beiden Teekannen und ein paar Keksen. Hamish wirkte amüsiert.

«Was haben Sie?», fragte ich, als die Bedienung gegangen war.

«Dann sind Sie also Engländerin? Eine schöne Tasse Earl Grey um zwei Uhr morgens – das hat Stil.»

Ich erhob mich mit dem Tablett. «Eigentlich wollte ich Sie auf gut nachbarschaftliche Art zu einer Tasse Tee einladen», sagte ich, «aber ich nehme an, das würde Ihnen allzu englisch vorkommen.»

Als wir vor dem Abteil A9 standen, hörte ich Jane im Vollrausch schnarchen. «Ich sollte wohl besser die Rolle des Gastgebers übernehmen», meinte Hamish leise. Er entfernte sich, um den Schlafwagenschaffner zu bitten, ihm die Tür zu öffnen. Als ich einen Blick in unser Abteil warf, lag Jane reglos auf dem unteren Bett. Hamish kam mit dem Schaffner wieder.

«Wo Sie schon mal hier sind», sagte ich freundlich, «ich glaube, Sie haben vergessen, die Verbindungstür aufzusperren.»

Der Schaffner schaute verwirrt drein, denn er konnte sich nicht erinnern, dass wir zusammen reserviert hatten. Hamish wirkte ebenfalls überrascht, doch als der Schaffner ihn fragend ansah, nickte er gelassen.

«Es wäre nett, wenn Sie die Tür jetzt öffnen würden», sagte er. Während der Schaffner sich über den Gang entfernte, hielt Hamish mir mit theatralischer Geste die Tür zu seinem Abteil auf. Mit dem Tablett in der Hand trat ich ein.

Im spiegelnden Fenster beobachtete ich, wie Hamish die Tür verschloss und sich dann zu mir umwandte. Ich setzte das Tablett auf dem Fensterbord ab, drehte mich aber nicht um. Hamish trat dicht hinter mich, jedoch ohne mich zu berühren, und blickte in das Spiegelbild meiner Augen, das sich mit dem Sternenhimmel überlagerte. Ich verspürte ein erwartungsvolles Kribbeln: Irgendetwas würde geschehen, und ich war gespannt darauf.

Noch immer ohne mich zu berühren stützte er rechts und links von mir die Hände aufs Bord und neigte den Kopf, bis ich seinen Atem unterhalb des linken Ohrs spürte. Er pustete sachte, dann streifte er mit den Lippen über meinen Hals. Ich erschauerte lustvoll und senkte den Kopf, bot ihm den Nacken dar. Er fasste Zutrauen und ließ seine Lippen seitlich am Hals entlang zum Schlüsselbein wandern. Dann fuhr er mir mit der Zungenspitze wieder den Hals hoch. Die Speichelspur, die er dabei zurückließ, fühlte sich angenehm kühl an.

Ganz behutsam streifte er mir mit seiner warmen Hand

das Nackenhaar beiseite und küsste sich am Rückgrat entlang. Obwohl ich den Kopf gesenkt hatte, sah ich die vorbeihuschenden Straßenlaternen. Das unverhoffte Zwischenspiel mit diesem warmen, zärtlichen Mann, während draußen alles schlief, vermittelte mir das Gefühl, ein geheimnisvolles Geschenk auszupacken. Behutsam öffnete er den Reißverschluss meines Kleides und streifte es mir ab. Als die Träger von meinen Schultern glitten und die kalte Nachtluft meinen Oberkörper umspülte, bekam ich eine Gänsehaut.

Er sah mir wieder in die Augen und legte mir die warmen Hände um die Taille. Seine Daumen berührten mich im Kreuz, die Fingerspitzen ruhten beiderseits des Nabels. Langsam drehte ich mich zu ihm um und trat aus dem Kleid heraus, sodass ich nun in Unterwäsche dicht vor ihm stand.

Er küsste mich wieder auf den Hals und fuhr mit der Zungenspitze übers Schlüsselbein, bis zu meiner empfindsamen Achselhöhle. Das Prickeln pflanzte sich bis zu den Handgelenken fort und wanderte den Bauch hinab. Er bückte sich ein wenig, züngelte seitlich an meiner Brust, leckte am Rand des Spitzen-BHs entlang und dann weiter nach unten bis zum Rippenansatz.

Als ich ihm die Hände auf die Schultern legte, packte er mich fester um die Hüften und hob mich hoch. Ich zog den Kopf ein, als er mich aufs obere Bett setzte, sodass ich nun auf ihn hinuntersah. Langsam streichelte er mir über die Schenkel, die glatten Waden und die Knöchel, wobei er mir unverwandt in die Augen sah, als könne er mich dadurch, dass er mich anschaute, ganz in sich aufnehmen.

Dann umfasste er meine Fesseln, hob meine Füße an sein Gesicht und nahm gleichzeitig beide großen Zehen in den Mund. Als er daran saugte, durchrieselte mich ein wohliger Schauder. Ich hätte gern den Kopf in den Nacken gelegt, doch mit den Schultern stieß ich an die Decke des Abteils und musste mich mit ausgestreckten Armen abstützen. In dieser eingeklemmten Haltung war ich hilflos seinem rastlosen Mund ausgeliefert, der saugend und behutsam beißend meine Zehen und den Spann erkundete und ein solch angenehmes Prickeln die Beine hochsandte, dass ich schon meinte, es würde allein davon kommen, dass er mir die Füße leckte. Das rhythmische Rattern des Zuges, der durch die dunkle Landschaft fuhr, verstärkte das Beben meines Körpers, als mich die Erregung mehr und mehr überwältigte.

Plötzlich schob er mir die Füße auseinander und spreizte mir die Beine. Er vergrub den Kopf in meinem Schoß, saugte und liebkoste meine Möse durch den dünnen Nylonstoff des Stringtangas hindurch, der bereits feucht war von meinem Saft. Jetzt konnte ich mich tatsächlich nicht mehr rühren. Meine Beine wurden gegen die Bettkante gedrückt, mit den Händen stützte ich mich an der Decke ab, um nicht das Gleichgewicht zu verlieren. Mit der Zungenspitze drückte er gegen den Kitzler, leckte mit quälender Langsamkeit hin und her, dann züngelte er über die Ritze, die unter dem glänzenden Stoff verborgen lag. Aufgrund der niedrigen Decke hielt ich den Kopf gesenkt und konnte genau beobachten, wie Hamish mit der Zunge die Falten meiner Möse erkundete. In allen Einzelheiten sah ich seinen nassen Mund, die vollen Lippen, die durch den dünnen Stoff hindurch am Kitzler saugten, die von langen blonden Wimpern verschleierten blauen Augen.

Er hielt einen Moment inne und blickte mit diesen hellblauen Scherben Sommerhimmel zu mir auf. Sein Mund und sein Kinn glänzten von meinem Saft. «Ach Gott», murmelte er mit seinem weichen schottischen Akzent, «du schmeckst einfach wundervoll.» Er hob den Kopf und küsste mich, unser erster Kuss auf den Mund. Ich schmeckte den scharfen Moschusgeschmack auf seinen Lippen. Dann senkte er den Kopf wieder und zog den Tanga mit den Zähnen beiseite, sodass die nass glänzende, angeschwollene Möse nun offen vor ihm lag.

Vielleicht weil er wusste, dass ich ihm zusah, leckte er mich noch langsamer als zuvor mit langen, festen Zungenschlägen. Die beim Fenster hereinwehende Nachtluft ließ den Speichel auf der Stelle abkühlen. Um ein Haar hätte ich aufgeschrien, doch ich wollte Jane im Nachbarabteil nicht wecken. Hamish hielt mich am Rande des Orgasmus. Ich zitterte vor Erregung. Er spannte mich auf die Folter und weigerte sich, mich mit schnellerem Lecken zum Höhepunkt zu bringen. Ich wollte, dass er die Finger in mich hineinsteckte, denn dann wäre ich auf der Stelle gekommen, er aber hielt noch immer den Spann meiner Füße umfasst und steigerte meine Erregung noch weiter, indem er behutsam über meine Fußsohlen kratzte. Währenddessen fuhr er unerbittlich fort, meine Mauern zu schleifen, leckte einmal flach über den Kitzler, dann wieder an der äußeren Schamlippe entlang oder ließ die Zunge gemächlich zum runzligen Rand meiner Rosette hinabwandern. Ich meinte zu schweben, mein Körper trieb hilflos in den warmen Strömungen.

Schließlich bewegte Hamish die Zunge rhythmisch über den Kitzler, immer schneller und schneller. Meine ganze Erregung sammelte sich im Bauch. Ich schloss die Augen und flüsterte: «O ja!» Als ich zu zittern begann, bedeckte Hamish mein Geschlecht mit dem Mund, saugte im Rhythmus meiner Bewegungen am Kitzler, die Zungenspitze ein Stück weit in meiner Möse. Ich meinte, in seinem

Mund zu kommen, es war, als sauge er den Orgasmus tief aus mir heraus. Als ich kam, öffnete ich die Augen und blickte in seine freudestrahlenden blauen Augen.

Hamish hob mich hoch und setzte mich aufs untere Bett. Ich war noch ganz benommen. Er zwinkerte mir zu. «Also, ich glaube, der Tee dürfte mittlerweile gezogen haben», meinte er leise. «Soll ich dich ein bisschen bemuttern?» Ich schaute zu, wie er aus der kleinen Zinnkanne lauwarmen Tee in zwei Becher einschenkte, wobei sich seine Schulterblätter unter dem weißen Hemd geschmeidig bewegten und er ständig das Gewicht verlagerte, um das Schwanken des Bodens auszugleichen. «Zucker?», fragte er. Ich schüttelte wortlos den Kopf, noch ganz erschöpft vom überwältigenden Orgasmus. Er reichte mir einen Becher und setzte sich neben mich.

«Wo hast du das gelernt?», murmelte ich matt.

«Also, ich hab schon als kleiner Junge Tee gebrüht», antwortete er mit einem belustigten Funkeln in den Augen.

«Idiot, den Tee hab ich nicht gemeint.»

«Ach, das.» In seinem Lächeln lag ein Hauch von Wehmut. «In sieben Jahren Ehe, schätze ich. So was prägt sich halt ein, und zwar mehr als ...»

«... als eine Zufallsbekanntschaft aus dem Zug», beendete ich an seiner Stelle den Satz.

«Das ist ganz offensichtlich nicht so», gab er zurück.

Da musste ich ihm Recht geben. Er hatte vollkommen konzentriert gewirkt. Ich verzichtete darauf, ihn zu fragen, ob er noch verheiratet sei. Das ging mich nichts an.

Hamish nahm mir den leeren Becher ab und stellte ihn aufs Tablett. «So ordentlich», murmelte ich.

«Gewiss», sagte er und sah mich an. «Ich bin der nette Junge von nebenan, oder hast du das schon vergessen?»

Mit der gleichen Bedachtsamkeit, mit der er mir soeben einen höllisch guten Orgasmus verschafft hatte, entkleidete er sich. Knopf für Knopf öffnete sich das gestärkte weiße Hemd und enthüllte einen muskulösen Oberkörper mit sandfarbenem Brusthaar. Ich konnte ihn mir gut zu Hause beim Bügeln vorstellen. Er streifte das Hemd ab und ließ es auf den Boden fallen, nicht achtlos, sondern eher so, wie man einen Fehdehandschuh wirft.

Das war keine Stripeinlage, sondern eher eine Absichtserklärung, vergleichbar den Lockerungsübungen eines Ringers vor dem Kampf, die einerseits der eigenen Konzentration dienen, dem Gegner aber auch eine Botschaft zukommen lassen sollen. Ich kann es mir leisten, mir Zeit zu lassen, sollte das heißen; ich möchte gut vorbereitet sein. Ich schaute ihm gebannt zu. Nacheinander stellte er die Füße auf die Bettkante, schnürte die Schuhe auf und streifte sie zusammen mit den Socken ab. Ohne mich aus den Augen zu lassen, löste er den Gürtel, knöpfte sich die Hose auf und ließ sie herabfallen. Als er aus den Hosenbeinen trat und sich mir näherte, zeichnete sich in den weißen Baumwollshorts sein Ständer ab. Er war riesig. Bei dem Anblick wurde mir ganz heiß.

Nach wie vor auf dem unteren Bett sitzend, fasste ich das Gummiband seiner Shorts und streifte sie ihm langsam herunter, wobei ich seinen flaumigen, festen Po unter den Händen spürte. Sein Schwanz sprang heraus, an der Eichel glänzte bereits ein kleiner Tropfen Feuchtigkeit. Hamish stützte sich mit einer Hand am oberen Bett ab, trat aus der Unterwäsche heraus und stand nun splitternackt vor mir. Er war wunderschön, durchtrainiert ohne aufdringliche Muskelpakete, gelassen und selbstbewusst. Und aus dem hellen Busch ragte mir sein Schwanz entgegen, der fast bis zum Nabel reichte.

Ich umfasste ihn mit der Hand, streichelte den seidigen, warmen Schaft und streckte die Zunge danach aus; da legte Hamish mir die Hand auf die Wange.

«Nicht», flüsterte er, «ich will dich ganz spüren. Wär dir das recht?»

«Das fände ich toll», erwiderte ich ebenfalls flüsternd.

Mit einer raschen Bewegung zog er mir den BH und den feuchten Tanga aus und legte sich neben mich aufs schmale Bett. Seine Augen waren mir ganz nah, als er mich mit einer Leidenschaft küsste, die mir den Atem verschlug. Ich wälzte mich auf den Rücken, sodass er auf mir zu liegen kam, spürte seine Wärme an meiner Haut und umschlang ihn mit den Beinen, während sich sein Haarflaum an meinen Schenkeln rieb. Auf den breiten Schultern hatte er ein paar Sommersprossen. Er fasste mir an die Brüste und knetete sie, zwickte und zwirbelte die Nippel, bis ich laut stöhnte. Dann endlich spürte ich, wie er mir mit den Fingern die Möse dehnte.

Er schob seinen Steifen in mich hinein und spreizte die Öffnung, bis die Eichel in der Möse steckte. Sein Schwanz war groß, aber ich war noch ganz nass von seinem Speichel, sodass er Zentimeter um Zentimeter hineinrutschte. Gleichmäßig schob er den Schwanz in mich hinein, hielt mit den Händen meine Pobacken umfasst und spreizte mit den Daumen die Schamlippen. Währenddessen küsste er mich unaufhörlich und schob mir die Zunge mit der gleichen Unerbittlichkeit in den Mund, mit der sein Riemen in meine Möse eindrang. Ich keuchte ihm in den Mund, verblüfft über seine Größe. Er füllte mich vollständig aus und drang immer noch weiter vor. Ich zog die Beine an, versuchte mich noch mehr zu öffnen. Hamish umfasste meine Fesseln und legte sich meine Füße über die Schultern, sodass ich nahezu zusammengefaltet war. Er richtete sich auf und blickte auf seinen Schwanz nieder, der immer noch weiter hineinglitt, denn meine neue Lage ermöglichte ihm ein tieferes Eindringen. Ich schaute ebenfalls nach unten. Meine Möse war so weit gedehnt, dass sich der Kitzler am Schaft rieb. Der Anblick machte mich mordsscharf. Der Orgasmus setzte ein, die Muskeln zogen sich um den riesigen Schaft zusammen, waren aber bereits so stark gedehnt, dass ich ihn mit jeder Kontraktion nur noch fester packte, was wiederum meine eigene Erregung steigerte. Ich legte ihm die Hände auf den Arsch, zog ihn an mich, sodass er mit jeder Kontraktion tiefer hineinglitt. Als ich zu einem intensiven Höhepunkt kam, hatte er seinen Riemen vollständig in mir versenkt.

Seine Bewegungen auf die Lustwellen abstimmend, die mich durchströmten, begann er behutsam zu stoßen und drückte mir die Hüften entgegen, sodass die Eichel tief in mich eindrang, während mein Kitzler sich bei jedem Stoß an ihm rieb. Das Lustgefühl war so überwältigend, dass die Wellen des Orgasmus nicht verebbten, sondern mich unablässig durchschwemmten, mich auf ihrem Rhythmus davontrugen. Seine Erregung stieg ebenfalls, seine Hüften bewegten sich schneller und kräftiger, dann verließ ihn die Selbstbeherrschung, und er stieß wuchtig in mich hinein. Ich schlang ihm die Beine um den Hals, zog ihn an mich und sah, wie sich seine Augen vor Erregung verschleierten. «Lass es dir ruhig kommen», flüsterte ich ihm ins Ohr. «Komm in mir. Komm jetzt.»

Er verkrampfte sich, dann spritzte er mir erschauernd seinen Saft in den Leib. Während mein Orgasmus langsam verebbte, erzitterte er zwei-, dreimal, dann sackte er erschöpft auf meiner Brust zusammen. Eine Weile lagen wir reglos da, während unser Atem sich vor dem Hintergrund des Schienenratterns allmählich wieder beruhigte.

Als ich die Haltung zu verändern suchte, weil ich allmählich steif wurde, drückte er sich hoch und glitt aus mir hinaus. Ich wälzte mich unter ihm hervor und streckte mich neben ihm aus. Draußen standen die Sterne reglos über der dunklen, vorbeifliegenden Landschaft. Der Zug jedenfalls behielt seinen unerbittlichen Rhythmus bei.

Benommen und erschöpft blickte ich in die Dunkelheit hinaus, bemühte mich, wieder in die Realität zurückzukehren. Hamish lag ganz still da, sein gleichmäßiger Atem verriet, dass er im Begriff war einzuschlafen. Das anonyme Schlafwagenabteil schien noch nachzuschwingen von unserer leidenschaftlichen Begegnung. Offensichtlich war es für schnöde Geschäftsreisende konzipiert – das karge Dekor, die schmalen Betten –, doch die nüchterne Atmosphäre hatte es Hamish und mir leicht gemacht, ohne die üblichen Umschweife miteinander zu ficken. Ich hätte gern gewusst, wie viele andere Paare in diesem Moment die gestärkten weißen Laken zerknautschten und sie mit ihrem Schweiß und ihren Körpersäften tränkten, so wie ich es mit einem Wildfremden getan hatte. Und da lag ich nun und genoss, anstatt zu schlafen und mich für die morgige Hochzeit auszuruhen, eine intensive erotische Erfahrung.

Die morgige Hochzeit! Jäh wurde mir bewusst, dass man in wenigen Stunden an unsere Tür klopfen und Jane und mich mit einem kleinen Frühstück wecken würde. Bei Erics Hochzeit hätte ich eigentlich hellwach sein und einen guten Eindruck machen sollen. Jetzt musste ich mich mit einem kurzen Nickerchen begnügen, und wenn ich Glück hatte, würde es mir gelingen, während der Feier nicht einzuschlafen. Ich betrachtete Hamish. Seine Lippen hatten sich leicht geöffnet, und ein seliger Ausdruck lag auf seinem Gesicht: Er schlief. Behutsam stand ich auf, deckte ihn mit dem Laken zu und machte das Licht aus. Dann sammelte ich meine herumliegenden Klamotten auf und schlüpfte durch die Verbindungstür in unser Abteil.

Jane hatte in der Zwischenzeit kaum die Haltung verändert. Die Augen hatte sie geschlossen und einen Arm um den Kopf gelegt, die Mascara war leicht verschmiert, und das blonde Haar hing ihr ins Gesicht und breitete sich übers Kissen. Da mir kalt war, öffnete ich so leise wie möglich die Reisetasche und holte das Nachthemd heraus. Als ich es mir unbeholfen über den Kopf streifte, ließ mich auf einmal Janes schläfrige, whiskyheisere Stimme zusammenschrecken.

«Oh, prima», krächzte sie, «endlich gibt's Tee.» Ich musterte sie verwirrt. Welchen Tee? Den Tee! Den Tee, den ich vor zwei Stunden holen wollte, dann aber mit Hamish zusammen getrunken hatte. Der Tee war wahrscheinlich das Letzte, woran Jane sich noch erinnerte. Wie aufs Stichwort lächelte sie mit dem Charme einer Betrunkenen und fragte: «Hab ich lang geschlafen?»

«Stundenlang», antwortete ich. «Es ist schon eine Ewigkeit her, dass wir Tee getrunken haben.»

Sie blinzelte misstrauisch. «Daran erinnere ich mich nicht mehr.» Ich sah, dass sie überlegte, warum ich sie wegen des Tees angelogen hatte. Manchmal kannten wir einander einfach zu gut.

«Nicht wir beide», erklärte ich. «Wir, das heißt, ich und der Mann im Nebenabteil. Wir sind uns im Speisewagen begegnet, und weil du schon geschlafen hast, sind wir ...»

Mit einem Mal hellwach, setzte sie sich auf und musterte mich scharf. Wie gesagt, sie kennt mich einfach zu gut und weiß genau, dass ich nicht zwei Stunden brauche, um eine Tasse Tee zu trinken. Ihre zarten Nasenflügel bebten. «Ist das etwa der Duft eines Fremden im Zug, was ich da rieche?», wisperte sie. «Hat er sich für die Tasse Tee ordentlich revanchiert?»

Ich nickte errötend. Vor Jane habe ich kaum Geheimnisse, doch jetzt, da sie mich dabei ertappt hatte, wie ich mich nach einem erotischen Abenteuer nackt ins Abteil zurückstahl, fühlte ich mich auf einmal wie ein schüchterner Teenie.

«Na los, erzähl schon!», sagte Jane triumphierend. «Wenn ich schon keinen Tee kriege, will ich wenigstens die Einzelheiten wissen. Wie groß war sein Schwanz?» Diese Art Direktheit ist typisch für Jane.

Ich zeigte es ihr mit den Händen. Sie schaute ungläubig drein. «Doch, ehrlich!», versicherte ich ihr. Sie musterte mich prüfend, kam zu dem Schluss, dass ich nicht übertrieb, und stieß einen anerkennenden Pfiff aus. Dann stand sie auf. Ich machte große Augen. «Was hast du vor?», fragte ich.

«Ihn mir mal anzuschauen», antwortete sie, öffnete die Verbindungstür und trat hindurch. Mir klappte die Kinnlade herunter, und ich musste mich setzen. Ich konnte es nicht fassen. Warum hatte ich Jane nur davon erzählt? Ich hätte es mir denken können. Schon unter normalen Umständen ist sie jederzeit bereit, über die Stränge zu schlagen. In ihrem alkoholisierten Zustand, noch grollend wegen Erics bevorstehender Heirat, war ihr alles zuzutrauen. Ich wartete auf Hamishs Aufschrei, wenn er den Eindringling bemerkte. Als der Schrei ausblieb, öffnete ich einen Spalt weit die Verbindungstür und spähte hindurch.

Hamish lag noch immer flach in seiner Koje; offenbar hatte er sich in der Zwischenzeit nicht gerührt. Jane beugte sich über ihn und zog ihm langsam, damit er nicht aufwachte, die Decke weg. Der Mondschein meißelte seine muskulöse Gestalt mit tiefblauen Schatten nach. Eine Hand lag mit leicht gebogenen Fingern neben ihm auf dem Laken, die andere ruhte oberhalb des Nabels, hob und senkte sich sachte im Rhythmus seines Atems. Das Schamhaar klebte ihm an der Haut, der Schwanz lag entspannt auf dem Oberschenkel, noch feucht von unseren Körpersäften.

Jane musterte ihn wie eine hungrige Reisende, der man bei ihrer Ankunft ein Festmahl bereitet hat. Am liebsten hätte ich sie weggezerrt, fürchtete aber, Hamish dabei aufzuwecken und ihm einen Schrecken einzujagen. Ich beobachtete gebannt, wie Jane die Hand ausstreckte und mit der Fingerspitze am Schwanz entlangfuhr. Er zuckte leicht, Hamish aber rührte sich nicht. Jane leckte lächelnd den Finger ab, dann ließ sie ihn erneut von der Schwanzwurzel bis zur Spitze wandern. Bitte, dachte ich, bitte hör auf und komm wieder in unser Abteil.

Jane aber dachte gar nicht daran. Durch den Türspalt hindurch beobachtete ich, wie sie ihn behutsam streichelte, wie der große Schwanz abermals anschwoll und sich vom Oberschenkel erhob, ohne dass sich Hamishs Atemrhythmus auch nur im Mindesten verändert hätte. Jetzt, da sie ihn in voller Größe sah, würde sie sich bestimmt zufrieden geben, dachte ich, doch da war wohl die Hoffnung der Vater des Gedankens.

Jane kniete neben dem Bett nieder und nahm die Eichel in den Mund. Sie schloss die Lippen darum und nahm etwa ein Drittel der Schwanzlänge in sich auf, dann war ihr Mund voll. Jetzt erst regte sich Hamish. Er legte den Kopf in den Nacken, aus seinem Mund kam ein lustvoller Laut, der beinahe melodisch klang. Seine Augen waren noch immer geschlossen, aber wie lange noch?

Janes blondes Haar fiel auf Hamishs Brust und Bauch. Als sie zu saugen begann und sich ihre Wangen einbeulten, überkam mich eine eigenartige Unruhe. Irgendwie störte es mich, dass meine beste Freundin mit dem Mann zugange war, der mich soeben gefickt hatte, und wahrscheinlich meinen Saft auf seinem Schwanz schmeckte. Das kam mir allzu intim vor. Wir hatten schon vieles miteinander geteilt, aber noch keinen Mann. Jedenfalls nicht in ein und derselben Nacht. Wohl wahr, wir hatten einen ähnlichen Geschmack, und auf unserer Erfolgsliste gab es ein paar Überschneidungen, aber bislang hatten wir immer ein gewisses Maß an Diskretion bewahrt. Deshalb hätte ich am liebsten die Tür geschlossen, um nicht mehr zuschauen zu müssen. Doch ich tat es nicht; ich sah ihr weiter zu. Ich wollte es mir nicht eingestehen, aber irgendwie fand ich es irrsinnig erregend, mir einen Mann mit Jane zu teilen.

Als ich fand, dass Hamish in der Zwischenzeit eigentlich aufgewacht sein müsste, hielt Jane inne und richtete sich auf. Eine Woge der Erleichterung überschwemmte mich – sie hatte ihren Willen bekommen und war jetzt gelangweilt. Ich hielt ihr die Tür auf, weil ich erwartete, sie werde wieder in unser Abteil kommen. Stattdessen streifte sie sich das T-Shirt über den Kopf, zog die Jeans aus und machte nackt dort weiter, wo sie aufgehört hatte. «Jane!», flüsterte ich drängend, in der verzweifelten Absicht, sie zurückzuholen, bevor Hamish merkte, dass dies mehr war als ein angenehmer Traum. Zu spät. Seine Augenlider flatterten, dann betrachtete er die nackte Unbekannte, die seinen Schwanz im Mund hatte. Jane hob den Kopf von Hamishs Ständer und reichte ihm mit einem charmanten Lächeln die Hand. «Hallo, ich bin Jane», sagte sie, als hätten sie sich soeben bei einer Cocktailparty kennen gelernt. «Ich bin Emmas Freundin.»

Gelassen ergriff Hamish die ausgestreckte Hand und schüttelte sie. «Ich bin Hamish.» Mit den Augen folgte er Janes Blick zur Tür. «Emma», sagte er lächelnd, «willst du nun mitmachen, oder was?»

Anstatt wegzulaufen oder etwas anderes Vernünftiges zu tun (als ob eine vernünftige Person sich in eine solch peinliche Lage gebracht hätte), trat ich vor und schloss hinter mir die Tür. Jane senkte den Mund wieder auf Hamishs Schwanz, während er mir die Hand entgegenstreckte. «Also», flüsterte er mir zu, «ich schätze, deine Freundin weiß mittlerweile, wie deine Möse schmeckt. Möchtest du mal von ihrer kosten?» Folgsam kniete ich hinter Jane nieder. Als ich mein Gesicht ihrem Schlitz näherte, stieg mir der scharfe Mösengeruch in die Nase, und mir wurde der Mund wässrig. Ich öffnete die Lippen, unsicher, wie ich anfangen sollte.

«Na los, sei nicht schüchtern», ermunterte mich Hamish. «Hast du denn gar nichts von mir gelernt?» Ich dachte daran, wie er mich bedächtig geleckt und auf die Folter gespannt hatte, und fuhr mit der Zunge Janes Schlitz entlang bis zum verborgenen Kitzler. Sie erschauerte. Ihre Möse schmeckte köstlich salzig.

Nachdem Hamish mich auf die gleiche Weise erregt hatte, konnte ich mir gut vorstellen, wie es sich für sie anfühlte. Während ich an ihrer Spalte auf- und ableckte, meinte ich jeden einzelnen Zungenschlag an meiner eigenen Möse zu spüren. Ich leckte vor bis zum kleinen Knubbel, dann zurück zu der dahinter befindlichen zarten Haut. Ihre Möse zuckte, dennoch ließ sie sich nicht davon ablenken, Hamish Lust zu bereiten.

Er streichelte mir geistesabwesend über den Rücken, und jeder einzelne von Janes Zungenschlägen brachte seine Fingerspitzen zu einer elektrischen Entladung. Aus seinen Berührungen schloss ich, was sie gerade machte: Eine ausholende, feste Bewegung bedeutete, dass sie seinen Schwanz tief in den Mund nahm; leichte Zuckungen der Fingerspitzen zeigten an, dass sie die empfindliche Eichel bezüngelte. Dieser Rhythmus leitete wiederum meine Zunge, während ich sie von hinten leckte, denn ich stellte mir vor, was sie mit Hamishs Schwanz im Mund empfand.

Allmählich wurde ich sicherer, griff auf meine Erfahrung zurück und übernahm die Initiative, steckte kühn die Zunge in Janes Möse und betastete die feuchten Falten, dann liebkoste ich in raschem Rhythmus ihren Kitzler. An Hamishs Berührungen und seinem Stöhnen merkte ich, dass Jane auf meinen Vorstoß reagierte und je nachdem, was ich tat, entweder leidenschaftlicher wurde oder sich mehr zurückhielt. Die Vorstellung, dass ich dieses kleine Orchester dirigierte, erregte mich.

Ich konnte erkennen, dass auch Janes Erregung stieg. Ihr Geschlecht war heiß und angeschwollen, ihr Saft rann ins Schamhaar. Mein Gesicht war glitschig, meine Zunge so nass, als tränke ich Wein. Während ich sie intensiver leckte, steckte ich einen Finger tief in sie hinein und bewegte ihn im Rhythmus meines Mundes, wobei ich instinktiv die empfindlichste Stelle ihrer Möse fand. Ihr Stöhnen wurde gedämpft durch den Schwanz in ihrem Mund. Dann wanderte auf einmal Hamishs Finger an der Pofalte entlang zu meiner Möse. Jetzt war der Kreis geschlossen, und jeder Pulsschlag unseres gemeinsamen Rhythmus wurde sogleich von Fingern und Mündern beantwortet, die uns unerbittlich dem Höhepunkt entgegentrieben.

Jane erlag der Lust als Erste. Während sie aufschrie, zog sich ihre Möse rhythmisch um meinen Finger zusammen. Als ich ihren Orgasmus spürte und Hamishs Finger auf die Bewegungen meines Fingers antwortete, kam es auch mir, und fast gleichzeitig schrie auch Hamish auf, und ich spürte, wie sein Körper auf dem Höhepunkt erbebte. Jede Welle der Lust durchlief uns alle drei, und ich hatte das Gefühl, es dauere Minuten, bis die Erregung verebbte. Wir sanken erschöpft zusammen, Jane und ich auf dem Boden, Hamish auf dem Bett. Einen Moment lang schloss ich ermattet die Augen.

Als ich sie wieder aufschlug, hatte sich der Himmel vor dem Fenster grau gefärbt, und ein diffuses Licht fiel ins Abteil. Jane stand vor mir und hatte mir die Hand auf die Schulter gelegt.

«Emma!», flüsterte sie eindringlich. «Wach auf! Es ist sechs Uhr.»

Ich blinzelte verständnislos und wunderte mich einen Moment, warum ich so steif war und fror. Als mir wieder einfiel, wo ich war, begriff ich auch, warum sie mich unbedingt aufwecken wollte. In wenigen Minuten würde der Steward an unser Abteil klopfen und uns das Frühstück bringen. Anschließend müssten wir uns für Erics Hochzeit ankleiden, aussteigen und zur Burg fahren, wo die Trauung stattfinden würde. Kichernd stand ich auf und streckte die schmerzenden Glieder.

«Was hast du?», fragte Jane, als sie mich durch die Verbindungstür zog und sie hinter uns schloss.

«Ich hab grad überlegt, ob Erics Braut sich bei ihrem Jungfrauenabschied wohl ebenso gut amüsiert hat wie wir.»

Jane, die mit dem herausklappbaren Becken kämpfte und zufällig ausgewählte Körperteile mit einem feuchten Waschlappen abtupfte, musste ebenfalls kichern. «Philippa doch nicht. Die ist ein braves Mädchen. Die hat bestimmt nur paar Gläser Weinschorle getrunken und sich dann früh schlafen gelegt, damit ihre Augen auf den Fotos nicht so verquollen sind.»

Die Vorstellung fanden wir aus irgendeinem Grund erheiternd, und als der Steward mit den beiden Frühstückstabletts kam, kugelten wir uns vor Lachen.

Wie Jane und ich es schafften, einigermaßen vorzeigbar auf den Bahnsteig von Edinburgh Waverley hinauszutaumeln, weiß ich bis heute nicht. In weniger als einer Stunde hatten wir uns an dem winzigen Waschbecken gewaschen, genug Make-up aufgelegt, um den Schlafmangel wettzumachen, die Croissants und die kleinen Müsliportionen hinuntergeschlungen, den Tee getrunken («Endlich Tee!», hatte Jane gerufen, was einen weiteren Lachanfall zur Folge hatte. Wer es nicht erlebt hat, der glaubt es nicht) und uns entschieden, was wir anziehen sollten.

Jane wirkte umwerfend in dem hellroten Kleid, dessen Farbe exakt zu der ihrer Fingernägel passte. «Wenn ich schon wie die ‹Lady in Red› angemalt bin», erklärte sie, «kann ich mich auch so kleiden.» Ich musste eine Münze werfen, wie Geoff es mir vor vierundzwanzig Stunden vorgeschlagen hatte, und wählte den seidenen Hosenanzug, eine besonders gute Wahl, da ich darunter das weite Seidenhöschen tragen konnte. Offen gesagt war ich immer noch ein wenig wund von Hamishs eindrucksvollen Zuwendungen, und der Stringtanga, den ich für gewöhnlich trug, wäre ziemlich unbequem gewesen.

Jetzt wünschten wir uns nichts sehnlicher als etwas ordentliches Gebratenes und jede Menge Kaffee. Stattdessen wartete auf uns der Kleinbus, den Eric organisiert hatte, um die Gäste vom Bahnhof zu dem romantischen, aber abgelegenen Ort zu bringen, den er für die Hochzeit ausgewählt hatte. Wir waren nicht die einzigen Gäste, die mit dem Nachtzug ankamen, und auf der Prince's Street vor dem Bahnhof sammelte sich eine kleine Schar müder Engländer. Ein paar Gesichter kannte ich, sah aber keine näheren Bekannten – was mir ganz recht war. Mir war nicht nach Reden zumute.

Der Bus fuhr auf die Minute pünktlich vor, am Steuer saß Erics jüngster Bruder Michael. Jane war deutlich anzumerken, dass sie müde war – normalerweise hätte sie Michael aus reinem Mutwillen schöne Augen gemacht. Jetzt aber saß sie neben ihm, ohne ihn auch nur eines Blickes zu würdigen, obwohl er das jüngere, stattlichere Gegenstück des Mannes war, der sie erst kürzlich sitzen gelassen hatte. Er hingegen war recht beeindruckt von ihr, was sie aber nicht zu merken schien. Stattdessen knurrte sie ihn an, er solle unterwegs bei einem Café halten, und als sie einen großen Becher mit starkem Cappuccino in Händen hielt, sank sie zu einem nach Kaffee duftenden Häuflein aus blondem Haar und zerknittertem Samt zusammen.

Ich setzte mich nach hinten, wo ich die Aussicht genießen konnte und mich mit niemandem unterhalten musste, und nahm mir vor, zwischen der Trauung und der Abendparty ein Nickerchen zu machen. Als wir Edinburghs triste Vorstädte hinter uns gelassen hatten, fuhren wir durch eine beeindruckende Landschaft. Zunächst ging es über wogende Hügel mit kleinen Wäldchen, welche die gewundene Straße säumten. Als wir höher kamen, nahm die Bewaldung ab, und man sah vereinzelte Schafe und purpurfarbenes Heidekraut. Auch der Himmel war weiß getüpfelt, denn ein paar Wolken trieben durchs Blau: Eric und Philippa stand offenbar ein warmer, wenn auch windiger Sommertag bevor.

Ich verspürte ein nagendes Unbehagen. Ich schreckte

davor zurück, es zu benennen, doch wenn ich aufhörte, mich auf Michaels Hinterkopf zu konzentrieren, rückte es in den Vordergrund. Ich kam nicht damit klar, dass der Vorfall von heute Nacht meiner alten Freundschaft mit Jane eine völlig neue Dimension eröffnet hatte. Ich hatte immer noch das Gefühl, geträumt zu haben, obwohl ich wusste, dass es geschehen war und dass sie es ebenfalls wusste. Welche Auswirkungen würde das auf unsere Freundschaft haben? War es ihr peinlich? War das der Grund, weshalb sie so beharrlich tat, als leide sie zu sehr unter ihrem Kater, um sich zu unterhalten? Oder hatte sie auch schon vorher daran gedacht? Und wie stand ich zu alledem?

Ich wusste, irgendwann würden wir darüber reden müssen, doch ich freute mich nicht besonders auf das Gespräch. Ich fürchtete, dass wir nie wieder völlig entspannt miteinander umgehen würden. So aufregend die Nacht gewesen war, wollte ich deswegen doch nicht meine beste Freundin verlieren. Langweilig war das Wochenende jedenfalls nicht. Unwillkürlich lächelte ich bei dem Gedanken, dass Geoff bei seiner Kletterpartie nur schwer die Höhen meiner Zugfahrt erklimmen würde. Der Bus bog um eine scharfe Kurve, und auf einmal sah ich die Burg, die jenseits eines steilen Tals gelegen war.

Ich begriff, weshalb Eric es für geraten hielt, uns für seine Hochzeit mitten ins Niemandsland zu locken. Die Burg sah phantastisch aus. Auf der Kuppe eines felsigen Hügels gelegen, wirkte sie märchenhaft und abweisend zugleich. Ein Durcheinander von Granittürmen und Mauern, die von Schießscharten durchbrochen waren, ragte über einem großen, weiß verputzten Gebäude auf, in dem der Festsaal sein mochte. Die mit Mittelpfosten versehenen Fenster gingen zu einem kunstvoll angelegten Garten hinaus, der zum Tal hin abfiel. Die Burg erweckte den Eindruck einer schönen aristokratischen Dame mit bewaffneter Eskorte.

Die Straße senkte sich ins Tal ab, sodass uns die Burg umso höher überragte. Alle staunten sie an, sogar Jane. «Wow», murmelte sie.

«Ist das nicht großartig?», meinte Michael, dem es noch immer nicht gelungen war, ihre Blicke auf sich zu lenken. Aber er hatte Recht. Als wir auf der buckligen Brücke, auf der sich mir der Magen hob, den kleinen Fluss überquerten und den Aufstieg zum Tor begannen, fühlte ich mich in eine Filmkulisse hineinversetzt. Es hätte mich nicht gewundert, wenn Geoff und seine tollkühnen Freunde sich von den Zinnen abgeseilt hätten.

Michael brachte den Bus auf dem Kies vor dem Haupteingang knirschend zum Stehen, und wir traten alle auf den Rasen hinaus. Die Sonne erwärmte die Luft, und die Blumenbeete, welche die Wege säumten, verliehen dem frischen Wind einen angenehmen Duft. Hier musste man sich einfach entspannen. Ich lächelte Jane glücklich zu; sie streifte sich grinsend das Haar aus dem Gesicht. Falls sie Eric noch grollte, ließ sie es sich jedenfalls nicht anmerken.

Angestellte eilten mit weißen Tischtüchern und Blumenarrangements umher, auf dem Rasen bauten stramme Burschen Tische auf. Ich stand mit meinem Gepäck herum und kam mir ein bisschen verloren vor. In der Burg war ein Hotel untergebracht, die Zimmer aber durften wir erst um zwei beziehen. Bis zur Trauung blieben uns noch fast zwei Stunden, und allmählich meldete sich mein Appetit zurück. Ich hielt Ausschau nach Michael oder Eric. Stattdessen tauchte Jane an meiner Seite auf und hob meine Reisetasche hoch. «Komm mit», sagte sie energisch. «Wir bringen das Gepäck zur Rezeption, und dann plaudern wir mit den Lieferanten. Die werden doch nicht all die Tische aufstellen, ohne sich zwischendurch mit einem Specksandwich zu stärken.»

Erleichtert folgte ich ihr in den dunklen Eingang und ließ meine Reisetasche vom Gepäckträger wegbringen. Meine Stimmung hellte sich auf. Jane nahm mit bebenden Nasenflügeln Witterung auf. «Hier entlang», flüsterte sie, und ich folgte ihr über einen holzverkleideten Gang, an dessen Ende das Scheppern von Pfannen zu vernehmen war.

Mit dem für Jane typischen Ungestüm platzte sie in eine hell erleuchtete, dampferfüllte Küche. Der Chefkoch hörte sich ihre Geschichte – sie erklärte, wir würden den Burschen beim Aufstellen der Tische helfen – mit nüchterner Skepsis an. Schließlich trugen wir keine Arbeitskleidung. «Wir sind Andrew Englishs Cousinen», setzte Jane mit einem liebenswürdigen Lächeln hinzu.

Ohne zu lächeln wies der Koch mit dem Kinn auf ein Tablett mit Specksandwiches. «Das könnt ihr den Jungs rausbringen», meinte er, ohne mit dem Gemüseschneiden innezuhalten. Jane nahm das Tablett und lächelte charmant. Als ich ihr die Tür aufhielt, bemerkte ich, dass unser Wohltäter mit einem schwachen Grinsen den Kopf schüttelte. Er hatte sich zwar nicht einwickeln lassen, aber für ihn war die Sonne aufgegangen.

«Woher wusstest du, dass einer der Lieferanten Andrew heißt?», fragte ich flüsternd, als Jane das Tablett an der Rezeption vorbei in den Sonnenschein hinaustrug.

«Ach, wir sind hier doch in Schottland», gab sie leichthin zurück. «Da musste es einfach einen Andrew geben.» Wir nahmen uns jede ein Sandwich, dann rief Jane die Jungs zum Frühstück herbei. Ich konnte nicht erkennen, was anziehender auf die Männer wirkte, der Speckduft oder der Anblick der scharlachrot gekleideten Jane. Sie genoss die bewundernden Blicke ebenfalls – wieder ganz die Alte.

Meine Sorge, unsere Freundschaft könnte gefährdet sein, verflüchtigte sich allmählich. Jane wirkte entspannt und scherzte unbeschwert mit den Tischaufbauern. Wahrscheinlich, dachte ich bei mir, hatte ihr das Erlebnis von heute Nacht genau den Auftrieb verschafft, den sie brauchte, um Eric gegenüberzutreten. Ich selbst war zu müde, um zu flirten, und setzte mich mit dem Frühstück ein Stück weit in den Garten ab.

Der Garten hatte französisches Flair: Die Rasenflächen waren geometrisch von Rosenbeeten und akkurat geschnittenen Hecken unterteilt. Alles zielte darauf ab, einem am Haus postierten Betrachter einen möglichst eindrucksvollen Anblick zu bieten. Der frühere Burgbewohner musste sich wirklich als Herr all dessen gefühlt haben, was er sah. Die modernen Zeiten hatten die Strenge zwar gemildert, dennoch wirkte der Ort alt und verwunschen. Ein leichter Wind wehte durchs Tal und fuhr in meine Kleider, berührte durch den Seidenstoff hindurch meine Haut, was mich im warmen Sonnenschein wohlig frösteln ließ.

Ich schloss die Augen und konzentrierte mich auf den Wind an meiner Haut, die Düfte des Gartens, den Geschmack des letzten Bissens vom Specksandwich und die Stille. Da ich in London lebe, schätze ich auf dem Land am meisten die Abwesenheit von Hintergrundgeräuschen. Natürlich war die Stille nicht vollkommen. Ich hörte Janes Geschäker und die munteren Arbeitsgeräusche aus dem Haus. Im Garten sangen die Vögel, als freuten sie sich dermaßen ihres Lebens, dass es ihnen die kleinen Herzen sprengen würde, behielten sie ihre Freude für sich. Im

Wald hinter dem Haus hämmerte ein Holzspecht, irgendwo bellte ein Hund, und unten auf der Straße näherte sich das tiefe Brummen eines Motorrads.

Ich schlug die Augen auf, denn ich wollte sehen, wer da den Hügel hochfuhr. In meiner Teenagerzeit, als ich mir noch keinen Wagen leisten konnte, hatte ich weite Touren mit einer alten 125er unternommen, die jeden Moment auseinander zu fallen drohte. Jetzt war ich von Berufs wegen aufs Auto angewiesen, sehnte mich aber immer noch nach dem Kick des Motorradfahrens und nahm mir immer wieder vor, mir demnächst eine Maschine zu kaufen. Meine Freunde machten sich schon ein wenig darüber lustig, dass ich bei jedem vorbeidonnernden Motorrad den Kopf verdrehte.

Das blitzende Rot überquerte die Brücke und näherte sich der Burg. Insgeheim hoffte ich, der Fahrer werde an der Hochzeit teilnehmen. Vielleicht könnte ich ihn ja überreden, mich eine Runde drehen zu lassen. Zwar müsste ich mich dann beim Sekt zurückhalten, doch das wäre es mir wert. Ich unterzog die Fahrtechnik einer kritischen Musterung, fand aber nichts daran auszusetzen. Wer immer das war, er fuhr die Maschine voll aus, besaß aber genug Erfahrung und Geschick, es nicht zu überziehen. Als das Motorrad auf der tiefer gelegenen, kiesbedeckten Einfahrt zum Stehen kam, verspürte ich blanken Neid.

Der glückliche Besitzer bockte die Ducati 900SS auf (wie gesagt, meine Freunde machen sich über mich lustig) und stieg ab. Jane tauchte an meiner Seite auf. «Ich mach dir einen Vorschlag», flüsterte sie. «Du nimmst das Motorrad und ich den Fahrer.»

Sie kannte mich eben. Und sie hatte keineswegs vor, sich aufzuopfern: Die lederbekleidete Gestalt wirkte groß und männlich und bewegte sich für jemanden, der wahrscheinlich über viele Meilen hinweg dem Fahrtwind ausgesetzt gewesen war, erstaunlich geschmeidig.

«Ja, aber warte, bis er den Helm abnimmt», flüsterte ich zurück. «Viele Biker sehen mit Helm besser aus als ohne.»

«Ich könnte ihn bitten, das Ding aufzubehalten», erwiderte Jane.

Mir ging gerade durch den Sinn, dass Jane offenbar wieder in Form sei, als der Fahrer den Helm abnahm, sodass wir sein Gesicht sehen konnten. Es war Kit.

Mein Gesichtsausdruck verriet mich. «Was hast du?», fragte Jane mit aufrichtiger Besorgnis. «Kennst du ihn?»

«Ob ich ihn kenne?», krächzte ich. «Das ist Kit. Der Kit von Sarahs Hochzeit.»

«Mr. Marquee», meinte Jane mit ungläubigem Staunen. «Hier? Was ist der, etwa ein Hochzeitsgroupie?»

Ich konnte es einfach nicht fassen. Obwohl ich nicht damit gerechnet hatte, ihn je wiederzusehen, hatte ich gleichwohl von ihm geträumt. Bei mehreren nächtlichen Abenteuern, von denen ich schweißbedeckt und mit klopfendem Herzen aufgewacht war, hatten seine hellbraunen Augen in die meinen geschaut. Und jetzt stand er leibhaftig vor mir. Ich kniff die Augen zusammen, versuchte mir einzureden, er sei es nicht. Vielleicht hatte er ja einen Bruder? Schließlich hatten wir uns nicht über unsere Familienverhältnisse ausgetauscht.

Verstehen Sie mich nicht falsch: Aus dem Weg gehen wollte ich ihm nicht. Ich wünschte mir nichts sehnlicher, als ihn wiederzusehen. Alle paar Tage hatte ich mich dabei ertappt, dass ich mir ausmalte, Sarah lade selbst ihre fernsten Cousinen zu einer Party ein, bei der auch Kit, Robins bester Freund, zugegen wäre. Aber hier? Ich war der Panik nahe. Wenn er nun so tat, als kenne er mich nicht?

Das wäre viel schlimmer, als ihn nie wiederzusehen. Zumal wenn Jane es mitbekäme. Ich hatte ihr alles erzählt, froh darüber, endlich einmal aus ihrem Mund «Nein! Das glaub ich nicht!» zu vernehmen, mein üblicher Kommentar, wenn sie von ihren Abenteuern berichtete. Und wenn er gar mit jemandem verabredet war?

Meine Reaktion überraschte mich. Bis jetzt war mir gar nicht bewusst gewesen, dass Kit einen so starken Eindruck auf mich gemacht hatte. Wenigstens hatte ich ihn als Erste gesehen, noch ehe er überhaupt gemerkt hatte, dass ich ebenfalls eingeladen war, und hatte so Gelegenheit, mir einen Plan zurechtzulegen. Am besten, dachte ich bei mir, wäre es, cool zu bleiben, ihm wie zufällig über den Weg zu laufen und abzuwarten, wie er reagieren würde. Das ist es, dachte ich: Überlass ihm den ersten Schritt und tu so, als hättest du ihn noch nicht gesehen. In diesem Moment schaute er hoch, sah mein Gesicht und lächelte breit.

«O mein Gott!», jammerte ich, als er sich uns über den Hang näherte; in der ledernen Motorradkluft wirkte er umwerfender, als ich ihn in Erinnerung hatte. Hilfeheischend blickte ich mich nach Jane um, die aber war verschwunden, hatte sich taktvoll zu den Tischaufbauern und dem Tablett mit den Specksandwiches zurückgezogen. Ich war mit Kit auf dem Rasen allein.

Kurz darauf stand er vor mir und blickte mit dem gleichen Lächeln auf mich herunter, das mir in den vergangenen Monaten so oft vor Augen getreten war. Mein Vorsatz, cool zu bleiben, war dahin: Ich schaffte es gerade noch, den Mund wieder zu schließen, als er mich erreichte. Einen Moment lang standen wir verlegen da und musterten einander wortlos. Dann gewann er das Selbstvertrauen zurück. «Hallo, schön, dich zu sehen», sagte er. Er lächelte erneut, und all meine Zweifel zerstoben. Offenbar freute er sich über unsere Begegnung ebenso sehr wie ich. Er küsste mich.

Ich hatte geglaubt, mich erinnern zu können, wie wundervoll seine Küsse waren, hatte mich aber lediglich an einen schwachen Abklatsch geklammert. Es gab keine Zurückhaltung, keine Verlegenheit, aber auch keine gehemmte Technik. Kit legte sein ganzes Wesen, all sein Begehren in den Kuss und reagierte spontan auf meine Erwiderung. Es war, als erfänden unsere Münder eine neue Sprache, eine Sprache des Gefühls, der Energieströme, in der alles enthalten war, was wir seit unserer ersten Begegnung gedacht und geträumt hatten. Von dem Moment an, da unsere Münder sich trafen, meinte ich zu schweben, als wäre der Kuss der Fixpunkt, um den wir und das ganze Universum kreisten.

Nach ein paar Stunden – zugegeben, es waren nur Sekunden – hörten wir auf, uns zu küssen, und sahen einander an. Ich grinste bestimmt wie blöd; er tat es gewiss. «Na», sagte er, als wären wir uns gerade an einer Kasse im Supermarkt begegnet, «wie ist es dir ergangen?»

«Gut, prima», plapperte ich. «Und dir?»

«Nicht schlecht, gar nicht schlecht.» Er küsste mich erneut. Mein Körper geriet außer Rand und Band, elektrische Ströme brachten meine Haut zum Prickeln, meine Möse pochte vor Verlangen, meine Hände umfassten seine Hüfte, spürten das kühle, glatte Leder der Motorradkluft, hielten ihn fest umschlungen. Mein einziger Gedanke, falls ich denn überhaupt denken konnte, war, wohin ich mich mit Kit zurückziehen könnte, und zwar möglichst an einen abgeschiedeneren Ort als beim letzten Mal.

Er dachte offenbar ganz ähnlich, denn schwer atmend ließ er mich für einen Moment los und fragte: «Hast du hier ein Zimmer?»

«Ja», flüsterte ich, «aber ich kann's erst um zwei beziehen.»

«Mist.» Das konnte man wohl laut sagen. Wir hielten Ausschau nach einem Ort, wo wir neugierigen Zuschauern entzogen wären, dann trafen sich unsere Blicke, und wir mussten beide lachen.

«Typisch», murmelte ich, «kein Zelt in Sicht.»

Obwohl die Trauung erst in einer Stunde beginnen sollte, sammelten sich die Gäste bereits auf dem Rasen vor dem Haus. Ich machte Eric im Hochzeitsanzug aus; er begrüßte gerade eine Dame, die wohl seine Tante war. Jane plauderte mit den jungen Burschen, und Eric beobachtete sie nervös aus den Augenwinkeln. Das würde ihn lehren, nicht so zu tun, als habe sie ihn auf Abwege geführt, während es sich in Wirklichkeit genau anders herum verhielt. Die allgemeine Betriebsamkeit nahm offenbar zu, und es sah ganz so aus, als würden wir bis nach zwei warten müssen, um zu Ende zu bringen, was wir angefangen hatten. Als sich uns drei Mitglieder unserer alten Hochzeitsclique näherten, fand ich mich im Stillen bereits mit stundenlangem Warten ab.

Die Hecken waren unsere Rettung. Als die sich nähernden Hochzeitsgäste hinter einem Heckenabschnitt verschwanden, fasste Kit mich bei der Hand und zog mich hinter eine andere Hecke. Kichernd wie Kinder stahlen wir uns wie durch ein Labyrinth davon, bis der Weg auf einmal an einem Graben endete.

«Das ist ein versenkter Grenzzaun», sagte ich. Er musterte mich verständnislos. «Der soll das Vieh vom Garten fern halten», erklärte ich, «ohne dass die Aussicht durch hässliche Zäune gestört wird. Vor ein paar hundert Jahren waren die groß in Mode.»

Wir betrachteten nachdenklich den Graben. Er war

etwa einszwanzig tief, die steilen Wände mit Gras bewachsen, der Boden matschig. Kit sah mich fragend an.

«Kommt nicht in Frage», erklärte ich. «Kannst du dir vorstellen, was es mich gekostet hat, das cremefarbene Kostüm reinigen zu lassen?»

Erstaunlicherweise errötete er. «Tut mir Leid», murmelte er.

Wir blickten zum Haus. Die anderen Gäste waren ein ganzes Stück entfernt, ihre Unterhaltungen klangen wie fernes Vogelgezwitscher, doch jeder, der in unsere Richtung blickte, konnte uns sehen. Vor unseren Anstandsdamen gab es kein Entrinnen. Wir setzten uns auf eine steinerne Bank, hielten Händchen und ließen die Aussicht auf uns wirken.

Meine Hand brannte und brachte mein Blut in Wallung. Mit den Fingerspitzen zeichnete er Spinnwebmuster auf meinen Oberschenkel. Ihre Wärme durchdrang die dünne Seide und ließ eine kleine Flammenspur der Erregung zurück. Ich wurde allmählich feucht zwischen den Beinen; der Saft sickerte in die dünne Seide des Slips. Wir schauten beide aufs Tal hinaus und betrachteten die Straße, die sich an den gegenüberliegenden Hängen hinunterschlängelte. Einzeln und zu zweien brachten Wagen neue Hochzeitsgäste heran, fuhren über den steilen Buckel der Brücke und verschwanden am Fuße des Gartens außer Sicht, worauf sie in der kiesbedeckten Einfahrt knirschend zum Stehen kamen.

Kit ließ meine Hand los und legte sie mir auf den Schenkel, vergrub die Fingerspitzen zwischen meinen Beinen. Sehnsüchtig beschrieb er Achten auf der Seide. Der Stoff war so dünn, dass es sich beinahe so anfühlte, als berühre er meine nackte Haut. Die Seide verstärkte allenfalls noch die Empfindungen und verhielt sich wie ein erlesenes

Gleitmittel, das jeden einzelnen Nerv in Brand setzte. Um nicht die Beherrschung zu verlieren, umklammerte ich die scharfen Kanten der Steinbank so fest, dass sie mir in die Handflächen schnitten.

Den Blick unverwandt auf den vor mir liegenden grünen Hügel gerichtet, spürte ich, wie Kits Finger sich stetig an den Schenkeln hocharbeiteten. Sie wanderten unerbittlich auf meine Möse zu, schickten Spähtrupps aus, prickelnde Wellen der Erregung, die meinen Kitzler zum Zucken brachten. Einerseits flehte ich ihn lautlos an, sich zu beeilen, denn meine Möse war bereits feucht und verlangte nach seiner Berührung, andererseits wünschte ich mir, die bedächtige Erkundung jedes einzelnen Quadratzentimeters der zarten Haut an der Innenseite meiner Schenkel werde niemals enden. Kit schwieg, während er seine Finger ganz langsam zum Lustzentrum wandern ließ. Die einzigen Geräusche waren das Vogelgezwitscher, das Gebrumm der Wagen, die an der Burg vorfuhren, und die Gesprächsfetzen, die der Wind zu uns herüberwehte.

Kits Fingerspitzen erreichten den Rand des Höschens und behielten ihren Rhythmus bei. Seide rieb sich jetzt an Seide. Reibung entstand nur dort, wo der Stoff bereits nass war und an der Haut haftete. Der doppellagige Stoff war so dünn, dass Kit mit behutsamen, aber bestimmten Streichelbewegungen jede einzelne Falte und Höhlung meiner Möse betasten konnte. Ich kam mir vor wie ein Kunstwerk, geschaffen von einem Bildhauer etwa, der eine Gestalt aus einem Marmorblock herausmeißelte.

Wer in unsere Richtung blickte, sah lediglich zwei nebeneinander sitzende Menschen, die vielleicht Neuigkeiten austauschten oder die Aussicht genossen. In Wirklichkeit liebkoste Kit mich so leidenschaftlich, als läge ich nackt auf dem Rücken. Seine tastende Hand rieb mich jetzt fester, schob die edle Seide in die nasse Spalte, spannte den feuchten Stoff über dem Kitzler und drückte mit dem Daumen gegen die empfindsame Haut. Mir zitterten die Beine; vor Erregung wurde ich schwach. Ich biss mir auf die Lippen, um meine Lust nicht hinauszustöhnen, und legte die Hand aufs kühle Leder an seinem Oberschenkel.

Kit schob zwei Finger in die feuchte Öffnung meiner Möse. Der lose, fließende Stoff war so dünn, dass er sich seinen Bewegungen anpasste. Jedes Mal, wenn er die Finger in mich hineinschob, spannte sich der Stoff über dem Kitzler und zog sich zu einem schmalen Band zusammen, das gegen meine Rosette drückte. Die Seide war mittlerweile triefnass von meinen Säften. Und noch immer bewegte sich sein Daumen über den Kitzler und sandte Wellen der Lust in meinen Bauch, die immer rascher aufeinander folgten.

Als der Orgasmus einsetzte, wandte ich mich ihm zu und sah ihm in die lächelnden goldbraunen Augen. Er schwelgte in meiner Lust und beobachtete, wie ich die Beherrschung verlor, als er mich mit den Fingern einfühlsam über die Grenze hinweg ins tiefe Wasser der sexuellen Ekstase beförderte. Während ich von den Ausläufern des Orgasmus erbebte, streichelte er mich weiter, langsamer als zuvor, führte mich behutsam wieder auf festen Boden. Dann fasste er mich bei der Hand und drückte sie liebevoll.

«War's gut?», flüsterte er beinahe schüchtern.

«Mehr als das», gab ich zurück. Er drückte meine Hand fester. «Machst du das nur bei Hochzeiten?», fragte ich.

«Ach, nein», antwortete er ernsthaft. «Auch bei Bar Mizwas und bei Partys zum Erreichen der Volljährigkeit.» Er gab mir einen flüchtigen, sittsamen Kuss. «Wann fängt eigentlich die Trauung an?», fragte er.

Ich sah auf die Uhr und bemerkte, dass mein Handgelenk leicht zitterte. «In zehn Minuten», antwortete ich voller Panik. Ich senkte den Blick; im Schritt meiner dünnen Hose zeichnete sich ein dunkler, feuchter Fleck ab, der in der Sonne glitzerte. «Verflixt!», rief ich aus.

Kit sah schuldbewusst drein. «Meinst du, das wird rechtzeitig trocknen?», fragte er hoffnungsvoll.

«Ein Fleck bleibt auf jeden Fall zurück.»

Er beugte sich vor, vergrub das Gesicht in meinem Schoss und saugte am Stoff. «Mmm», machte er schwelgerisch, als er den Kopf wieder hob. «Köstlich.» Ein weiterer flüchtiger Kuss, der ganz leicht nach Möse schmeckte. «Und jetzt lass den Wind dran», sagte er, «dann wird es einigermaßen getrocknet sein, wenn wir dort sind.»

«Einigermaßen» traf es. Als wir die Burg erreichten, war die Hose gerade mal ansatzweise getrocknet, aber wenigstens posaunte ich nicht mehr hinaus, dass ich erregt gewesen war. Ich schlenderte mit Kit über den Rasen und gesellte mich zu den Menschen vor dem großen Eichentor, das mittlerweile offen stand. Jane tauchte vor uns auf.

«Jane, das ist Kit», stellte ich ihn gelassen vor. «Kit, das ist meine Freundin Jane.»

«Hallo.» Jane reichte Kit die Hand, und er schüttelte sie.

Ich wurde wieder unruhig. Was mochte sie wohl denken? Ob er ihr gefiel? Ich erinnerte mich noch gut, wie ich Jane einmal aufgeregt einen Studenten vorgestellt hatte, mit dem ich im Bett gewesen war. Als ich sie später beiseite nahm und fragte: «Na? Was meinst du?», musterte sie mich mit aufrichtigem Entsetzen. «Emma», sagte sie nur, «warum …?» Darauf wusste ich nichts zu erwidern. «Weil es sich so ergeben hat», kam mir irgendwie nicht überzeugend genug vor.

Jetzt aber, als sie Kit die Hand schüttelte, war sie die Freundlichkeit in Person. Ich versuchte, ihn mit ihren Augen zu betrachten: eine dunkle Haartolle, die ihm jeden Moment in die Augen zu fallen drohte; ein grobknochiges, ausdrucksvolles Gesicht mit einem Anflug von Sonnenbräune, das von einem natürlichen Lächeln beseelt wurde; hellbraune Augen und lange, dunkle Wimpern; körperliche Anmut und eine gerade Haltung, wie man sie bei einer so großen Person nur selten antrifft. Wie ich ihn so betrachtete, stockte mir angesichts seiner erstaunlichen Schönheit der Atem.

«Freut mich sehr, dich kennen zu lernen, Kit», sagte Jane, mit deutlicher Betonung auf dem «sehr», was vor allem für meine Ohren bestimmt war.

«Die Freude ist ganz meinerseits», erwiderte er, «aber ich glaube, wir sollten allmählich reingehen.» Die meisten Gäste waren bereits in dem mit Eichenholz getäfelten Saal verschwunden.

«Hm», pflichtete Jane Kit bei, als sie sich anschickte, ihnen zu folgen, «aber vielleicht möchtest du ja erst etwas Bequemeres anziehen.»

Während der Platzanweiser uns böse anfunkelte, senkte Kit beschämt den Blick auf seine Motorradmontur. «Mist.»

Im Raum wurde es bereits still. Kit hantierte hektisch mit den Reißverschlüssen und schälte sich aus der Lederkluft. Der Anzug, den er darunter trug, war erwartungsgemäß zerknittert.

«Ich wollte ihn eigentlich noch bügeln, aber die Zeit hat nicht gereicht», murmelte er verlegen.

«Ach, was soll's», meinte ich. Ich hörte, wie sich die Hochzeitsgäste auf ihre Plätze begaben, und wollte nicht durch Zuspätkommen auffallen. Ich drückte dem Platzanweiser die steife Motorradkluft in die Arme. Verdutzt hielt er sie fest, als müsse er einen bewusstlosen Taucher tragen. «Die holen wir später ab», flüsterte ich und zog Kit zur hinteren Sitzbank.

Erics und Philippas Trauung nahm einen reizenden Anfang. Die Braut, bekleidet mit einem elfenbeinfarbenen Kostüm und einem Hut mit kleinem Schleier, bediente erfolgreich sowohl die Erwartungen der modernen wie auch die der traditionellen Fraktion. Kleine Neffen und frühreife Nichten verlasen Gedichte, und eine Band, bei der Eric auf der Uni mal Gitarrist gewesen war, spielte ein Liebeslied, das offen gesagt grauenhaft war, aber mit nachsichtigem Lächeln und Kopfnicken aufgenommen wurde. Dann kam der Moment, da man uns fragte, ob wir einen triftigen Grund wüssten, welcher der Eheschließung entgegenstehe. Ich sah Jane an. Sie warf mir einen durchtriebenen Blick zu und beulte die Wange mit der Zunge. Ich schüttelte mich vor unterdrücktem Kichern. «Was hast du?», flüsterte Kit, der mich noch immer fest bei der Hand hielt. Ich konnte bloß stumm den Kopf schütteln.

Als wir Braut und Bräutigam auf den Rasen hinausfolgten, spielte die Band ein weiteres langweiliges, sentimentales Gitarrenstück. Wir defilierten am glücklichen Paar vorbei, gratulierten, schüttelten ihnen die Hände und küssten sie auf die Wangen. Jane war unmittelbar vor mir und Kit. Sie küsste Philippa herzlich auf die Wange und ergriff dann Erics Hand. Er zog sie an sich, umarmte sie und gab ihr einen zärtlichen Wangenkuss – nicht unangemessen bei einer guten Freundin, doch für Jane beinhaltete dies eine ganz spezielle Botschaft. Ich sah, wie ihre Schultern sich entspannten und sie ihm mit der Linken den Rücken tätschelte. Als Kit Philippas Wangen mit den Lippen streifte, wisperte Eric mir ins Ohr: «Wer ist dein Freund?»

«Erzähl ich dir später», antwortete ich flüsternd.

Mit untrüglichem Instinkt strebten Kit und ich zum Sekttablett. Ich streckte gerade die Hand nach dem tröstlichen, kühlen Schwung des Glases aus, als ich hinter dem Kellner etwas Rotes aufblitzen sah. Kits Motorrad. Ich schwankte: Wenn ich Sekt tränke, würde es bei einem Glas nicht bleiben, und dann hätte ich keine Gelegenheit mehr, die wundervolle rote Maschine zu fahren. Kit, bereits ein Glas in der Hand, folgte meinem Blick mit den Augen und lächelte stolz. «Eine Schönheit, nicht wahr?» Ich nickte. «Lust auf eine Spritztour?», fragte er.

Zum Glück hatte er einen zweiten Helm dabei, und kurz darauf wandte er das Motorrad zur Brücke und brachte den kraftvollen Motor auf Touren. Ich saß hinter ihm und klammerte mich an seiner Hüfte fest, spürte das kühle Leder unter den Händen. Wir bogen aus der Einfahrt und fuhren an der Burg vorbei. Dass der Fahrtwind durch mein dünnes Seidenkostüm hindurchdrang, störte mich nicht. Jetzt hatte ich nicht nur einen Vorwand, mich vor aller Augen an Kit festzuklammern, sondern saß endlich mal wieder auf einem Motorrad, fuhr im Sonnenschein spazieren und legte mich bei jeder Straßenbiegung in die Kurve.

Kit war obendrein ein guter Fahrer. Obwohl wir schnell fuhren und die Kurven zügig nahmen, fühlte ich mich vollkommen sicher. Als wir den Gipfel erreichten und ich über seine Schulter hinweg das vor uns ausgebreitete Tal erblickte, hätte ich vor Freude beinahe laut geschrien. Nicht einmal ein Cabrio vermittelt einem ein solches Gefühl von Freiheit wie eine Motorradfahrt, wenn einen der Fahrtwind und die Gerüche der Landschaft umströmen, während sich die Maschine der Straße anschmiegt wie die Hand eines Masseurs einem Schulterblatt.

Kit hielt in der Zufahrt zu einem Feld, klappte das Visier hoch und lächelte mich an. «Schön, nicht wahr?», sagte er.

Ich saß ab und erwiderte sein Grinsen. «Phantastisch. Darf ich mal fahren?»

Er schaute ein wenig skeptisch drein – nicht die Reaktion, die ich mir erhofft hatte. Wortlos schwang er das Bein über den Sitz und bockte das Motorrad auf.

«Bitte», fuhr ich fort. «Ich fahre schon seit meinem sechzehnten Lebensjahr Motorrad.»

Er war hin- und hergerissen und nahm nachdenklich den Helm ab. «Du bist unpassend gekleidet», wandte er vorsichtig ein.

«Du könntest mir deine Montur borgen», beharrte ich.

Er senkte verlegen den Blick. «Die Sache ist die», sagte er stockend, «die Maschine gehört mir nicht. Ich hab sie mir fürs Wochenende ausgeliehen.» Deshalb also sträubte er sich.

«Das muss wirklich ein guter Freund sein», sagte ich. «Wenn er dir an einem so schönen Wochenende seine Ducati borgt.»

Kit verzog amüsiert das Gesicht. «Ganz so ist es nicht», meinte er.

«Wieso, hat er denn noch mehr Maschinen?», fragte ich.

«Mehr als eine?» Jetzt lachte er freimütig. «Mehr als du und ich jemals zu Schrott fahren könnten.»

Jetzt war ich verwirrt – sprach er von einem befreundeten Millionär, der Motorräder sammelte und sie an seine Freunde verlieh? Kit erbarmte sich meiner.

«Ich hab die Maschine von Ducati ausgeliehen», erklärte er. «Ich bin Motorradjournalist. Wenn ich denen sage, es könnte ein Artikel für sie rausspringen, stellen sie mir eine vors Haus.»

Ich traute meinen Ohren nicht. Der Mann wurde nicht nur fürs Motorradfahren bezahlt, er bekam die neueste Maschine sogar in der Freizeit kostenlos zur Verfügung gestellt! War so viel Glück denn zu fassen?

«Jetzt verstehst du wohl, warum ich dich damit nicht auf der Straße fahren lassen kann», murmelte er mir ins Ohr.

Er bedeckte meinen Hals mit Küssen, ich aber wollte mich noch nicht geschlagen geben.

«Okay, dann lass uns irgendwohin fahren, wo ich unbeobachtet fahren kann. Es muss hier doch irgendwo einen Parkplatz geben.»

Er seufzte. «Meilenweit im Umkreis gibt es keinen. Das ist nicht nur so dahergesagt; ich hab auf dem Herweg vergeblich nach einer Tankstelle Ausschau gehalten – hier sind wir wirklich in der Einöde.» Er stockte, überlegte wohl, was er noch sagen könnte, schloss mich aber stattdessen in die Arme, küsste mich und streichelte mir durch den dünnen Seidenstoff hindurch Rücken und Arme.

Auch diesmal wieder hatte ich das Gefühl, seine Zunge berühre mich am ganzen Körper. Wellen der Lust liefen mir über Beine und Arme und versetzten meinen Bauch in Schwingung. Ich konnte nur mit den Händen übers Leder streicheln, denn ich war ihm zu nahe, als dass ich an den Reißverschluss und die darunter verborgene warme Haut herangekommen wäre. Er ließ die Hände auf meinen Po hinabgleiten und packte die Arschbacken, hob mich beinahe hoch. Abermals wallte Erregung in mir auf.

«Wie wär's, wenn wir zum Hotel zurückfahren würden?», flüsterte ich. «Dein Zimmer sollte inzwischen eigentlich bezugsfertig sein.»

Er machte ein verblüfftes Gesicht. «Mein Zimmer? Hast du denn keins?»

«Doch, schon», antwortete ich. Alle Gäste hatten eigene Zimmer gebucht, lautete der Deal; so konnten sich Eric und Philippa das ganze Drum und Dran schottischer Herrschaftlichkeit leisten.

«Können wir nicht auf dein Zimmer gehen?», hakte er nach.

Mir kamen erste Zweifel. Also war er doch in Begleitung hier. Deshalb also war er mit mir weggefahren, um mich küssen zu können, ohne von den anderen Gästen dabei beobachtet zu werden. Seine Frau – oder Freundin – wartete in der Burg auf ihn. Das demütigende Gefühl, abgewiesen worden zu sein, schwemmte wie ein kalter Gebirgsfluss über mich hinweg.

«Ich hab ein Doppelzimmer», erklärte ich. «Das teile ich mir mit Jane. Was ist denn mit deinem Zimmer?» Wenn es noch jemand anderen gab, wollte ich es wissen.

Er wirkte gekränkt. «Die Sache ist die», sagte er ruhig, «ich habe kein Zimmer zugeteilt bekommen. Ich schätze, ich hab wohl drauf spekuliert, ich könnte bei dir übernachten.»

Ich musterte ihn aufmerksam. War das ein haarsträubender Versuch, etwas zu vertuschen, oder meinte er es ernst?

«Wie hast du es geschafft, um die Reservierung herumzukommen?», fragte ich skeptisch. «Stand nicht in der Einladung, du müsstest ein Zimmer buchen? Du hast Philippas Mutter doch wohl kaum gesagt, du wollest dich bei mir einnisten, oder? Sie wusste ja, dass ich mir das Zimmer mit Jane teile.»

Kit geriet allmählich ins Schwitzen. Er sah richtig elend aus, als wäre er in diesem Moment lieber ganz woanders.

«Ich weiß, das klingt dämlich», murmelte er, «aber ich habe keine Einladung bekommen. Ich bin überhaupt nicht eingeladen. Ich ... äh ... bin nur wegen dir hier.»

Ich starrte ihn entgeistert an. Wenn er log, war seine Dreistigkeit schon bewundernswert.

«Deshalb habe ich mir auch das Motorrad geliehen», fuhr er fort. «Ich hab mich überall nach dir erkundigt, aber Sarah hat sich nur an ein paar Familienfeiern aus ihrer Kindheit erinnert. Sie meinte, du wärst ölverschmiert auf einem Motorrad aufgetaucht, während alle anderen sich herausgeputzt hätten. Da hab ich mir gedacht, falls du dich immer noch für Motorräder interessieren solltest, könnte ich ... äh ... könnte ich dich vielleicht dazu überreden, mit mir zurückzufahren.»

Ich war sprachlos.

«Blöd, ich weiß.» Er hatte den Blick niedergeschlagen. «Ich meine, wahrscheinlich hast du jede Menge Gepäck dabei und ... also, ich wusste nicht mal, ob du allein anreisen würdest. Tut mir Leid; jetzt hältst du mich bestimmt für einen Vollidioten.»

«Aber – du weißt ja nicht mal, wo ich lebe.» Eine bessere Bemerkung fiel mir nicht ein.

«In London, stimmt's?» Kit sah mir wieder in die Augen, wie ein Mann, der alle Karten auf den Tisch gelegt und nichts mehr zu verlieren hat.

Stille. Nichts als aufgeregtes Vogelgezwitscher. Ich dachte über diesen Mann nach, den ich kaum kannte. War er ein Lügner? Ein Verrückter? Oder hatte er mich wirklich unbedingt wiedersehen wollen?

«Ich möchte mal zusammenfassen», sagte ich. «Du warst zwar nicht eingeladen, bist aber trotzdem hergekommen, weil du wusstest, dass ich hier sein würde. Du hast darauf spekuliert, dass ich allein sein und mich so sehr freuen würde, dich zu sehen, dass ich dich auffordern würde, bei mir in dem Zimmer zu übernachten, von dem du angenommen hast, ich hätte es reserviert.» Selbst in meinen Ohren klang das nach Gerichtsdrama. «Du hast dir sogar eine Ducati ausgeliehen und bist den ganzen weiten Weg bis hierher gefahren, in der Hoffnung, ich würde angemessen beeindruckt sein und lieber bei dir auf dem Rücksitz zurückfahren als im komfortablen Schlafwagenabteil, das ich bereits reserviert habe.»

«Ja», brummte Kit wie ein ungezogener Schulbub.

«Und du erwartest, dass ich dir das glaube?», fragte ich streng.

«Nein, natürlich nicht», antwortete er. «Deshalb wollte ich's dir ja auch nicht sagen. Woher sollte ich denn wissen, dass du eine Meisterin des Kreuzverhörs bist?»

Ich lachte. Was blieb mir anderes übrig? Wenn Kit ein Verrückter war, dann war er der attraktivste Verrückte, den man sich nur vorstellen konnte, und wenn er mir nachschlich, dann immerhin mit einer Ducati. Es gab nur eine vernünftige Option.

«Also gut», sagte ich, «ich fahre unter zwei Bedingungen mit dir nach London zurück – erstens, wir treiben irgendwo eine Lederkluft für mich auf, und zweitens, wir halten unterwegs an einer einsamen Stelle, wo ich mal fahren kann. Einverstanden?»

Jetzt schaute Kit ungläubig drein. «Das willst du wirklich tun?»

«Entscheide dich, Kit. Ich dachte, das hättest du gewollt.»

Statt zu antworten küsste er mich, dann hantierte er am Gepäckfach.

«Die erste Bedingung dürfte kein Problem sein», sagte er und holte einen Lederanzug heraus, ganz ähnlich wie seiner, nur kleiner.

«Na so was, du hast einen Lederanzug gekauft in der Hoffnung, er werde mir passen», bemerkte ich sarkastisch.

«Geborgt, nicht gekauft», verbesserte mich Kit und hielt ihn mir an. «Für den Fall, dass ich mich nicht mehr an deine genauen Proportionen erinnere, hab ich gleich zwei mitgebracht.» Er grinste anzüglich. «Und jetzt lass uns zur Burg zurückfahren und mal sehen, wie wir das mit dem Zimmer hinkriegen.»

Als wir in der kiesbedeckten Einfahrt hielten, begaben sich die Gäste gerade fürs Hochzeitsfrühstück in den Festsaal. Ich habe nie begriffen, weshalb man von einem Frühstück spricht, obwohl es unweigerlich erst am frühen Nachmittag stattfindet. Es war schon eine ganze Weile her, dass ich das Specksandwich verdrückt hatte, und nach der ganzen Aufregung hatte ich Hunger, fand aber, wir sollten uns zunächst den Straßenstaub von den Gesichtern abwaschen. Auf der Damentoilette traf ich Jane, die mich beim Sekttrinken würdig vertreten hatte und mir durchtrieben zuzwinkerte.

«Habt ihr auf einem Parkplatz gevögelt?», wollte sie wissen.

«Nein, aber es gibt ein Problem mit dem Zimmer», erwiderte ich. Als ich ihr die Lage schilderte, schaute sie ebenso ungläubig drein wie eben noch ich, aber Jane ist zu klug, um freundschaftlichen Rat zu spenden, wenn sie weiß, dass er sowieso nicht beachtet werden wird. Deshalb versprach sie mir, wir würden nach dem Frühstück schon eine Lösung finden. Auf einmal kam mir ein schrecklicher

Gedanke. «Sollen wir etwa im Sitzen speisen?», fragte ich Jane. «Kit hätte dann nämlich keinen Sitzplatz. Er ist gar nicht eingeladen.»

Jane kichert ungläubig. «Oje, Emma hat ihr Herz an den ungebetenen Gast in der Lederkluft verloren», sang sie trunken zu einer selbst erfundenen Melodie. «Sehr romantisch – wie Marlon Brando in ‹Der Wilde›.»

Da ich die Nüchterne von uns beiden war, fühlte ich mich zu einer reifen Reaktion verpflichtet. «Verpiss dich», sagte ich beim Hinausgehen.

Unsere Glückssträhne hielt an – es wurde tatsächlich im Sitzen gespeist, aber man musste sich von einem Buffet bedienen und durfte sich den Sitzplatz selbst aussuchen, deshalb fiel Kit nicht auf. Ich bemerkte, dass Eric ihn misstrauisch beäugte, aber als Bräutigam war er zu beschäftigt, um mich auszuquetschen. Jane wurde von zwei jungen Männern flankiert, doch ich konnte erkennen, dass sie nur spaßeshalber mit ihnen flirtete, ohne ernsthaftes Interesse. Ich ließ den Blick umherschweifen – meistens konnte ich den Mann, der für sie in Frage kam, mühelos ausmachen, hier aber gab es mehrere Möglichkeiten. Ich wünschte mir, sie würde sich mit jemandem davonmachen, damit ich das Zimmer für mich hätte, doch ich wusste, dass sie wahrscheinlich nur auf einen One-Night-Stand aus wäre, und sei es bloß, um in Erics Hochzeitsnacht ihrem Ego zu schmeicheln. Obwohl sie sich wieder versöhnt hatten, war es doch ein schwerer Moment für eine Ex.

Es war seltsam, neben Kit zu sitzen und nach außen hin das Bild eines Paares abzugeben, während wir einander doch kaum kannten. Ich hätte ihn am liebsten mit Fragen gelöchert, doch es hätte wohl komisch gewirkt, wenn ich meinen angeblichen Partner nach seiner Arbeit und seiner Adresse gefragt hätte. Ich meine, normalerweise bringt man keine Zufallsbekanntschaft zu einer Hochzeit mit. Deshalb lauschte ich aufmerksam auf die Bemerkungen, die er zu anderen machte. Alten College-Freunden stellte ich ihn vor und überließ es ihm, auf ihre Fragen zu antworten.

Er arbeitete als freier Journalist und schrieb Auftragsartikel für alle möglichen Zeitungen und Zeitschriften. Er lebte in London, in der Nähe der Brick Lane im East End. Allerdings verstand er sich darauf, mit Gegenfragen von sich abzulenken, sodass niemand merkte, wie wenig er von mir wusste. Ich kam mir vor wie eine Spionin, die sich bemüht, nicht aufzufliegen. Ich hörte Kit aufmerksam zu, damit wir uns nicht in Widersprüche verwickelten. Er war richtig gut – eigentlich log er nicht, nicht einmal dann, als man ihn fragte, wie wir uns kennen gelernt hätten («Über Emmas Cousine») und wie lange wir schon zusammen seien («Nicht lange ... wir sind einander doch noch nicht überdrüssig, oder was meinst du, Liebes?»). Allmählich trat ich in eine Scheinwelt ein, in der wir ein Paar waren und gemeinsam an einer Hochzeitsfeier teilnahmen wie andere Paare auch. «Seid ihr beide mit dem Motorrad angereist?», fragte mich jemand. «Ach, nein», erwiderte ich schlagfertig, «Kit musste arbeiten, deshalb bin ich mit dem Zug gefahren, und er kam nach. Aber wir fahren gemeinsam mit dem Motorrad zurück.» Kit lächelte mich strahlend an.

Seit dem Studium hatte ich allzu häufig erlebt, dass Freundinnen aufgrund einer problematischen Beziehung ins Schlingern geraten waren oder sogar ihre Karriere aufs Spiel gesetzt hatten – ich hatte mich bislang davor gehütet, mich allzu sehr festzulegen. Jemand wie Geoff war eigentlich perfekt für mich – ein guter Freund, aber ohne gegenseitige Verpflichtungen und Erwartungen. Einer der Gründe, weshalb die Leute so großes Interesse an Kit zeigten, war, dass sie mich wahrscheinlich noch nie in Begleitung eines festen Partners gesehen hatten – mit einem Partner, den ich sogar zu einer Hochzeit mitnahm. Ich kam mir ein bisschen vor wie eine Hochstaplerin, hatte an der gemeinsamen Schwindelei aber auch meinen Spaß. Wie wäre es wohl, fragte ich mich, wenn jemand zu mir sagte: «Welches Hochzeitsgeschenk würdest du vorschlagen, Schatz?» Bei der Vorstellung lachte ich still in mich hinein.

Es war auch seltsam, nüchtern an einem Hochzeitsfrühstück teilzunehmen. Normalerweise hätte ich auf leeren Magen mindestens ein Dutzend Gläser Sekt geleert und das Ganze durch einen Alkoholnebel hindurch wahrgenommen. Es ist schon vorgekommen, dass ich zu einer besonders traumatischen Hochzeit mit einem Flachmann aufgekreuzt bin und noch vor Ende der Trauung nach Schnaps gestunken habe. Diesmal trank ich zwar Wein zum Essen, hinkte den meisten anderen Gästen aber weit hinterher. Zum ersten Mal seit meiner Jugend war ich imstande, den Ansprachen zu lauschen, und bekam mit, wer bei welchen Stellen lachte. Jane – die bereits für zwei getrunken hatte – lachte immer besonders laut, wenn der Trauzeuge Anspielungen auf Erics zwielichtige Vergangenheit machte. Ob sie nun lachte, weil sie dabei eine Rolle gespielt hatte oder weil sie die Szenarien allzu unglaubwürdig fand, konnte ich nicht sagen.

Als im Anschluss an die Ansprachen das allgemeine Besäufnis und Geplauder losgingen, stellte ich fest, dass Jane nicht mehr in der Lage war, über Zimmerreservierungen zu verhandeln. Ich musste sehen, wie ich allein zurechtkam, und nachdem ich Kit «Ich schau mal gerade, ob unser Zimmer schon gemacht ist!» ins Ohr geflüstert hatte, schlüpfte ich hinaus.

Wie befürchtet war das Hotel völlig ausgebucht. Die Dame an der Rezeption hörte sich voller Mitgefühl meine Geschichte an – bei der Reservierung sei ein Fehler passiert, statt «ein Doppelzimmer» hätte es «ein Einzel- und ein Doppelzimmer» heißen müssen –, meinte aber, leider sei alles belegt. Was sollten wir tun? Solange bis Kit wieder nüchtern war, konnten wir uns nicht davonmachen und nach einem Bed & Breakfast Ausschau halten; außerdem wollte ich die Abendparty nicht versäumen. Sollten wir wirklich darauf setzen, dass Jane anderweitig unterkommen und nicht im unpassendsten Moment ihre Zahnbürste holen kommen würde?

Während ich mich unentschlossen an der Rezeption herumdrückte, kam Michael vorbei. «Alles in Ordnung, Emma?», fragte er aufgekratzt.

«Nicht ganz», antwortete ich.

Er fühlte sich offenbar verpflichtet, sich um die Unterbringung der Gäste zu kümmern, und lauschte besorgt meiner Erklärung. Er war ein richtiger Schatz.

«Ja, stimmt, alles ist belegt», meinte er, «aber ich weiß auch, dass einige nicht über Nacht bleiben wollen. Ein paar der schottischen Verwandten wollen am Abend heimfahren. Mal schauen ...» Er beugte sich über den Tresen und warf einen Blick auf die Reservierungen. «Onkel George und Tante Bella!», sagte er triumphierend. «Sie haben mich gerade gefragt, wann sie sich wohl entfernen könnten. Sie wollen gepackt haben, bevor die Party anfängt, damit ihr Zimmer am Abend frei ist.» Er lächelte die Empfangsdame an. «Die Betten könnten Sie bis dahin doch bestimmt neu beziehen, nicht wahr?»

Ich weiß nicht, ob es an Michaels Charme lag oder ob sie lediglich erleichtert war, die lästige Angelegenheit beigelegt zu haben, jedenfalls sagte sie, das sei überhaupt kein

Problem und sie werde dies im Laufe des Abends veranlassen.

Erleichtert kehrte ich zu Kit zurück. Er lauschte gerade einer von Philippas Verwandten, die ihm offenbar von ihren Heldentaten als Kradfahrerin im Zweiten Weltkrieg erzählte. Schon seltsam, wie das Auftauchen eines Motorradfahrers alle anderen aus dem Versteck lockt. «Das war eine große, schwere Maschine», sagte sie gerade, «ganz anders als die modernen. Wenn sie umkippte, musste ich einen netten jungen Mann bitten, sie für mich aufzurichten. Einmal hatte ich sie auf einer Landstraße neben dem Straßengraben abgestellt, und als ich die Nachricht überbracht hatte, war sie verschwunden! Das heißt, sie war in den Graben gerutscht. Ich wusste, dass ich sie ohne fremde Hilfe nicht herausholen könnte; der Graben war knapp zwei Meter tief! Und wissen Sie, was ich da tat?» Kit schüttelte den Kopf, ergriff meine Hand, als ich mich neben ihn setzte, und drückte sie. «Ich bin aus dem Graben rausgefahren!» Sie schüttete sich aus vor Lachen. «Ich vergewisserte mich, dass kein Auto in der Nähe war, saß auf, ließ den Motor an und fuhr geradewegs an der Seitenwand des Grabens hoch! Ach Gott, ich war vielleicht schmutzig, als ich zum Stützpunkt zurückkam. Den Grund durfte ich jedoch nicht verraten, denn ich hatte Sorge, man werde mir das Motorrad wegnehmen und mich stattdessen einen LKW fahren lassen.»

«Sieht so aus, als hätten wir heute Nacht ein Zimmer», flüsterte ich Kit ins Ohr, als die Geschichtenerzählerin kurz abgelenkt war.

«Prima. Können wir jetzt gehen?», fragte er, mich mit seinen goldbraunen Augen musternd.

«Leider nein», antwortete ich. «Wir bekommen das Zimmer, aber erst nach der Feier.»

Unsere Augen hielten stumm Zwiesprache. Würden wir jemals miteinander allein sein? Würden wir uns je miteinander entspannen, uns ausziehen, auf ein Bett legen und Zeit lassen können? Allmählich kamen wir uns vor wie Teenager, die einander hektisch befummelten, wenn die Erwachsenen gerade nicht hinsahen. Gewiss, der Zeitdruck bei unserer ersten Begegnung hatte den Reiz erhöht; jetzt aber wollten wir es dabei nicht mehr bewenden lassen. Die erzwungene Warterei frustrierte uns allmählich.

Aber daran ließ sich nichts ändern. Bis zum Abend würden wir das glückliche Paar spielen. Vielleicht würde sich ja zwischen Abendessen und dem Beginn der Festivitäten eine Gelegenheit bieten, uns in Ruhe zu unterhalten. Kit ging eine neue Flasche holen, und Jane tauchte auf und erkundigte sich, wie es mir gehe. «Mach dir wegen des Zimmers keine Gedanken», sagte ich. «Man hat uns ein anderes gegeben.»

«Oh, gut. Gut, gut, gut.» Sie war wirklich stark angetrunken.

«Wegen mir brauchst du keine Hemmungen zu haben, mit jemand anderem das Bett zu teilen», setzte ich hinzu.

Sie zog spielerisch eine Schnute. «Es hätte mir nichts ausgemacht, dir auszuhelfen», beharrte sie.

«Hast du jemanden Bestimmten im Sinn?», wollte ich wissen. Sie lächelte viel sagend.

Kit kam mit einer Flasche Sekt zurück. «Da verstehst du dich drauf, stimmt's?», sagte ich und schenkte mir nach. «Schleichst du dich häufiger bei Hochzeiten ein?»

«Ständig», antwortete er trocken.

«Wir haben uns auch mal bei einer Hochzeit eingeschlichen, weißt du noch?», lallte Jane und griff sich die Flasche, die sie offensichtlich nicht mehr nötig hatte. «Und zwar in dem Hotel in Cambridge.»

Es stimmte. Wir waren noch Studentinnen gewesen und unterwegs zu einem Abendessen bei einem Freund, als Jane auf einmal feststellte, dass ihr die Zigaretten ausgegangen waren. Wir betraten das erstbeste Hotel und wurden zur Bar geschickt, wo gerade ein Hochzeitsempfang stattfand und die Kellner einen roséfarbenen Sekt anboten. Wir waren nicht so schick gekleidet wie die meisten Anwesenden, konnten mit einigen der jüngeren Gäste aber durchaus mithalten, und als Jane sich die Zigaretten besorgt hatte, hielt ich ein Glas in der Hand und stand im Mittelpunkt der Party. Das Abendessen fand leider ohne uns statt, denn wir blieben stundenlang auf dem Empfang. Wir gingen erst heim, als Jane, die draußen mit einem jungen Mann knutschte, in den Fluss fiel und vom befrackten Bräutigam gerettet werden musste. Ich glaube, er war sogar ein Lord. Dieser Abend schmiedete uns zusammen; sie hat mir nie vergessen, dass ich sie nach Hause brachte und abtrocknete, anstatt mich im Dunkeln fortzustehlen, um der Peinlichkeit zu entgehen.

Diese Geschichte erzählte Jane nun Kit, obwohl sie aus ihrem Mund viel länger war und aufregender klang. Außerdem übertrieb sie meinen Heldenmut und stellte es so hin, als sei ich in den Fluss gewatet, anstatt am Ufer stehen zu bleiben und ihr meinen Mantel zu geben. Die gute alte Jane – sie versteht es, einen bei einem neuen Mann in gutes Licht zu rücken. Da ich die Geschichte natürlich schon kannte, beobachtete ich Michael, der gerade hereingekommen war und offenbar nach einem Gesprächspartner Ausschau hielt. Er trottete zu mir herüber und kam wieder auf Onkel Georges Zimmer zu sprechen. Warum war er nur so aufmerksam?

Natürlich – als Jane ihre blauen Augen in seine Richtung wandte und ihn mit ihrem typischen Laserblick durchbohrte, wurde mir alles klar. Befreit von der Last der Beziehung zu Eric, waren ihr Michaels jugendlicher Charme und seine großäugige Bewunderung endlich aufgefallen. Sie hätte es schlimmer treffen können, als mit Erics Bruder ins Bett zu gehen. Ich nutzte die Gelegenheit, um mich taktvoll zu entfernen, und Kit folgte mir ins Freie.

Wie erhofft hatten sich viele Gäste auf ihr Zimmer begeben, um ein Nickerchen zu machen oder bequemere Kleidung anzuziehen. Im Garten hielt sich kaum jemand auf, und wir fanden auf Anhieb eine Bank, von der aus wir den umwerfenden Ausblick auf die Hügel genießen konnten. Zum ersten Mal hatten Kit und ich Muße, uns einfach nur zu unterhalten, denn unser Verlangen war aufgrund der Aussicht auf Abgeschiedenheit am Abend vorübergehend abgeflaut. Wir unterhielten uns über seine Arbeit, meine Arbeit, die Gegend, in der wir wohnten, Filme und Musik: eben über all die Dinge, über die sich ein Mann und eine Frau unterhalten, für gewöhnlich, bevor sie heimlichen Sex im Freien haben. Aber besser spät als nie.

Das einzige Thema, das wir aussparten, war der Umstand, dass Kit auf gut Glück hergefahren war, um mich zu treffen. Das war schon sehr merkwürdig, geradezu unheimlich. Vielleicht hatte er die Geschichte ja erfunden, um etwas zu verbergen – aber wenn es nun wirklich stimmte? Wenn er nach der einen Begegnung auf Sarahs Hochzeit tatsächlich den ganzen weiten Weg von London bis hierher nach Schottland gefahren war, um mich wiederzusehen, auf die Gefahr hin, abgewiesen zu werden und allein zurückfahren zu müssen ... Sicher, das wäre schmeichelhaft gewesen, aber auch ein wenig gruselig. Oder hatte er lediglich nach einem Vorwand für einen netten Motorradausflug gesucht? Darüber wollte ich jetzt nicht nachdenken.

Hinter dem Garten sank die Sonne immer tiefer. Kit war ein guter Gesprächspartner, schlagfertig und komisch, schreckte aber auch nicht vor Ernsthaftigkeit zurück. Im Handumdrehen unterhielten wir uns über so heikle Themen wie Familie und Politik. Wir beobachteten den prachtvollen scharlachroten und mandarinfarbenen Sonnenuntergang, brachen aber erst auf, als ich von der Abendkühle fröstelte. Daraufhin sagte Kit: «Du frierst ja. Lass uns reingehen und uns aufwärmen.» Auf dem Rückweg zur Burg legte er wie selbstverständlich den Arm um mich; kaum zu glauben, dass dies erst unsere zweite Begegnung war.

Da wir kein Zimmer hatten, in das wir uns hätten zurückziehen können, betraten wir wieder den Festsaal. Unter der Spielmannsgalerie wurden gerade die Instrumente und ein Schlagzeug aufgebaut. Die Tische hatte man an den Rand gerückt, um Platz für die Tänzer zu schaffen. «Sieht so aus, als würde hier eine Band spielen», meinte ich zu Kit.

In diesem Moment stieg eine umwerfend aussehende Frau in einem schwarzen Hosenanzug von der Spielmannsgalerie auf die Bühne hinunter. Als sie hochschaute und Kit und mir verstohlen zulächelte, erkannte ich die Sängerin von Sarahs Hochzeit wieder.

«Dieselbe Band!», sagte ich.

«Stimmt», meinte Kit und legte den Arm um mich, «was glaubst du denn, wie ich dich sonst gefunden hätte?» Tatsächlich, die Sängerin kam geradewegs auf uns zu.

«Hi, Kit», begrüßte sie ihn. Auch ohne Make-up und das Paillettenkleid war sie eine äußerst attraktive Erscheinung.

«Hi, Cassandra», antwortete Kit. «Das ist Emma.» Es war das erste Mal, dass ich meinen Namen aus seinem Mund vernahm.

«Hallo, Emma.» Sie reichte mir die Hand.

«Hallo.» Ich schüttelte ihr die Hand. Sie war kühl und glatt, die Nägel perfekt manikürt. Neben ihr kam ich mir schlampig vor.

«Wir sehen uns später», sagte sie und wandte sich gleich wieder zum Gehen. «Ich muss die Jungs holen, damit sie den Soundcheck machen, bevor die Gäste zurückkommen.»

Ich war baff. Dann kannte Kit also die Sängerin. Aber woher hatte sie gewusst, dass ich hier sein würde? Und was hatte er ihr von mir erzählt? Dies alles trug zu meiner Verunsicherung bei, sodass ich mich neben ihr wie ein hässliches Entlein fühlte. Als hätte er meine Gedanken gelesen, schloss Kit mich in die Arme und sagte: «Wir kennen uns von der Schule her. Robin hat Sarah kennen gelernt, als ich ihn zu einem ihrer Auftritte mitgenommen habe. Deshalb wollte Sarah, dass die Gruppe bei ihrer Hochzeit spielt. Wie alle alten Freunde gehen wir nicht miteinander ins Bett und haben nur sehr wenige Geheimnisse voreinander.»

Ich entspannte mich ein wenig. Selbst wenn er mich lediglich hatte beruhigen wollen, war es doch ein gutes Zeichen, dass er mein Unbehagen bemerkt hatte.

Als der Soundcheck begann, zogen wir uns zurück, denn Kit versicherte mir, wenn wir blieben, würden Verlegenheit und Imponiergehabe dafür sorgen, dass es doppelt so lange dauerte. «Aber das Barpersonal bleibt doch auch da», wandte ich ein, er aber schob mich durch die Tür.

«Die zählen nicht», erklärte Kit bestimmt. «Bei einer Hochzeitsfeier sitzen die Band und das Barpersonal im selben Boot. Sie werden alle wie Dienstboten behandelt, jedenfalls meint das Cassandra.» Obwohl ich gesehen hatte, wie sie in Clogs durch den Matsch gestapft war, konnte ich mir nicht vorstellen, dass man Cassandra wie eine Dienstbotin behandelte.

Wir begegneten Jane, die gerade mit einem selbstgefälligen Lächeln und einem benommen wirkenden Michael im Schlepptau die Treppe herunterkam. Offenbar hatte sie nichts anbrennen lassen. «Möchtest du dich in unserem Zimmer frisch machen?», fragte sie. «Wir wollten gerade dem Gesang der Nachtigallen lauschen.» Wahrscheinlich war das ein Euphemismus für etwas, das der junge Michael sich nicht einmal in seinen wildesten Träumen hätte vorstellen können. Ich griff ihr Angebot jedenfalls bereitwillig auf und nahm den Schlüssel entgegen, den sie in der Hand schwenkte. «Ihr habt eine halbe Stunde Zeit», sagte sie zum Abschied.

Wir schlossen hinter uns die Tür und waren endlich allein, wenn auch nur für kurze Zeit. Ich konnte es kaum fassen und stand ein wenig verloren mitten im Zimmer. Kit war entschlussfreudiger. Kaum hatte er die Vorhänge zugezogen, begann er mich auch schon auszuziehen, als wäre dies unsere letzte gemeinsame halbe Stunde. Er küsste mich nicht einmal, sondern öffnete mit sicherer Hand Knöpfe und Reißverschlüsse, zog mir die Arme aus Ärmeln und Schulterriemchen. Ich verhielt mich passiv; jetzt, da wir endlich allein waren, wurde ich auf einmal schüchtern. Wir kannten einander kaum und hatten uns noch nicht nackt gesehen. Ich ließ mich von ihm entkleiden, ohne mich zu wehren, aber auch ohne ihm zu helfen. Meine Passivität steigerte anscheinend seine Erregung.

Als ich nackt vor ihm stand, trat er einen Schritt zurück und musterte mich. «Mein Gott», sagte er leise, «du siehst toll aus.» Er riss sich die Kleider vom Leib – einen besseren Ausdruck dafür gab es nicht – und warf sich auf mich, streifte mir mit seinen langen, kühlen Fingern übers

Rückgrat, küsste mich leidenschaftlich, ließ seinen Mund über Schultern, Brüste und Hals wandern. Ich spürte, wie sein langer, glatter Schwanz gegen meinen Bauch drückte, und wurde von der gleichen Erregung erfasst wie bei unserer ersten Begegnung im dunklen Garten. Diesmal nahm ich seinen Schwanz in die Hand und schob ihn mir hinein, sodass wir abermals vereint waren, verbunden durch seine Erektion, einander umklammernd, damit wir nicht umfielen. Ohne einen Baum als Stütze im Rücken vermochten wir das Gleichgewicht nur dadurch zu wahren, dass ich mich an ihm und er sich an mir festhielt. Eine Weile hielten wir einander eng umschlungen, atemlos schwankend, ertrinkend und fallend zugleich.

Dann glitt Kit aus mir heraus, schob mich zur Wand und legte meine Hände auf den großen Spiegel, sodass ich mich abstützen konnte. Dicht vor mir sah ich mein Spiegelbild, vor Erregung gerötet, die Brüste sachte schwingend und die Nippel steif, im Schamhaar ein feuchtes Glitzern. Kit, der hinter mir stand, war die Erregung ins Gesicht geschrieben. Ich beobachtete, wie er mit der Hand über meinen Bauch zum kupferroten Busch fuhr, das zarte Haar teilte, mir die Möse spreizte und von hinten in mich eindrang. Mit der einen Hand hielt er mich fest, mit der anderen stützte er sich an der Wand ab. Wir beobachteten beide, wie er mich schnell und leidenschaftlich fickte, wie meine Brüste bei jedem Stoß erbebten und wie sein ansatzweise sichtbarer, von meinen Säften glänzender Schwanz in mich hinein- und aus mir herausglitt. Mit halb geschlossenen Augen küsste er mich seitlich am Hals, nahm Haarsträhnen zwischen die Zähne und zog mir den Kopf nach hinten.

Ich hatte die Beine leicht gespreizt und den Rücken gekrümmt, denn ich wollte ihn ganz tief in mir spüren. Ich spürte, wie die Eichel an meine Gebärmutter stieß, dann zog er den Schwanz ganz heraus und rammte ihn mir wieder bis zum Anschlag hinein. Seine Hand lag noch auf meinem Unterleib, sein Finger rieb sich sanft an meinem Kitzler, sodass ich jeden Stoß doppelt spürte, kräftig und zart. Nach der ganzen Warterei war ich dermaßen erregt, dass sich der Orgasmus mit Orkangeschwindigkeit aufbaute. Ich schaute mir dabei zu, wie die Lust mich überwältigte, was ihn noch schärfer machte. Ich begann rhythmisch zu stöhnen, und Kit flüsterte mir ins Ohr: «Ja, gut, komm jetzt, komm für mich, komm jetzt, Emma, ich will, dass du dir beim Kommen zuschaust ...»

Der Orgasmus durchschwemmte mich wie eine Flutwelle. Ich bebte am ganzen Leib, meine Hände rutschten an der Wand hinunter, bis Kit die eine Hand ergriff und sie festhielt. Ich sah alles mit an, sah, wie ich mich verkrampfte, wie sich meine Möse um Kits Schwanz zusammenzog. Mir im Spiegel unverwandt in die Augen blickend, begann er heftiger zu stoßen, verlor schließlich die Beherrschung und rammte, mich mit einer Hand stützend, seinen Riemen in mich hinein, bis auch er kam und im Orgasmus erbebte.

Mir wurden die Arme schwach. Ich lehnte mich an den Spiegel, kühlte meine erhitzte Haut am Glas. Kit lehnte sich einen Moment an mich, dann hob er den Kopf und leckte einen Schweißtropfen ab, der mir über den Rücken rann. «Hm, salzig», murmelte er. «Bleibt uns noch Zeit zum Duschen, was meinst du?»

«Ohne vorher geduscht zu haben, kann ich nirgends hingehen», erwiderte ich. Wir taumelten ins Bad. Was immer Jane mit Michael angestellt hatte, es gab jedenfalls noch ein paar saubere Handtücher. Kit drehte das Wasser an, stellte sich unter die Dusche und reichte mir einladend die Hand.

Die Dusche war perfekt, der Strahl heiß und kräftig. Während Kit mir das Haar schamponierte, mir mit seinen kräftigen Fingern die Haarwurzeln massierte und das Haar anschließend spülte, schloss ich genießerisch die Augen. Dann arbeitete er sich an meinem Körper hinunter, rieb das Duschgel mit gemächlich kreisenden Bewegungen schaumig, als schwelge er in jedem Quadratzentimeter meiner Haut. Vom intensiven Sex summten mir noch die Nerven, und meine Haut war so empfindsam, dass jede Berührung wie ein Kuss war. Ich streichelte ihn am ganzen Leib und genoss die erste Gelegenheit, seinen Körper in unbekleidetem Zustand zu erkunden.

Er war schlank, aber nicht mager, und hatte die Muskeln eines Mannes, der zwar kein Bodybuilding macht, sich aber auch nicht scheut, mit einem schweren Motorrad umzugehen. Auf der Brust hatte er ein paar braune Haarlocken, umgeben von lichterem Flaum. Ein scharf abgegrenzter Haarstreifen zog sich zum Schwanz hinab, der im dunkleren Busch ruhte. Mit dem nassen Haar im Gesicht wirkte er irgendwie jünger, vielleicht auch verletzlicher als zuvor.

Unsere nassen, schaumbedeckten Leiber drängten einander entgegen. Der ungewohnte Ganzkörperkontakt war unglaublich erregend: Wir bekamen einfach nicht genug davon. Erstaunlicherweise regte sich Kits Schwanz und schwoll erneut an, als er an meinen schlüpfrigen Bauch gedrückt wurde. Als ich mich bedächtig an ihm rieb, spürte ich, wie er sich abermals aufrichtete und gegen mich drängte wie ein hungriges Tier. Ich ließ mich auf die Knie nieder, wobei meine glitschigen Brüste über seinen Schwanz streiften, und nahm die Eichel in den Mund.

Während ich saugte, prasselte mir das Wasser auf Kopf und Gesicht und rann an meinem Körper und an Kits Beinen hinab. Der Schwanz schmeckte sauber, fast ein wenig seifig, und fühlte sich so glatt an wie poliertes Holz. Ich nahm ihn tief in den Mund, bis er fast vollständig in mir steckte. Die Eichel ragte weit in meinen Rachen, was mich unheimlich scharf machte. Ich saugte behutsam, leckte über die Unterseite und schaute dabei hoch in Kits Gesicht. Eine Hand auf den Duschkopf gelegt, lehnte er an der Wand und schaute mir fasziniert zu. Während ich an seinem Schwanz zutzelte, streichelte ich über seine behaarten Eier, hob sie an und drückte sie sanft. Er sagte etwas, das ich wegen des Wasserrauschens nicht verstand, vielleicht «O Gott» oder «Nicht aufhören ...».

Ich veränderte den Rhythmus, saugte seinen Schwanz langsam vollständig in meinen Mund hinein, ließ meine Lippen dann wieder schnell auf- und niedergleiten, als ob ich ihn fickte. Ich spürte, wie sich seine Arschbacken anspannten, als ich über die schaumigen Halbkugeln streichelte. Kit hatte die Augen mittlerweile geschlossen, die Lippen leicht geteilt und die Hände flach auf die Wandfliesen gelegt, als bemühte er sich stillzuhalten. Ich intensivierte meine Bewegungen, denn am Pochen in seinen Eiern spürte ich, dass er kurz vor dem Orgasmus stand.

Auf einmal wurde an der Zimmertür energisch geklopft. Janes Stimme übertönte das Wasserrauschen: «Emma! Emma!», rief sie. «Lass mich rein; ich weiß, dass du da bist!» Die halbe Stunde war offenbar um, aber solange ich Kit nicht die gleiche Lust verschafft hatte wie er mir, konnte ich nicht aufmachen.

Als sich Kits Rückgrat versteifte, steckte ich ihm einen seifigen Finger in den Arsch. Er spritzte mir seinen Saft in den Mund, stieß unwillkürlich in mich hinein. Der heiße, salzige Saft rann mir die Kehle hinunter und lief mir übers Kinn, mischte sich mit dem warmen Wasser. Er kniete neben mir nieder, küsste mich, schmeckte seinen Saft auf meinen Lippen, während uns das Wasser übers Gesicht strömte.

Jane rief noch immer auf dem Gang. Widerstrebend stellten wir das Wasser ab und legten die weichen Baumwollbademäntel an. Während Kit sich im Bad ankleidete, schloss ich die Tür auf und ließ Jane ein. Sie musterte mich vorwurfsvoll. «Tut mir Leid.» Unverfroren erwiderte ich ihren Blick. «Wir waren unter der Dusche. Hast du lange geklopft?»

«Hmmmpf», machte sie, das war alles. Kit kam heraus, vollständig bekleidet, wenn auch ein wenig zerknittert, und ich nahm die Gelegenheit wahr, ins Bad zu schlüpfen und mich ebenfalls anzukleiden.

Als ich aus dem Bad kam, plünderten Jane und Kit gerade die Minibar. «Wenn wir's jetzt nicht trinken», erklärte Jane aufgekratzt, «trinke ich's später allein, und dann wird es mir morgen Leid tun.» Eine unwiderlegbare Logik, wie nicht anders von ihr zu erwarten. Als wir als beschwipstes Trio die Eichentreppe hinunterstiegen, spielte bereits die Band.

Cassandra war ohne jeden Zweifel ein Star. Das Funkmikrophon erlaubte es ihr, die Bühne zu verlassen und zum Entzücken und Schrecken der männlichen Gäste ihre Späße zu treiben. Alte Männer mit schütterem Haar und picklige Jünglinge erröteten und wanden sich gleichermaßen, wenn Cassandra sie anschmachtete und mit ihrem Blick aufspießte wie einen Schmetterling auf ein Stück Pappe. Ein paar Betrunkene glaubten offenbar, sie hätten tatsächlich bei ihr Chancen, doch ein Blick in ihre Augen sagte uns, dass sie es nicht ernst meinte.

«Möchtest du tanzen?», fragte Kit mich galant und reichte mir die Hand. Die andere Hand legte er mir auf die Hüfte und führte mich kundig. Kein Wunder – als alter Freund Cassandras hatte er bestimmt schon oft zu ihrer Musik getanzt. Ich entspannte mich und ließ mich auf der Tanzfläche umherschwenken, während ich die Gedanken zu unserer letzten – und ersten – Begegnung schweifen ließ, als es so ausgesehen hatte, als werde sich der Körperkontakt zwischen uns aufs Tanzen beschränken. Da hatten wir zu der gleichen Musik getanzt, nur hatte ich mich ganz anders gefühlt, denn in dem Moment glaubte ich, diese paar Minuten würden die letzten sein, die wir miteinander teilten. Jetzt kam es mir so vor, als kannten wir uns bereits seit einer Ewigkeit, aneinander geschmiedet durch die Bande des Heimlichtuns und der Leidenschaft. Wir hatten den ganzen Tag lang so getan, als seien wir ein Paar, deshalb war es nicht verwunderlich, dass wir uns allmählich auch so fühlten.

Kit zog mich an sich, sodass meine Wange an seinem rauen Jackett streifte und ich seinen warmen Atem im Haar spürte. Wahrscheinlich hätte ich mir Gedanken machen sollen, was es zu bedeuten habe, dass er hier erschienen war und mir eine solch absurde Geschichte aufgetischt hatte, doch mein Kopf war leer. Ich genoss einfach die Musik und das Gefühl, mit dem Mann zu tanzen, von dem ich geglaubt hatte, ich würde ihn nie wiedersehen.

Das Stück endete, und Cassandra machte eine Ansage. Anstatt jedoch das nächste Stück anzukündigen, begrüßte sie «das glückliche Paar». Die Paare auf der Tanzfläche und die Gäste an der Bar klatschten, als Philippa und Eric hereingeschritten kamen. Ich fürchtete schon, es würden weitere Ansprachen gehalten, während ich doch nichts weiter als tanzen wollte, doch die Band stimmte gleich darauf eine schnelle Tanznummer an, und Eric tat das Richtige und geleitete seine Braut auf die Tanzfläche. Wir machten ihnen Platz, aber das wäre eigentlich unnötig gewesen. Das war offenbar nicht ihre Musik.

Während ich Erics Herumgehopse zusah, musste ich an seine kurze Musikerkarriere in einer Band mit Namen «Longships Landing» denken. Berühmt war sie eher wegen Erics langem blondem Haar und dem gehörnten Wikingerhelm gewesen, den er auf der Bühne trug, als wegen ihrer rhythmischen oder melodischen Qualitäten. Soweit ich erkennen konnte, war er bemüht, die Bühnenshow der Landenden Langschiffe wiederzubeleben. Zum Glück verfügte wenigstens Philippa über gewisse Grundkenntnisse der hochzeitstauglichen Gesellschaftstänze; sie hielt ihn bei der Hand und bemühte sich, seinen Bewegungen ein Muster aufzuprägen.

Aber was machte das schon. Niemand geht zu einer Hochzeit, um herauszufinden, ob der Bräutigam tanzen kann. Wir tanzten alle mit großer Begeisterung, und als Cassandra verkündete, die Band wolle eine Pause machen, war enttäuschtes Murren zu vernehmen. Michael kam herüber und meinte, unser Zimmer werde gerade bezugsfertig gemacht und man gebe sich besondere Mühe, uns für die lange Wartezeit zu entschädigen, doch ehe er den Satz vollenden konnte, schnappte ihn sich Jane und zog ihn in eine Ecke.

Das Buffet wurde eröffnet und unverzüglich von den erhitzten Tänzern belagert, doch als wir uns ihnen anschließen wollten, fing uns Eric ab. «Emma!», rief er. «Amüsierst du dich gut?»

«Wunderbar, danke der Nachfrage, Eric», antwortete ich, schon ahnend, was als Nächstes kommen würde.

Eric wandte sich an Kit.

«Und du bist ...?»

«Kit», lautete die ausweichende Antwort, begleitet von einem freundlichen Lächeln und einem Händeschütteln. «Tut mir Leid, dass Emma mich nicht angekündigt hat. Ich dachte, ich müsste dieses Wochenende arbeiten, aber dann ...»

«... kam es doch anders», schloss ich an seiner Stelle.

Erics Neugier war geweckt. Wir waren zwar nicht die engsten Freunde, aber Jane hatte ihn bestimmt über mich auf dem Laufenden gehalten. Kit hatte sie aus nahe liegenden Gründen dabei nicht erwähnt. Jetzt war ich mit einem groß gewachsenen, gut aussehenden Unbekannten aufgetaucht und warf eine Menge Fragen auf. War Kit eine neue Bekanntschaft? Hatten wir unsere Beziehung lange Zeit verheimlicht und sie erst jetzt öffentlich gemacht? Am liebsten hätte ich ihm die Wahrheit gesagt, doch das ging nicht – schließlich war Kit, der für mich praktisch ein Fremder gewesen war, in der Hoffnung, mich zu ficken, in seine Hochzeit hineingeplatzt. Bei dem Gedanken musste ich kichern, und der misstrauische Eric roch sogleich den Braten. Er kniff die Augen zusammen, und ich drückte Kit die Hand, wappnete mich für die beste Lüge meines Lebens.

Eine göttliche Fügung aber rettete uns: Über meine Schulter hinweg sah Eric etwas, das ihn augenblicklich auf andere Gedanken brachte. Bestürzung zeichnete sich in seiner Miene ab und wurde gleich wieder unterdrückt. Ich folgte seinem Blick mit den Augen: Hinter mir saß Michael auf einer Bank, und Jane saß auf seinem Schoß. Es sah so aus, als nagele sie ihn fest und wolle ihn als Ganzes verschlingen. Er saß mit zurückgeworfenem Kopf unter ihr, die Hände auf ihre Brüste gelegt, als sei sein halbherziger Versuch, sie wegzuschieben, in eine Liebkosung übergegangen. Die gute alte Jane. Welch ein Timing – einen besseren Moment hätte sie sich nicht aussuchen können, und darin drückte sich eine natürliche Gerechtigkeit aus, die mir eine tiefe Genugtuung bereitete.

«Sieh an», wandte ich mich wieder Eric zu, der noch immer gebannt zu den beiden hinüberstarrte, «Jane scheint sich mit deinem kleinen Bruder ja gut zu verstehen. Süß, nicht wahr?» Er brachte kein Wort heraus. «Schließlich», fuhr ich unerbittlich fort, «wurde es ja allmählich Zeit, dass Jane einen anständigen Kerl findet – einen, der es gut mit ihr meint. Ich fand schon immer, sie habe etwas Besseres verdient – du nicht auch?» Eric gurgelte etwas Unverständliches und wankte zur Bar.

Kit sah ihm nach. «Ich glaube, da herrscht gleich dicke Luft», war alles, was er dazu zu sagen hatte.

Als wir schließlich mit unseren Tellern Platz nahmen, fiel mir auf, dass die komplette Band verschwunden war. «So ist das immer», erklärte Kit, den Mund voller Garnelen. «Wie ich schon sagte, die Mitglieder einer Hochzeitsband werden nicht wie Stars behandelt – die gehören zum Personal. Von den Kellnerinnen, die die Tische gedeckt haben, erwartet ja auch niemand, dass sie mit uns speisen, oder?» Darüber hatte ich noch nie nachgedacht, doch es kam mir irgendwie ungerecht vor; eben noch hatten alle die Musiker beklatscht, und dann auf einmal erwartete man von ihnen, dass sie sich verdünnisierten. «Außerdem», fuhr Kit fort, «ist es ihnen so eigentlich lieber. Das gibt ihnen Gelegenheit, den Schlips mal ein bisschen zu lockern.» Er zeigte auf einen der Musiker, der gerade mit mehr Bierflaschen, als ein normaler Mensch mit zwei Händen tragen kann, zur Spielmannsgalerie hochstieg. Er verschwand hinter dem mit Schnitzereien verzierten Gitter, wo die Musiker sich vermutlich erholten.

Jetzt, da ein Zimmer auf uns wartete und wir die ganze Nacht in unserem eigenen Bett verbringen würden, konnten auch wir die Party entspannt genießen. Ich ließ Kit sogar eine Weile allein und tanzte mit Eric, hielt ihn an beiden Händen fest und dirigierte ihn wie eine Stockpuppe umher, um nicht andere Tänzer zu verletzen. Er war zu sehr damit beschäftigt, nach Jane und Michael Ausschau zu halten, um mich weiter auszufragen. Kit wirbelte eine der kleinen Brautjungfern auf der Tanzfläche umher und wurde bald darauf von kleinen Mädchen bestürmt, die alle mit ihm «die Sause» machen wollten.

Als ich mich wieder zu Kit gesellte, bemerkte ich, wie Cassandra die Bühne verließ und zur Galerie hochstieg. «Sie singt doch noch weiter, oder?», übertönte ich die laute Musik der Band, die ohne sie weiterspielte.

«Keine Bange», schrie Kit zurück, «die zieht sich bloß um. Sie hat mir mal gesagt, bei einer schnieken Hochzeit kleide sie sich mindestens dreimal um.»

Über dem durchbrochenen Gitter sahen wir ihren Kopf, während sie sich vermutlich aus einem engen Paillettenkleid ins nächste zwängte. Die Band hielt uns in der Zwischenzeit mit schnellen Stücken in Atem, und bald darauf musste ich mich geschlagen geben.

«Muss mal verschnaufen!», schrie ich und zwängte mich zwischen den verschwitzten Tänzern hindurch zu einer Bank. Kit wollte mir folgen, doch der Angriff der Brautjungfern erfolgte zu schnell, sodass er genötigt war, weiter seiner Sausepflicht nachzukommen.

Als ich den Kopf an die Wand lehnte, fiel mir eine Bewegung ins Auge, ein heller Schemen auf der Galerie. Cassandra zieht sich um, dachte ich, sah aber aus irgendeinem Grund erneut hin. Es war tatsächlich Cassandra, aber sie zog sich nicht um. Hinter ihrem dunklen Haar war ein blonder Haarschopf zu sehen. In den Löchern im Schnitzwerk des Holzgitters blitzte nackte Haut auf; wer immer da hinter ihr stand, er öffnete nicht bloß den Reißverschluss ihres Kleides. Ich schaute fasziniert zu. Die distanzierte, unnahbare Cassandra, die glamouröse Phantasiegestalt, ließ sich tatsächlich auf etwas ein. Noch dazu während eines Auftritts und praktisch in der Öffentlichkeit.

Ich kam mir vor wie ein Voyeur, doch ich konnte nicht anders. Da das Holzgitter das meiste verdeckte, war das Zuschauen noch erregender, als wenn ich freie Sicht gehabt hätte. Es war völlig klar, was dort vorging, doch sie wahrte auch weiterhin sehr eindrucksvoll ihre Rolle. Mit einer Hand stützte Cassandra sich am dunklen Holzgitter ab. Was aber machte der mysteriöse Blonde? Sein Kopf war verschwunden, doch ich sah weiterhin seine Haut aufblitzen, die deutlich brauner war als die ihre. Der Abstand war zu groß, und auf der Galerie war es zu dunkel, um Einzelheiten zu erkennen, doch das wenige, was ich sah, schmückte ich in meiner Phantasie aus. Er befand sich noch immer hinter ihr; kniete er, leckte er sie, hatte er die Hände auf ihre prachtvoll geschwungenen Hüften gelegt? Nein – da tauchte sein Kopf über ihrer Schulter auf, und sie drehte sich zu ihm um, ein Lächeln auf den scharlachroten Lippen.

Was immer er da machte, er tauchte gleich wieder ab, und sie warf vor Lust erneut den Kopf in den Nacken, sodass ihr das glänzende schwarze Haar in den Rücken fiel und die Gucklöcher verdeckte. Sie streckte ihre langen, anmutigen Arme, sodass die Fingerspitzen gerade eben die verschlungenen Blätter und Ranken berührten, als bereite ihr die Berührung des kühlen, glatten Holzes ebenso viel Lust wie ihr unsichtbarer Liebhaber. Ich stellte mir vor, wie er ihre vollen Brüste an den Mund hob, sie zusammenschob, sodass sich eine dunkle Spalte bildete, wie er die Zunge hineinsteckte und an ihren Nippeln saugte, die ich mir rosig dachte. Oder war er bereits zu intimeren Liebkosungen übergegangen? Vergrub er seine Zunge in ihrem Schamhaar, das bestimmt ebenso dunkel war wie ihre langen Locken, brachte er mit raschen Zungenschlägen ihre bloßen Schultern zum Zucken? Die Vorstellung erregte mich, und ich verspürte ein elektrisches Kribbeln zwischen meinen Beinen, ein Echo der Lustgefühle, die Cassandra in diesem Moment empfand.

«Alles in Ordnung?» Ich hatte gar nicht bemerkt, dass

Kit neben mir aufgetaucht war. Ich nickte, vermochte den Blick jedoch nicht von den faszinierenden Vorgängen auf der Galerie abzuwenden. Er folgte meinem Blick mit den Augen.

«Das ist Cassandra», sagte ich leise. «Sie ist nicht allein.» Mit der Hand, die er mir um die Taille gelegt hatte, streichelte er mir wortlos den Bauch, langsam, bedächtig, im Rhythmus der Bewegungen, die Cassandra mit Kopf und Hals vollführte und die allein Zeugnis ablegten von ihrer geheimen Lust. Während ich ihr hingerissen zuschaute, fasste Kit mit der anderen Hand meinen nackten Unterarm, schob den Daumen in die Falte der Armbeuge und streichelte mich auch dort im selben langsamen Rhythmus. Die zärtlichen Liebkosungen verstärkten meinen tranceartigen Zustand. Mein Körper gehörte mir nicht mehr, sondern war ein Spiegelbild Cassandras, er empfand, was sie empfand, und mir blieb nichts anderes übrig, als ihr zuzuschauen.

Kits Finger belebten meinen ganzen Körper, als fließe warmes Wasser über meine Haut; nicht nur meine Möse, sondern auch mein Hals und meine Füße prickelten vor Erregung. Ich konnte mich nicht mehr rühren; ich wollte unbedingt sehen, wie Cassandra mit ihrem geheimen Geliebten zum Höhepunkt kam. Halb hinter ihr verborgen tauchte der Blondschopf wieder auf, umfing sie, verschleiert von ihrem dunklen Haar, mit seinen sonnengebräunten Armen und küsste sie. Dann ließ er seine Hände über die Arme zu ihrem schlanken Hals wandern, hob das üppige Haar an, sodass man nun durch das Holzgitter ihren bleichen Nacken und hin und wieder ihren Körper sah. Als er sie küsste, ließ er ihr Haar wie einen Vorhang herabfallen, sodass ihre Köpfe darunter verschwanden. Ich beobachtete, wie sich ihre Arme hoben, als seien sie plötzlich gewichtslos geworden, dann legte sie sie ihrem Partner um den Hals. Er ist in sie eingedrungen, dachte ich und spürte es auch in meiner Möse.

Anhand der hellen und braunen Haut, die in den Aussparungen des Gitters aufblitzte, war nicht zu erkennen, was genau dort vorging, aber mein Körper spiegelte ihre Empfindungen wider, und meine Vorstellung beschwor die Bilder herauf, die meinen Augen vorenthalten wurden. Er hatte ihre üppigen Hüften angehoben und sie ihre glatten weißen Beine um seine behaarten braunen Beine geschlungen. Ihre rot bemalten Zehennägel gruben sich in seine festen Wadenmuskeln. Er presste sie so fest gegen das Gitter, dass die Schnitzereien in ihrem weichen Fleisch Abdrücke hinterließen, und fickte sie. Ihr Saft rann ihm über die Eier, ihre Brüste pressten sich an seine Brust. Sie hob das Gesicht, ihr Kopf schaukelte im Rhythmus seiner Stöße. Vielleicht schrie sie auf – wegen der lauten Musik war es nicht zu hören. Dann erschlaffte sie befriedigt, und ihre Arme sanken vom Hals ihres Geliebten herab.

Jetzt endlich konnte ich den Blick abwenden und bemerkte, dass Kit mich beobachtete. Er wirkte ebenso erregt, wie ich mich fühlte. «Hat es dir gefallen, ihr zuzusehen?», fragte er mich leise.

Ich nickte. «Dir auch?»

«Ich hab nicht sie angesehen», erwiderte er, «sondern dich.» Er legte die Hände um mein Gesicht und küsste mich leidenschaftlich. «Lass uns aufs Zimmer gehen», flüsterte er.

«Wird uns Cassandra nicht böse sein, wenn wir ihr drittes Kleid versäumen?», fragte ich.

Grinsend schüttelte er den Kopf. «Nein, sie weiß ja, weswegen ich hier bin», antwortete er. «Außerdem ist sie nicht ganz unschuldig daran, oder was meinst du?» Im

Laufschritt eilten wir über die unebene Holztreppe zu unserem Zimmer hoch. Kit hielt meine Hand so fest umklammert, als fürchtete er, mich zu verlieren.

Das Warten hatte sich gelohnt. Im Kamin, der so groß war wie ein Himmelbett, brannte ein Holzfeuer, und auf dem Sims – der mich fast überragte – brannten ein Dutzend Kerzen in schmiedeeisernen Leuchtern. Man hatte sich offenbar ganz besondere Mühe gegeben. Auf einem Schafsfell vor dem Kamin stand ein solides Sofa mit leicht zerschlissenem Brokatbezug, und das Tablett mit Mürbegebäck und die kleine Flasche Malzwhisky auf dem Beistelltisch erinnerten uns daran, dass wir uns in einem schottischen Hotel befanden. Das Bett bot mit seinen schweren, goldfarbenen Vorhängen, dem zurückgeschlagenen Leinenlaken und dem Berg weißer Kissen einen nicht minder prachtvollen Anblick.

«Wow!», staunte Kit. «Wenn das unser Zimmer ist, wüsste ich gern, wie die Hochzeitssuite aussieht. Und du bestimmt auch, hab ich Recht, meine kleine Spannerin?» Er hob mich hoch und legte mich aufs Bett. «Du würdest dem Brautpaar gern bei der Hochzeitsnacht zuschauen.» Er entkleidete mich, und ich zerrte an seinen Sachen, noch immer Bilder von Cassandra vor Augen. «Du könntest dich im Kleiderschrank verstecken», fuhr er fort, streifte mir das Seidenhöschen von den Beinen und wälzte mich herum, um mir den BH zu öffnen. «Was würdest du durch den Türspalt wohl zu sehen bekommen? Deinen Freund Eric, wie er seiner frisch gebackenen Ehefrau die Kleider vom Leib reißt, so wie ich es gerade tue.»

Splitternackt legte er sich auf mich. Sein Gewicht drückte mich auf die weiche Steppdecke nieder, sodass ich die kühle Decke an Brüsten und Bauch und seine warme Haut am Rücken spürte. Er tastete nach meinen Händen und schob mir die Arme über den Kopf, bis meine Finger die Bettkante berührten. Sein heißer Atem kitzelte mich im Ohr.

«Eric», flüsterte er kaum hörbar, «allein mit seiner Frau, ohne zu wissen, dass du ihn heimlich beobachtest. Die ganze Zeit geht ihm durch den Kopf: Endlich ist sie mein. Sie ist meine Frau, und gleich werde ich sie ficken. Während er sie festhält und die Vorfreude genießt ...» Kits Atem beschleunigte sich allmählich, und das galt auch für mich. Unsere Erregung stieg. Er schob die Knie zwischen meine Beine, drückte sie auseinander. «Während er es gar nicht mehr erwarten kann, sie zu ficken.» Mit einem kräftigen Stoß drang er bis zum Anschlag in mich ein. Mein Stöhnen wurde von der Decke an meinem Gesicht nahezu erstickt.

Kit hielt sich an der Bettkante fest und stieß in mich hinein, als wollte er mich mit seinem Schwanz auf dem Bett festnageln. «Na los, mach die Augen zu und stell sie dir vor», brummte er. «Siehst du sie vor dir? Siehst du, wie er sie fickt?»

Ich sah sie. Obwohl Eric ein alter Studienkollege war und ungeachtet meiner Loyalität zu Jane, wurde ich überschwemmt von Bildern des fickenden Paares. Ich spürte, wie Kit rasend vor Leidenschaft seinen Schwanz in mich hineinrammte und meinen Kitzler gegen seine Hand drückte, doch ich sah Erics muskulösen, untersetzten Körper vor mir, wie er, das blonde, schweißnasse Haar an die Stirn geklatscht, Philippa fickte. Sie lag mit ausgestreckten Armen und Beinen auf dem Bett, während Eric sie bei den Armen festhielt und auf ihre im Rhythmus seiner Stöße bebenden runden Brüste blickte. Ich sah, wie sein Schwanz in sie eindrang und glänzend von ihrem Saft wieder zum Vorschein kam, worauf er gleich wieder in ihr verschwand.

«Siehst du sie?», schrie Kit mich an. «Siehst du sie?»

«Ja, ja!», rief ich und sah noch im Moment des Orgasmus, wie Philippa die Augen schloss, während Eric unablässig in sie hineinstieß.

Als ich erschlaffte, zog Kit sich sogleich aus mir zurück und wälzte mich herum, kniete sich über mich und blickte mir ins Gesicht. «Herrgott nochmal», sagte er leise, «gibt es wirklich keine Grenze, die du nicht überschreitest?»

Ich sah zu ihm auf. «Bis jetzt nicht», antwortete ich einfach. Wir verharrten einen Moment in dieser Haltung, blickten einander an und fragten uns, wie es wohl weitergehen würde. Dann warf er sich auf mich, hob meine Hüften an und drang erneut in mich ein, presste seinen Mund auf meinen.

Wir rangen geradezu miteinander, wälzten uns umeinander, als ob wir buchstäblich verschmelzen wollten. Kit spreizte mir die Beine so weit, dass ich entzweizubrechen meinte, und ich grub meine Fingernägel in seine Arschbacken und presste ihn in mich hinein, unsere Gesichter nass von Speichel, uns aneinander reibend. Unsere Küsse ähnelten eher Bissen, doch der Schmerz steigerte die Erregung. Ich wälzte Kit auf den Rücken und setzte mich rittlings auf ihn, fickte zur Abwechslung einmal ihn, während er mir mit der flachen Hand fest auf den Arsch klatschte. Meine Möse zog sich erschreckt zusammen, und dann wurde unsere Erregung unvermittelt auf eine neue Ebene gehoben.

Keine Stellung behielten wir länger als ein paar Sekunden bei, und ganz gleich, aus welchem Winkel Kit mich nahm, das Tempo blieb unverändert hoch. Jetzt hatte ich keine Bilder eines anderen Paares mehr vor Augen, es gab nur noch uns beide auf dem Bett; Kits Haar, das mir ins Gesicht peitschte, als er mich auf den Rücken wälzte, seine Finger, die sich in meine Schenkel gruben, als er mir die

Beine spreizte, sein sauberer, scharfer Schweißgeruch. Ich wurde nach hinten in den Kissenstapel gedrückt, Kit hielt sich am Bettpfosten fest, während er in mich hineinrammte, und dann endlich kamen wir schweißnass und zitternd vor Erregung und lagen still.

Kit wälzte sich von mir herunter, schob sich ein Kissen unter den Kopf und beäugte mich erneut. Es gab kein besseres Wort für den ernsthaften, aufmerksamen Blick, mit dem er mich musterte. «Weißt du», sagte er, als erklärte das alles, «deswegen bin ich hergekommen.» Ich war versucht, einen Scherz zu machen und ihn auszulachen, weil er hunderte Meilen weit für einen guten Fick gefahren war, hielt meine Zunge diesmal aber im Zaum: Ich wusste, dass er etwas anderes meinte. Stattdessen erwiderte ich seinen Blick.

«Was meinst du damit?», fragte ich und dachte: Jetzt komm mir bloß nicht mit dem Scheiß von wegen Liebe auf den ersten Blick.

«Schon bei unserer ersten Begegnung hab ich gespürt, was mit dir los ist.» Er sprach ganz ruhig, als rede er über Fußball. «Ich habe keine Angst bei dir gespürt, keinerlei Zurückhaltung. Ich hatte den Eindruck, du würdest zu allem ja sagen, was das Leben dir bietet. Aber ich war mir nicht sicher.» Reglos neben mir liegend, musterte er mich unverwandt mit seinen honigfarbenen Augen. «Es hätte am Alkohol liegen können», fuhr er fort. «Es hätte ein Moment des Wahnsinns gewesen sein können, bevor du hingehst und einen Grundstücksmakler heiratest.»

Während ich im kerzenerhellten Raum auf dem weiß bezogenen Bett lag und Kits Worten lauschte, verspürte ich auf einmal Erleichterung. Ich kam mir vor wie eine Reisende in einem fremden Land, die in einer Stadt eintrifft, wo angeblich ferne Verwandte leben, und die auf einmal mitten auf der Straße ihren Namen vernimmt. Es war, als habe mich jemand erkannt.

«Das ist keine romantische Phantasie und auch keine erotische fixe Idee. Ich musste es herausfinden», sagte er. «Von allen Frauen, die ich bislang kennen gelernt habe, bist du die einzige, die sich vor dem Leben nicht fürchtet.»

Ich wischte mir den Schweiß vom Gesicht und stellte zu meiner Verwunderung fest, dass meine Wangen nass von Tränen waren. Kit wischte sie ab, dann nahm er mich in die Arme. «Ist ja gut», wisperte er, «ist ja gut. Das bleibt unser Geheimnis. Ich werd niemandem davon erzählen. Du bist mir deshalb nichts schuldig. Ich wollte es einfach nur wissen.»

Wir waren offenbar eingeschlafen, denn als ich aus einem verstörenden Traum erwachte, war es fast dunkel im Zimmer; nur die rote Kaminglut spendete noch ein wenig Licht. Kit stand am Kamin, doch als er hörte, wie ich mich regte, sah er herüber und sagte: «Ich habe eben nach Kerzen gesucht.» Ich fröstelte, denn ich war immer noch schweißnass, und die Laken waren klamm und kühl.

«Frierst du?», fragte er.

«Ja, jetzt auf einmal», antwortete ich. Das Feuer loderte auf, große gelbe Flammen erhellten Kits nackten Körper.

Ich wurde in den Traum zurückversetzt, in dem Kit der Teufel gewesen war, der meine Seele stehlen wollte. Im Traum waren wir zusammen auf einem Motorrad gefahren, das sich in ein großes schwarzes Pferd mit flammenden Augen verwandelt hatte und durch eine brennende Landschaft galoppiert war. Ständig kamen wir an Menschen vorbei, die ich kannte und die uns baten, ihnen zu helfen. «Ich muss absteigen», sagte ich immer wieder zu Kit, dem Teufel. «Ich muss ihnen helfen.» Er aber lächelte nur und peitschte das Pferd, das immer schneller rannte. Ich versuchte, mich hinabgleiten zu lassen, stellte aber fest, dass ich mit dünnen Lederriemen ans Pferd gefesselt war, die mir in Hand- und Fußgelenke schnitten.

«Ich hab die Kerzenstummel ins Feuer geworfen», sagte Kit. Als ich ihn verständnislos musterte, setzte er erklärend hinzu: «Um es wieder in Gang zu bringen. Damit dir warm wird.» Er lächelte, ein schüchternes Lächeln, als wäre er sich nicht sicher, wie ich es aufnehmen würde. Er sah toll aus im Feuerschein, gar nicht wie der Teufel. Ich setzte mich im Bett auf und fröstelte erneut. «Möchtest du baden?», fragte er, und ich nickte schläfrig.

Das Bad war ebenso luxuriös wie das Zimmer. Mitten auf dem blau gefliesten Boden war eine lange, schmiedeeiserne Wanne, an der Wand stand ein richtiges Bücherregal. Ich setzte mich auf den Wannenrand, während Kit warmes Wasser einlaufen ließ und eine wohlriechende Essenz hineingoss. Ich vermochte die düstere Stimmung des Traums und die damit einhergehende diffuse Angst noch immer nicht abzuschütteln. Obwohl Kit mir nicht den geringsten Anlass gegeben hatte, mich vor ihm zu fürchten, wurde ich die Beklemmung nicht los. «Fertig», sagte er, drehte den Hahn zu und tauchte versuchsweise die Hand ins Wasser. Als ich hineinstieg, stützte ich mich auf seine Schulter, und er kniete neben der Wanne nieder.

Der schwere Duft von Sommerblumen stieg aus dem Wasser auf, und die Wärme sickerte in mich ein und löste die Verspannungen in den Gelenken. Kit seifte mir den Rücken ein und arbeitete sich dann an den Armen hinunter, zog behutsam an Händen und Fingern und streckte sie. Nach Reden war uns nicht zumute, und die einzigen Geräusche waren das Knacken der alten Wasserleitungen und das ferne Gebell eines einsamen Fuchses. Als er mich am ganzen Körper gewaschen hatte, stieg Kit zu mir in die Wanne und setzte sich mir gegenüber. Wir hatten beide die Knie angezogen, und unsere Zehen berührten sich im rosa gefärbten Wasser. Ich hatte den Eindruck, er sei ein wenig auf der Hut; vielleicht glaubte er ja, er sei mit seiner Bemerkung zu meinem Charakter zu weit gegangen. Ich war noch immer zu durcheinander, um eine tief schürfende Unterhaltung zu führen, deshalb nahm ich die

Seife, zog seine Füße auf meinen Schoß und begann sie zu waschen.

Füßen, ob fremden oder meinen eigenen, schenke ich zumeist wenig Beachtung. Kits Füße waren lang und schmal, die Sohle stark gewölbt, die Zehen fleischig und rund. Ich tastete an Knochen und Sehnen entlang und zog behutsam an jedem einzelnen Zeh. Dunkle, drahtige Haare wuchsen auf dem Spann, jeder Zeh war mit einem kleinen Haarbüschel besetzt. Die Sohlen fühlten sich erstaunlich weich und nachgiebig an. Als ich mit den Daumen auf den Rist drückte und vor dem Fersenansatz kleine Kreise beschrieb, bemerkte ich, wie er erschauerte und sein Schwanz sich im Wasser regte. Ich schaute hoch: Kit hatte sich zurückgelegt, sein nasses schwarzes Haar wurde von den Messingwasserhähnen eingefasst, die Arme ließ er über den Rand baumeln. Er wirkte so schläfrig, wie ich mich fühlte. Als ich ihn anlächelte, kräuselten sich seine Lippen.

Ich massierte ihm die Füße nun etwas fester, meine Bewegungen wurden schneller, denn ich wollte, dass die Empfindungen in seinen ganzen Körper ausstrahlten. Ich variierte den Rhythmus, drückte einmal fest zu, dann wieder streifte ich ganz leicht über die zarte Haut an den Knöcheln. Da meine Beine außen lagen, spürte ich, wie seine Schenkel und Hüften sich strafften und im Wasser verlagerten, hin- und hergerissen zwischen Widerstand und instinktiver Hingabe. Mit den Füßen streichelte ich ihm über die Arschbacken und beobachtete, wie sein Gerät anschwoll und sich aufrichtete, mir wortlos Antwort gab. Die glatte Eichel hob sich aus dem Wasser, und die kleinen, durch meine Bewegungen hervorgerufenen Wellen schwappten dagegen, bedeckten sie, gaben sie wieder frei. Ich stellte einen Fuß zwischen seine Beine und rieb ihn sanft an seinem Schwanz, als streichelte ich einem Pferd die weichen, feuchten Nüstern. Sein Schwanz erwiderte meinen Druck.

Als ich mich aufrichtete, schwemmten die Wellen über Kits Schwanz hinweg und schwappten gegen seine Brust. Ich schnappte mir eins der trockenen, rauen Handtücher, wickelte mich darin ein und trat auf die kalten Fliesen. Durch die offene Badezimmertür sah ich, dass das Feuer wieder hell brannte. Ich nahm ein zweites Handtuch und schlang es Kit um den Leib, als auch er aus der Wanne stieg. Sein Schwanz stupste mich durch den Spalt in meinem Handtuch hindurch an. Von jäher Erregung übermannt, küsste ich ihn, schob meine trockenen Hände unter sein Handtuch und streichelte über seinen nassen Rücken.

Wir gingen ins Zimmer hinüber und setzten uns auf den Teppich vor dem Kamin, lehnten uns ans Sofa, umarmten uns gegenseitig und küssten uns. Das Schafsfell fühlte sich an meiner nackten Haut warm und geradezu unglaublich weich an. Das Prasseln des Feuers und der Holzgeruch erfüllten den Raum und beschworen halb vergessene Bilder von Ferienlagern herauf. Wir küssten uns bedächtig, sinnlich, streiften mit den Lippen über Gesicht und Hals.

Der rötliche Feuerschein färbte Kits braune Augen rostrot, wie Herbstlaub, und unsere Haut glühte. Kit legte sich auf den Rücken, und ich wälzte mich auf ihn, streckte mich mit gespreizten Beinen auf ihm aus. Als ich sein Gesicht küsste, spürte ich seinen heißen Ständer zwischen unseren Bäuchen. Langsam rieb ich mich an ihm, meine Nippel streiften über scin Brusthaar, mein Schamhaar an seinem Schwanz. Er hatte die Hände unter dem Kopf verschränkt und überließ mir die Initiative.

Ich rutschte an ihm nach unten und ließ meine Brüste

über seinen flachen, mit einem schmalen Streifen Haar besetzten Bauch gleiten. Als ich die Wange für einen Moment an seinen Steifen legte, spürte ich dessen Hitze an meiner Haut, dann küsste ich ihn auf die gleiche bedächtige, träumerische Art und Weise, wie wir uns zuvor im Gesicht geküsst hatten. Ich nahm seinen Schwanz in den Mund und umzüngelte die Eichel, liebkoste mit der Zungenspitze jeden einzelnen kleinen Grat und jede Vertiefung. Kit stöhnte lustvoll, und als ich hochschaute, tat ich es in der Erwartung, er beobachte mich aufmerksam, wie er es meistens tat, doch er hatte die Augen geschlossen.

Mit dem Fingernagel umkreiste ich seine Brustwarze und fuhr dann langsam an den Rippen zu der Stelle hinunter, wo sich der Hüftknochen aus der flachen Magengrube emporschwang. Ein Lustschauer folgte meiner Bewegung, die Muskeln unter der Haut zuckten. Ich wiederholte die Geste mit beiden Händen und unter Einsatz aller Finger, die ein unsichtbares Gitternetz von Empfindungen auf seine Haut malten. Ein leises Stöhnen kam aus Kits geteilten Lippen und vibrierte in seiner Brust nach.

Ich hockte mich auf die Fersen und legte beide Hände um seinen Schwanz, der ganz nass war von meinem Speichel. Mit festem Griff, aber ohne Eile bewegte ich die Hände auf und ab, benutzte meinen Speichel als Gleitmittel. Ich spürte die wachsende Spannung in Kits Becken, doch er war zwischen meinen Beinen eingeklemmt und konnte sich nicht bewegen und meinen Rhythmus auch nicht beeinflussen. Ein paar quälende Sekunden lang hielt ich inne, während sich sein Rückgrat protestierend versteifte, dann kniete ich mich über ihn und nahm seinen Schwanz in mir auf.

Kits lustvolles Stöhnen war ein Widerhall meiner eigenen Empfindungen. Ich hatte mich ganz darauf konzentriert, ihm Lust zu bereiten, und meine Erregung hatte sich ganz von allein aufgebaut. Jetzt spürte ich seinen Schwanz in meiner Möse, kniete rittlings auf ihm und bewegte langsam das Becken, sodass sich mein Kitzler an ihm rieb. Das Gefühl auskostend, hob ich das Becken langsam an und spürte, wie sein Schwanz an den Falten im Innern meiner Möse entlangglitt, dann ließ ich mich wieder hinabsinken, sodass er tief in mich eindrang.

Daran, wie Kit die Hände hinter seinem Kopf ineinander krampfte, merkte ich, dass er das gemächliche Tempo ebenso genoss wie ich. Mein Körper war erfüllt von den verschiedensten Empfindungen; meine Knie ruhten auf dem warmen, weichen Schafsfell, meine linke Seite glühte von der Kaminhitze, und meine rechte wurde von der Kühle des dunklen Zimmers sensibilisiert. Ich streichelte mir die Brüste und streifte mit den Handflächen über die steifen Nippel, widerstand jedoch dem Drang, schneller zu werden und uns beide zum Orgasmus zu treiben.

Kit legte einen Finger auf meinen Kitzler, bewegte ihn jedoch kaum und überließ es meinen Schaukelbewegungen, Druck darauf auszuüben. Jetzt bereitete er mir zweifache Lust – mit dem Finger auf meinem Kitzler und mit seinem tief in mir vergrabenen Schwanz. Er lag noch immer passiv da, mit geschlossenen Augen, den Kopf auf eine Hand gebettet. Ich langte hinter mich und berührte seinen nassen Schwanz, der in meiner Möse raus- und reinglitt, drückte behutsam dagegen, sodass er bei jeder Bewegung an meiner Fingerspitze streifte. Aufgrund meiner wachsenden Erregung steigerte ich unwillkürlich das Tempo, meine Bewegungen wurden schneller. Kit empfand offenbar ganz ähnlich, denn er öffnete die Augen, setzte sich auf und zog die Beine an, sodass ich mich an seine Knie lehnen konnte. Einen Moment lang hockten wir uns, ineinander verzahnt, auf den Fersen gegenüber. Kit umarmte mich, küsste mich und ließ mich auf den Teppich zurücksinken. Jetzt kniete er vor mir, und ich lag auf dem Rücken, die Hüften angehoben und auf seinen Oberschenkeln ruhend, die Beine um seine Taille geschlungen. Ich erwartete, er werde nun fester und schneller stoßen, doch er behielt das bedächtige Tempo bei. Er senkte den Blick und schaute zu, wie sein Schwanz so gleichmäßig wie ein Kolben hinein- und herausglitt.

Kit legte mir einen Handballen aufs Schamhaar und schob es hoch, sodass meine Möse gedehnt und nach vorn gezogen wurde. Ich spürte, wie sich meine Schamlippen um seinen Schwanz schmiegten, während er mich weiterhin in stetigem Rhythmus fickte, was das Gefühl, penetriert zu werden, noch intensiver machte. Auch mein Kitzler wurde nach vorn gezogen und am Schambein gestrafft, sodass er sich bei jeder Bewegung Kits an den umliegenden Falten rieb. Schon aufgrund der Rückenlage kam ich mir exponiert vor, seinen Blicken preisgegeben: Jetzt fühlte ich mich vollkommen offen und ihm ausgeliefert. Sein Finger ruhte noch immer auf dem Kitzler, doch nun intensivierte er seine Bewegungen, streichelte immer schneller über den empfindlichen Knubbel, ein erregender Gegensatz zu den bedächtigen Stößen seines Schwanzes.

Die ungewohnten, intensiven Empfindungen überwältigten mich. Während Kits Finger Funken aus mir schlug, loderte das Feuer, das er in mir entfacht hatte, auf einmal auf wie ein fauchend zum Leben erwachender Brennofen, und der Orgasmus schwemmte über mich hinweg. Ich rammte ihm die Hüften entgegen, während mein Körper von mächtigen Energiewellen geschüttelt wurde. Kit nahm meine Stöße auf, wurde leidenschaftlicher und schneller, und während die Wellen meines Orgasmus allmählich verebbten, gelangte auch er zum Höhepunkt und schrie meinen Namen hinaus, als er in mir kam.

Im stillen Zimmer konnten wir beinahe unseren Herzschlag hören. Wir saßen im Schneidersitz nebeneinander und blickten in die Feuersglut, die wie das Nachflimmern unserer Lust allmählich erlosch. Flackernder Feuerschein erhellte Kits Gesicht, das jedoch nichts Diabolisches mehr an sich hatte. Er sah aus wie ein sehr müder Mann, wie jemand, der um einen hohen Einsatz gespielt hat und noch nicht weiß, ob er gewonnen oder verloren hat. Ich legte den Kopf an seine Schulter, versonnen streichelte er mir das Knie. «Komm», sagte ich, «lass uns schlafen.»

Nach dem Aufwachen wusste ich zunächst nicht, wo ich war. Ich hörte Vogelgezwitscher, viel lauter und näher als bei mir zu Hause, und nahm einen unbekannten Geruch wahr. Ich konnte mich nicht mehr erinnern, wo ich eingeschlafen war, deshalb öffnete ich die Augen und erblickte einen kleinen goldfarbenen Raum, der von einem Sonnenstrahl durchschnitten wurde. Es roch nach Blumen und ganz schwach nach Holzfeuer, und ich stellte mir vor, ich befände mich in einem Zelt, dann erinnerte ich mich auf einmal wieder an gestern Abend. Das war das Himmelbett, und Kit hatte vor dem Einschlafen die Vorhänge zugezogen.

Gleichwohl bestand der Eindruck fort, wir seien nur von diesem Baldachin aus goldenem Stoff umschlossen und hinter den Vorhängen liege die offene Landschaft. Ich kuschelte unter dem schweren Federbett, sog in tiefen Zügen die frische, wohlriechende Luft ein und verspürte die gleiche Erwartung wie damals als Kind, wenn ich in den Sommerferien mit dem Gefühl aufgewacht war, vor mir liege ein weiterer endloser Sonnentag. Grenzenlose Möglichkeiten boten sich mir dar, unbekannte Abenteuer warteten darauf, dass ich hinausging und nach ihnen suchte. Ich räkelte mich, und die diffuse Erregung strömte wie ein kalter, rauschender Bach in Zehen und Finger.

Ich setzte mich auf und streckte den Kopf aus dem Vorhang. Der Raum war erfüllt von blendend hellem goldenem Licht, das vom glatten Holzboden reflektiert wurde, sodass es den Anschein hatte, als schwebten Bett, Teppich und Sofa in einem Feuermeer. Der Himmel draußen war strahlend blau und vollkommen wolkenlos, und über dem Fenstersims sah ich den Schwung eines fernen grünen Hügels. Ich wollte in den Sonnenschein hinaustreten und tief die frische Luft einatmen, dann erinnerte ich mich auf einmal voller Freude, dass ich heute tatsächlich auf Kits Motorrad durch die Landschaft fahren würde. Ich konnte mich nicht länger beherrschen und zog die Bettvorhänge auf, sodass der Sonnenschein auf die weißen Laken und Kits Gesicht fiel. Er regte sich und kniff die Augen zusammen, wachte aber nicht auf. Ich legte mich neben ihn und flüsterte ihm ins Ohr: «Kit, Kit, wach auf. Wach auf, wir müssen los.» Vorsichtig öffnete er die Augen und lächelte verschlafen, als er mich sah.

«Wie spät ist es?», krächzte er.

Ich blickte mich im Zimmer um, sah aber keine Uhr. Kit lehnte sich aus dem Bett und tastete auf dem Boden nach seiner Armbanduhr. «Emma», stöhnte er gequält, «es ist erst halb sieben! Warum weckst du mich?» Er wirkte verletzt, als hätte ich ihm etwas Unverzeihliches angetan. Ein Anflug von Schuldgefühl trübte meine Vorfreude, dennoch ließ ich nicht locker.

«Los, steh auf», drängte ich ihn, «es ist ein wundervoller Tag. Lass uns Motorrad fahren.»

«Neiiiiin!», jammerte er und vergrub das Gesicht in den Kissen. «Zieh die Vorhänge vor und schlaf weiter!»

Ich erwog, den Kopf unter die Decke zu stecken und ihn auf die gleiche Weise aufzuwecken wie Jane Hamish in der Nacht zuvor, aber wenn er wirklich noch so müde war, wäre es grausam gewesen, ihm den Schlaf vorzuenthalten. Also tat ich ihm den Gefallen und zog die Vorhänge wieder zu. Ich konnte aber nicht weiterschlafen, deshalb kleidete ich mich leise an, schlich auf Zehenspitzen die Treppe hinunter und trat aus der Eingangstür. Die Sonne wärmte mir bereits Gesicht und Arme, das Gras aber war noch feucht vom Tau und fühlte sich eiskalt an unter meinen bloßen Füßen. Kein Mensch war zu sehen, nur eine Katze hörte auf, sich zu putzen, und beobachtete, wie ich über den Rasen zum Geißblatt hinüberging, das an der Hausecke wuchs.

Ich musste an das Frühstück denken, das vor noch nicht einmal vierundzwanzig Stunden auf dem Rasen stattgefunden hatte, und fragte mich, ob Jane jetzt in dem Zimmer, das wir uns eigentlich hätten teilen sollen, an Michaels Seite schlief. Ich hätte mich gern mit ihr unterhalten, um mein seltsames Abenteuer in ein freundliches Licht zu rücken und mir von ihren Erfahrungen berichten zu lassen, konnte es aber gar nicht mehr erwarten aufzubrechen. Jane würde bestimmt bis Mittag im Bett bleiben, und selbst dann hätte sie wie eine Bärin nach dem Winterschlaf nichts als Frühstück im Sinn. Bis dahin könnten Kit und ich bereits die strenge Pracht der Pennines durchfahren. Sein Motorrad stand in der Einfahrt, Tau funkelte auf den verchromten und rot lackierten Rundungen. Ich hätte den Schlüssel mitnehmen sollen, dachte ich bei mir, dann hätte ich eine Runde drehen können, ohne dass Kit etwas gemerkt hätte.

«O nein, tu das nicht», ertönte hinter mir Kits Stimme. Ich drehte mich um. Er stand im Eingang, bereits in voller Montur. Ich lachte: Er hatte geahnt, was ich vorhatte, noch ehe es mir bewusst geworden war.

«Keine Bange», sagte ich, als ich mich ihm näherte, «ich glaube, ich hätte die Schlüssel sowieso nicht gefunden.» Zu meiner Verwunderung hatte er die Satteltasche und den Helm dabei und wirkte aufbruchbereit.

«Wo ist dein Gepäck?», fragte er. Das Gepäck – daran hatte ich noch gar nicht gedacht. Wie sollte ich den Koffer auf dem Motorrad nach London zurückschaffen?

«Liebe Jane», schrieb ich, «ich fahre mit Kit auf dem Motorrad zurück, wir treffen uns dann in London. Bitte kümmere dich um den Koffer, zu Hause geb ich dir einen aus. Liebe Grüße, Emma.» Den Zettel steckte ich durchs Schlüsselloch und stellte den Koffer auf die Schwelle, sodass sie nicht herauskonnte, ohne darüber zu fallen. Es sei denn natürlich, sie war aus dem Fenster geklettert und im Blumenbeet gelandet – was nicht das erste Mal gewesen wäre.

«Du musst mich bis heute Abend heimbringen», meinte ich zu Kit, als er den Reißverschluss des ledernen Motorradanzugs schloss. «Ich hab nicht mal eine Zahnbürste dabei.» Grinsend reichte er mir Helm und Handschuhe.

«Hast du mich deshalb so früh geweckt?», erwiderte er knapp. Als wir über die Zufahrt rollten und die schlafende Burg hinter uns ließen, bekam ich einen Adrenalinstoß.

Die goldenen Sonnenstrahlen fielen schräg über die Hügel und warfen lange violette Schatten, welche die Baumgruppen, die sie hervorgerufen hatten, zwergenhaft klein erscheinen ließen. Der Himmel wirkte unermesslich, von keinem einzigen Wölkchen getrübt, und es waren kaum Autos unterwegs. Wäre der Rest der Welt aufgrund eines Zaubers in einen hundertjährigen Schlaf verfallen, hätte es stiller nicht sein können. Einsam aber fühlten wir uns nicht: eher so, als sei uns der Tag ganz persönlich zum Geschenk gemacht worden.

Hätten wir uns unterhalten wollen, wäre dies aufgrund der Helme und des Fahrtwinds unmöglich gewesen, doch es gab keinen Grund, Worte zu machen. Wir waren zusammen, legten uns gemeinsam in die Kurven, die Hände hatte ich um Kits Taille gelegt, während ich mich mit den Schenkeln ans Motorrad – und an seine Hüften – anklammerte. Bot sich uns ein besonders eigentümlicher oder schöner Anblick, genügte ein Kopfnicken oder ein Fingerzeig, um das Erlebnis miteinander zu teilen: ein gekappter Baum, der allein für sich in einem Mäander stand; eine verfallene Scheune, deren Gemäuer im flach einfallenden Sonnenschein leuchtete.

Ich hätte es ewig auf dem Rücksitz ausgehalten, doch als Kit von der Straße abbog und vor einem Café hielt, wurde mir bewusst, wie durchfroren und ausgehungert ich war. Steifbeinig humpelten wir über den Parkplatz, und der warme Luftschwall, der uns am Eingang willkommen hieß, wärmte uns die ausgekühlten Knochen. Kit bestellte für uns beide warmes Frühstück, und dann warteten wir schweigend, vom Fahrtwind und dem schnellen Tempo noch ganz benommen.

«Hat's dir gefallen?», fragte Kit, als er den ersten Schluck Kaffee intus hatte. Ich nickte hinter meinem Becher, den ich mit beiden Händen hielt, um meine tauben Finger zu wärmen. «Wir werden bald die Küste erreichen», fuhr er fort, «dann kannst du mal fahren.»

Ich verschluckte mich am Tee und hustete, sodass Kit mir kräftig auf den Rücken klopfen musste. «Was hast du denn?», fragte er, als ich mir das Gesicht abwischte. «Du hast es dir doch nicht etwa anders überlegt? Ich dachte, das wäre die zweite Bedingung gewesen.»

«Selbstverständlich nicht», protestierte ich. Ich hatte es weder vergessen noch mir anders überlegt, aber damit gerechnet, dass Kit versuchen würde, sich herauszuwinden. Deshalb hatte ich auf einen günstigen Zeitpunkt gewartet, um ihn festzunageln.

«Gut.» Er lächelte mich eigentümlich triumphierend an, als habe er soeben eine Wette gegen sich selbst gewonnen.

Gestärkt und aufgewärmt brachen wir auf. Die Straße führte jetzt größtenteils bergab, und der Fahrtwind war nicht mehr so kalt. Die Sonne stieg langsam höher und schien uns fast ins Gesicht, denn wir fuhren in südöstlicher Richtung. Als wir eine Anhöhe erreichten, erstreckte sich in der Ferne das Meer, ein schimmerndes Band entlang des Horizonts. Aufgeregt wie ein Kind am ersten Ferientag drückte ich Kits Hüfte, und er nahm eine Hand vom Lenker und kniff mir bestätigend ins Knie. Als wir uns der Küste näherten, verloren wir das Meer wieder aus dem Blick, sein allgegenwärtiger Geruch aber trieb uns weiter.

Als wir die Schranke durchfuhren, gelangten wir auf einen leeren Parkplatz, kaum hundert Meter breit, aber fast eine Meile lang und unmittelbar an den Strand grenzend. Ich wunderte mich, an einem sonnigen Sonntag im Juni weder Familienautos noch ältere Paare zu sehen, die einen Ausflug unternahmen. «Hier ist nie viel los», sagte Kit beim Absitzen. «Deshalb hab ich die Stelle ja ausgesucht. Ich war schon mal hier, um Fotos zu machen. Wir stellen das Motorrad an den Strand, polieren es mit einem Tuch und fotografieren es bei Sonnenaufgang.» Die Vorstellung, wie Kit im morgendlichen Zwielicht ein Motorrad in Position brachte, den Schmutz entfernte und den geeigneten Moment abpasste, um es in seiner ganzen Pracht einzufangen, gefiel mir. Solchen Momenten ist eine besondere Intimität eigen, die Intimität einer Arbeit, die man schätzt.

«Was machst du da?», fragte er, als ich den Helm abnahm. «Den würd ich an deiner Stelle lieber aufbehalten. Ich glaub dir ja, dass du gut bist, aber fahr erst mal eine Runde mit Helm, bevor du voll aufdrehst.» Als er meine Verwirrung bemerkte, zeigte er auf die Maschine. «Bedien dich.» Er setzte sich auf einen Baumstamm, der den Parkplatz begrenzte. «Aber erlieg bloß nicht der Versuchung, auf die Straße zu fahren.»

Jetzt, da es so weit war, flatterten mir auf einmal die Nerven, jedoch nicht wegen des Motorrads; ich war überzeugt, dass ich es ebenso gut wie jede beliebige andere Maschine fahren könne. Was mich nervös machte, war der Umstand, dass Kit mich beobachtete. Dass ich jede Maschine mit zwei Rädern und einem Motor beherrschen konnte, die irgendein halbwüchsiger Mechaniker frisiert hatte – in meiner Jugend hatte ich schließlich viele, viele Meilen auf Landstraßen abgefahren –, war eine Sache, doch bislang hatte ich noch nie einen Motorradjournalisten beeindrucken müssen. Das wollte ich mir aber unter keinen Umständen anmerken lassen.

Ich setzte den Helm wieder auf, trat entschlossen ans Motorrad und musterte rasch die Armaturen. Meistens gibt es da keine großen Unterschiede – jedenfalls nicht fürs Auge –, und mir fiel auch nichts Ungewöhnliches auf. Kit war es hoch anzurechnen, dass er mir weder Ratschläge noch Anweisungen gab, sondern gelassen zusah, wie ich mich auf den Sitz schwang und mir einen ersten Eindruck von Gewicht und Gleichgewicht verschaffte. Als der Motor röhrend ansprang, durchzuckte mich die Vorfreude. Obwohl hier mit Verkehr nicht zu rechnen war, sah ich mich aus Gewohnheit über die Schulter um, dann legte ich den ersten Gang ein und fuhr zügig an.

Kit hatte Recht, die Maschine war eine Schönheit.

Schon beim Aufwärmen auf dem Parkplatz nahm sie anmutig die Kurven und machte es mir leicht, die Kraft des Motors zu bändigen. Die zweite Runde ging ich ein wenig schneller an, im Vertrauen darauf, dass ich die Wende am anderen Ende schon meistern werde und auch rechtzeitig ausweichen könnte, sollte wider Erwarten doch noch ein Wagen mit Ausflüglern auf den Parkplatz einbiegen.

Als ich die Maschine auf die offene Schranke ausrichtete, fühlte ich mich versucht, einfach weiterzufahren, auf die Straße hinaus, die sich in die Ferne schlängelte, schwungvoll die gleichen Kurven zu nehmen, die wir auf dem Herweg durchfahren hatten, den Kitzel zu spüren, wenn ich mit voller Beschleunigung die wogenden Hügel hochführe, die wir eben hinabgerollt waren. Nichts konnte mich mehr aufhalten. Insgeheim wusste ich sogar, dass Kit es mir verzeihen würde, dass er vielleicht sogar damit rechnete.

Was mich davon abhielt, war gerade der Umstand, dass Kit darauf gefasst war, dass ich ohne Erlaubnis mit dem Motorrad davonführe. Ich wollte nicht, dass er den Eindruck bekam, ich müsse mich stets von meiner tollkühnen Seite zeigen. Ich wollte, dass er meine andere Seite wahrnahm, meine verlässliche Seite. Es ist leicht, aus einem plötzlichen Impuls heraus mutig zu sein, wenn es nur darum geht, sich zu amüsieren; auch dann nicht die Flinte ins Korn zu werfen, wenn die Lage aussichtslos scheint, das trennt die Spreu vom Weizen. Deshalb wendete ich die Maschine wieder und fuhr zu Kit zurück, wobei ich möglichst schnell hochschaltete, um mich für meine unter Beweis gestellte Verlässlichkeit zu belohnen. Die Geschwindigkeit und die Kraft des Motors, der auf die leichteste Handdrehung reagierte, waren wie eine Droge. Begeisterung durchströmte mich, als ich auf Schwingen aus Metall und Benzin über den Parkplatz dahinflog. Trotz der räumlichen Beschränkung hätte ich stundenlang fahren können. Der einzige Grund, weshalb ich bei Kit hielt, war, dass ich meine Freude mit ihm teilen wollte. Offenbar stand sie mir ins Gesicht geschrieben, denn er lächelte mir entgegen. Ich wollte ihm sagen, wie toll es sei, Motorrad zu fahren, brachte aber bloß «Danke!» heraus. Wie Kit es schaffte, viele Seiten über eine Erfahrung zu schreiben, die sich Worten entzog, war mir ein Rätsel.

Als ich den Motor ausgeschaltet hatte, wollte ich absitzen, doch Kit kam mir zuvor. Er nahm mir den Helm ab und schlang die Arme um meine Ledermontur. Er hatte den Reißverschluss seines Anzugs geöffnet, und das Oberteil und die Ärmel baumelten an seinem Rücken herab. An meiner gepolsterten Brust fühlte er sich nahezu nackt an; unter dem T-Shirt spürte ich seine warme Haut. Sein Kuss bewies mir, dass ihn meine Fahrt ebenso erregt hatte wie mich. Abermals machte ich Anstalten abzusitzen, er aber hielt mich fest, schwang stattdessen das Bein über den Soziussitz, sodass er nun dicht hinter mir stand. Während er mich weiterhin umarmt hielt, öffnete er die Reißverschlüsse, die meinen Anzug zusammenhielten. Ich versuchte, mich umzudrehen und ihn zu küssen, konnte mich in dem steifen Leder aber nicht richtig bewegen. Außerdem wurde ich durch die Höhe des Sitzes behindert: Da ich die Füße auf den Boden gesetzt hatte, klemmte er zwischen meinen gespreizten Beinen fest.

Kit öffnete meine Lederhose und zog hinten am Bund, schob mich auf den Benzintank vor. Ich stützte mich an den Lenkergriffen ab. Kit hatte Mühe, mir die steife Hose herunterzuziehen. «Stell die Füße auf die Fußrasten», forderte er mich auf. Als ich gehorchte und den Po anhob, gelang es ihm, mich von der Lederkluft zu befreien. Jetzt war ich noch unbeweglicher als zuvor; aufgrund des engen Nierenschutzes wurden meine Beine gegen den Sitz gedrückt. Ich spürte, wie Kit den Tanga beiseite schob, dann schob er mir von hinten den Schwanz in die Möse und fasste mich mit beiden Händen um die Taille, um mich und das Motorrad zu stützen. Ich hielt mich an den Lenkergriffen fest und hielt dagegen, gleichwohl aber wurde mein Kitzler bei jedem seiner Stöße, abgepolstert lediglich durch die Lederhose, gegen das unnachgiebige Metall des Tanks gedrückt.

Die Erregung der Proberunden und die Lust, die Kit mir bereitete, vermischten sich miteinander. Ich schloss die Augen und stellte mir vor, ich führe noch immer und das Pulsieren in meiner Möse stamme nicht nur von Kits Schwanz und der Hand, die er mir vorn unter den Tanga geschoben hatte, sondern auch vom Motor. Ich stellte mir vor, wir führen in dieser Haltung dahin, Kit mich fickend, während ich die Maschine über die kurvenreiche Straße lenkte, bergauf beschleunigte, damit ich gegen seinen Schwanz gedrückt wurde, und bergab bremste, damit er ihn mir von hinten hineinrammen konnte. Schon häufig hatte mein Körper nach einer schnellen Motorradfahrt vor Erregung geprickelt, dies aber war das erste Mal, dass die Wirklichkeit die Phantasie nahezu einholte.

Ob Kit die gleiche Vorstellung hatte oder ob ihn lediglich der Anblick meines vor Erregung geröteten Körpers auf dem Motorrad anmachte, weiß ich nicht. Jedenfalls war er scharf, bereits kurz vor dem Kommen. Ich spürte, wie sich mein Orgasmus aufbaute, und stellte mir eine steile Bergstraße vor. Wir brausten die Straße entlang, immer schneller und schneller, der Motor heulte auf, als ich Gas gab und ihn bis zur Belastungsgrenze hochdrehte. Ich sah die Hügelkuppe deutlich vor mir, und als ich kam, auf Kits

Lustkolben gespießt, als wäre ich ein Teil des Motorrads, erreichten wir die Kuppe und erblickten eine vor uns ausgebreitete Landschaft.

Kit half mir, meine Kleidung in Ordnung zu bringen, dann durfte ich endlich absteigen. «Keine Sorge», meinte er, als ich mich auf dem Parkplatz umsah, um festzustellen, ob in der Zwischenzeit vielleicht jemand dazugekommen war. «Ich hab's dir ja gesagt – hier kommt nie jemand her. Außer uns, meine ich.» Ich öffnete die Jacke, um mich ein wenig abzukühlen, und lehnte mich ans Motorrad.

«Ist dir klar, dass ich nie wieder auf eine Ducati steigen werde, ohne an dich zu denken?», sagte ich.

Er lächelte durchtrieben. «Das war meine Absicht.»

Aufgrund des anstrengenden Ficks in zu dicker Kleidung war uns beiden warm. An den Stellen, wo ich die Lederjacke geöffnet hatte, dampfte ich regelrecht. Das Meeresrauschen lenkte unsere Blicke zum Kiesstrand. Wir sahen einander an.

«Hast du ein Handtuch?», fragte ich. Kit nickte. «Lust auf ein Bad?» Wir hatten keine Badesachen dabei, aber was machte das schon – wenn man uns nicht beim Sex auf dem Parkplatz ertappt hatte, brauchten wir auch keine Bedenken zu haben, nackt im Meer zu baden.

Unsere Sachen ließen wir auf einem Haufen am Strand liegen. Der Wind war kühl, doch für unsere erhitzte Haut war das eine Wohltat. Das Wasser war noch kälter, und zunächst hüpften wir ausgelassen kreischend und planschend umher, dann erst wateten wir weiter hinaus. Als ich bis zu den Knien im Wasser stand und gerade Mut sammelte, um ganz einzutauchen, packte Kit mich von hinten und schleuderte mich der heranrollenden Welle entgegen. Kalt und machtvoll traf sie mich, und auf einmal schwamm ich, Augen und Mund voller Salzwasser. «Du

Schuft!», schrie ich, da überrollte mich auch schon die nächste Woge, doch Kit hatte ebenfalls den Bodenkontakt verloren, hüpfte umher und setzte nur vorübergehend auf dem Kiesgrund auf, dann wurde er von der nächsten Welle erneut hochgehoben.

Ich kraulte parallel zum Strand, weniger auf gute Technik als vielmehr darauf bedacht, kein Salzwasser in die Nase zu bekommen. Es tat gut, endlich wieder die Glieder zu strecken und die Muskeln zu bewegen, die ich seit vergangenem Sommer kaum eingesetzt hatte. Kit tauchte in Rückenlage neben mir auf und versuchte, sich mit leichten Paddelbewegungen der Arme fortzubewegen. Entlang der Küste konnten wir meilenweit in beide Richtungen sehen, doch der Strand war anscheinend menschenleer. In der Ferne saß ein daumengroßer Fischer hinter seinen zwei Angeln und blickte zum schimmernden Horizont, doch in der anderen Richtung durchkreuzten nur Seemöwen das Band glatter Kiesel und pendelten zwischen Himmel und Meer hin und her.

Ich schwamm so lange auf und ab, bis ich müde wurde, dann stapfte ich zu Kit hinüber, der sich bereits abgetrocknet hatte und nun ankleidete. Er sah großartig aus – entspannt, das Haar feucht und windzerzaust, die Haut vom kalten Wasser gerötet. Er warf mir das Handtuch zu, und ich schlang es mir um den Leib, denn jetzt, da ich nass war, fror ich umso mehr. Während ich mich bemühte, meine klammen Finger um Knöpfe und Haken zu biegen, warf er Steine in die Brandung. «Und wie geht's weiter?», fragte er und sah zu mir auf, blinzelte in die Sonne.

«Mittagessen», antwortete ich. «Bring mich dorthin, wo du nach den Foto-Shootings immer hinfährst.»

Er lächelte. «Dort esse ich nicht zu Mittag, sondern frühstücke», verbesserte er mich, «und zwar sehr früh am Morgen. Aber ich schätze, die servieren auch Mittagessen.»

Das Lokal war göttlich: ein Strandcafé, das wir nach wenigen Meilen erreichten. Draußen standen bereits ein paar Motorräder, und drinnen wurden wir mit freundlichem Kopfnicken empfangen. Ich genoss die kameradschaftliche Atmosphäre und fühlte mich der namenlosen Bruderschaft der Motorradfahrer verbunden, die einen grüßten, beim Essen nicht weiter beachteten und einem beim Hinausgehen abermals zunickten.

Nach dem Bad im Meer waren wir noch immer zu durchfroren, um draußen zu sitzen. Stattdessen wählten wir einen Fenstertisch, wo die Sonne warm durch die salzverkrustete Scheibe fiel und die zerkratzte Resopaltischplatte zum Leuchten brachte.

«Ich weiß schon, wohin ich eine Frau ausführen muss, wenn ich sie beeindrucken will», murmelte Kit, während ich mich mit der Plastiktomate abmühte, die mit getrocknetem Ketchup verkrustet war.

«Es ist toll hier», antwortete ich, nur für den Fall, dass er ernsthafte Bedenken hatte.

Wir betrachteten den blauen Himmel und beobachteten, wie die Wellen gegen den kleinen Landesteg klatschten, auf dem zwei Mädchen saßen und die mageren braun gebrannten Beine ins Wasser baumeln ließen. Ich fühlte mich vollkommen unbeschwert. Das leise Geplauder im Café schwoll an und ab wie die funkelnden Kräuselungen auf der Wasseroberfläche.

«Weit gefahren?», erkundigte sich die Kellnerin, als sie uns zwei große Teller mit Würsten und Kartoffelbrei brachte.

«Wir waren gerade in Schottland», antwortete ich und erwartete, ihre Augenbrauen hochschießen zu sehen. Doch sie zeigte sich unbeeindruckt. Wahrscheinlich waren wir nicht die Einzigen, die nach einer langen Fahrt hier einkehrten.

«Und wo wollen Sie als Nächstes hin?», fragte sie und wischte ein paar Krümel vom Tisch.

«Nach London», antwortete Kit.

«Sieht so aus, als hätten Sie sich schönes Wetter ausgesucht», meinte sie beim Weggehen.

Vertauschte Rollen

Das Telefon klingelte, doch ich konnte nicht drangehen: Ich war gefesselt. Mit verbundenen Augen lag ich nackt auf dem Bett, alle viere von mir gestreckt. Meine Hände waren an den eisernen Füßen des Bettgestells festgebunden, meine Füße seitlich am Bettrahmen. Beim ersten Klingeln zuckte ich unwillkürlich mit der Hand, konnte sie aufgrund des dicken Baumwollstricks aber nicht bewegen. Kit lachte leise.

Es war eine gute Woche her, dass Kit und ich mit dem Motorrad in London eingetroffen und todmüde in mein Bett gefallen waren. Seitdem war er kaum weg gewesen, außer wenn wir Motorrad fuhren oder wenn einer von uns beiden arbeiten musste. Irgendwann würde ich seiner ständigen Anwesenheit bestimmt überdrüssig werden, aber so weit war es noch nicht. Wir überraschten uns noch immer. So auch heute Abend, als Kit ein in hübsches Geschenkpapier eingeschlagenes Paket mit rosafarbener Schleife mitgebracht hatte. Als ich es öffnete, waren statt Unterwäsche oder vielleicht Parfüm vier kurze, weiche Stricke und eine schwarze Augenbinde darin. Als ich ihn fragend ansah, verzog er keine Miene, sondern meinte bloß: «Willst du sie nicht ausprobieren?»

Und jetzt lauschte ich auf das beharrliche Telefonklingeln und wartete gespannt darauf, dass sich der Anrufbeantworter einschaltete. Ich ahnte, wer dran war, wer da von seinem Kletterurlaub zurück war und schmutzige Gespräche mit mir führen wollte: Geoff. Aber ich kam nicht an das Gerät heran und konnte nicht mal den Lautsprecher abstellen. Wie würde Kit reagieren? Ich hatte ihn nicht im falschen Glauben gelassen, ich habe bis zu Erics Hochzeit enthaltsam gelebt, doch das bedeutete nicht, dass er damit rechnete, mit anzuhören, wie Geoff in allen Einzelheiten ausmalte, was er mit mir vorhatte.

«Wer ist das?» Kits Stimme, unmittelbar an meinem Ohr, ließ mich zusammenschrecken. Mit der Hand, die er bedächtig über meinen Körper hatte wandern lassen, zwickte er mich auf einmal in den Nippel. Ich schnappte nach Luft. «Das ist ein Mann, hab ich Recht? Willst du mit ihm sprechen?» In diesem Moment schaltete sich mit einem Klicken die Aufnahmekassette ein.

«So, du sexy Rotschopf», ertönte Geoffs heiseres Geflüster, «was machst du gerade? Bist du ausgegangen, oder bist du zu Hause? Alle Vorhänge zu, das ist ungewöhnlich ...» Ich zerrte an den Stricken, obwohl ich wusste, dass es zwecklos war. Verdammt nochmal, warum hatten wir nicht rechtzeitig über unsere Beziehungen gesprochen? Ich fürchtete, Kit käme vielleicht nicht damit klar und ich würde ihn nie wiedersehen. Geoff fuhr mit leiser Stimme fort: «Ich denk an dich. Bist du da, liegst auf dem Bett und spielst an dir herum? Ich stell mir vor, wie du nackt daliegst, und kriege einen Steifen. Hast du einen Mann bei dir? Fickt er dich gerade, gehst du deshalb nicht ran?» Ich kam mir vollkommen hilflos vor. Dann auf einmal spürte ich den kalten Plastikhörer an der Wange.

«Melde dich», sagte Kit.

«Emma?», drang Geoffs Stimme aus dem Hörer.

«Melde dich», wiederholte Kit. «Sag ihm, was du gerade machst.»

«Geoff?» Meine Stimme zitterte.

«Emma? Ist alles in Ordnung?» Geoff klang besorgt.

«Ja, alles bestens.»

«Ist jemand bei dir?»

«Ja.» In der knisternden Stille spürte ich seine Anspannung.

«Und was machst du gerade?», fragte Geoff so leise, dass ich ihn kaum hörte. Kits heißer Atem streifte mir über die Wange.

«Sag es ihm», flüsterte er.

«Ich bin mit Kit zusammen», sagte ich zu Geoff. «Meine Augen sind verbunden, und ich bin nackt. Er hat mich ans Bett gefesselt.»

«Was macht er mit dir?», wollte Geoff wissen. Ich konnte ihn fast riechen, den schwachen Moschusgeruch frischen Schweißes, gemischt mit dem scharfen Geruch der Erregung.

Kits Mund wanderte über meine Brüste, seine Zunge ließ eine kühle Speichelspur auf der Haut zurück. «Er leckt mir die Brüste», sagte ich in die Muschel. «Jetzt beißt er mich in den Nippel und knetet die andere Brust mit der Hand.» Dass ich Geoff schilderte, was er gerade machte, steigerte anscheinend Kits Erregung. Er saugte und leckte mich in der zarten Höhlung der Achselgrube und ließ eine Hand zu meinem Busch wandern. «Er steckt mir die Finger in die Möse», meldete ich an Geoff weiter, «zwei, drei Finger. Er weitet mich ...»

Ich hatte den Eindruck, meine einzige Aufgabe bestehe darin, eine Verbindung zwischen Kit und Geoff herzustellen, als gehe es Kit nur darum, den Mann am anderen Ende der Telefonleitung zu erregen, und ich sei lediglich die Vermittlerin. Dieses Gefühl sowie die Fesseln, die weit gespreizten Beine und die Orientierungslosigkeit aufgrund der Augenbinde verwandelten mich in ein erregtes, hilfloses Lustobjekt, das auf Kits Entscheidungen wartete. Das

Gefühl, keinerlei Kontrolle mehr zu haben, war äußerst befreiend. Es war, als sei ich gar nicht vorhanden und registriere völlig unbeteiligt, wie mein Körper auf Kits Liebkosungen reagierte. Da ich nichts sah, nahm ich die übrigen Sinneseindrücke mit nie gekannter Intensität wahr. Kits Körpergerüche, Schmatzlaute und die Geräusche, die mit seinen Berührungen einhergingen, waren mir äußerst gegenwärtig. Schon die leichteste Berührung elektrisierte mich und rief an der Kontaktstelle Energieströme wach. Seine Zunge bewegte sich behutsam am Rand meiner Spalte entlang, und alles andere trat in den Hintergrund, während das Geschehen aufgrund der obszönen Worte, die ich zu ihrer Beschreibung benutzte, anonym und pornographisch erschien. «Er leckt um die Möse herum», sagte ich in den Hörer, der neben meinem Mund auf dem Kissen lag. Ich hatte das Gefühl, ich spräche von einer ganz anderen Person. «Sie wird vom Lecken so nass, dass sie spürt, wie der Saft herausrinnt», hätte ich sagen können.

«Mach den Vorhang auf», befahl Geoff. Ich stutzte; seit ich mit den Kommentaren angefangen hatte, war er verstummt. «Sag deinem Mann, er soll die Vorhänge öffnen», fuhr er fort. «Ich will sehen, wie er dich fickt.» Er stand wieder draußen auf dem Balkon. Während ich hier auf dem Bett lag und beschrieb, was Kit mit mir anstellte, hatte er nur wenige Meter entfernt hinter der Fensterscheibe gestanden und sich aufgrund meiner Beschreibung alles vorgestellt; die fehlenden Details konnte er mühelos ergänzen, denn er kannte beides: meine Wohnung und meinen Körper.

«Mach den Vorhang auf», sagte ich zu Kit. Er schwieg verdutzt und hielt mit den Liebkosungen inne. «Er steht draußen auf dem Balkon», erklärte ich. «Er möchte zusehen, wie du mich fickst.» Die Matratze federte nach, als er aufstand. Ein Zuhörer am anderen Ende der Leitung war eine Sache, doch ein unsichtbarer Lauscher ist etwas ganz anderes als ein leibhaftig anwesender Voyeur. Die Vorstellung war für mich äußerst erregend: Bei dem Gedanken, dass Geoff dabei zuschauen würde, wie Kit mich nahm, wurde mir ganz schwach. Geoff fand die Vorstellung offenbar ebenso erregend wie ich, aber wie stand es mit Kit? Jetzt bist *du* am Zug, Kit, dachte ich. Was wirst du tun? Wirst du auch diese Grenze überschreiten? Oder steigst du an diesem Punkt aus?

Die Vorhänge öffneten sich mit einem leisen Rascheln, und ich verspürte einen kühlen Luftzug. Kit hatte es tatsächlich getan. Geoff sah ich zwar nicht, doch ich konnte mir vorstellen, wie er am Geländer lehnte, wie das Licht aus dem Schlafzimmer auf seinen kahl geschorenen Kopf und die bleiche Hand fiel, mit der er den Schwanz hielt. Übers Telefon hörte ich ihn seufzen. «Ja, das ist gut», flüsterte er. «So bist du allen fremden Blicken ausgeliefert. Und dieser Kit, dein Mann, er hat einen hübschen Schwanz, nicht wahr? Ich wette, du kannst es gar nicht erwarten, dass er ihn dir in die Möse steckt.»

Jetzt gab er auf einmal die Kommentare ab. Da ich wegen der Binde blind war, sah ich nun durch seine Augen, wie ich hilflos dalag, während Kit vor mir stand. «Was macht er gerade?», fragte ich Geoff, der daraufhin leise und spöttisch auflachte.

«Das wissen nur wir beide, und du wirst es gleich herausfinden», wisperte er. «Außerdem, welchen Sinn hat es zu fragen? Was er auch vorhat, verhindern kannst du's nicht, oder?» Dieser Gedanke war so erregend, dass ich schon meinte, ich käme ganz von allein. Die Vorstellung, dass ich Geoffs Blicken preisgegeben und Kit auf Gnade und Ungnade ausgeliefert war, erregte mich mehr, als jede pornographische Abbildung es vermocht hätte.

Die Matratze schaukelte unter Kits Gewicht, und über meinem Kopf vernahm ich seine Stimme, ohne dass er mich freilich berührt hätte. «So», sagte er, «jetzt wirst du beobachtet. Du schaust gern zu, nicht wahr? Jetzt wollen wir mal sehen, was wir deinem Freund bieten können.» In seiner Stimme lag ein drohender Unterton, der die erwartungsvolle Spannung, die mir die Möse zusammenzog, nur noch steigerte.

«Er will sehen, wie ich dich ficke, stimmt's?», flüsterte Kit und ließ den Daumen behutsam um den Kitzler kreisen, bis ich an der Schwelle des Orgasmus bebte und ihn beinahe angefleht hätte, mir Erleichterung zu verschaffen. «Dann wollen wir mal sehen, ob unsere Vorstellung ihn zufrieden stellt.» Ohne Vorwarnung rammte er seinen Schwanz so fest in mich hinein, dass sich die Fußfesseln strafften. Augenblicklich wurde ich von einem intensiven Orgasmus geschüttelt, und all die Spannung, die sich in mir aufgebaut hatte, raste durch meinen Körper. Wellen der Lust breiteten sich von der Möse aus und strahlten bis in meine Gliedmaßen aus, die von den Fesseln fixiert wurden.

Während ich im Orgasmus mit den festgeschnürten Händen zuckte, vernahm ich Geoffs Stimme, als tönte sie aus meinem Kopf. «Du siehst wunderschön aus, wenn du kommst, wenn du spürst, wie der Schaft in dich reingleitet und du nichts weiter tun kannst, als dazuliegen und ihn aufzunehmen …» Als ich mich auf einmal wieder auf dem Bett liegen sah, überwältigte mich ein neuerlicher Höhepunkt.

«Na los», keuchte Kit, «sag ihm, was du gerade machst.»

«Ich komme», schluchzte ich in den Hörer, während meine Knochen flüssig wurden und meine Haut in Flammen ausbrach. «Er fickt mich, und ich komme.»

«Das stimmt», antwortete mir Geoffs leises Gemurmel, «er fickt dich, aber er schaut mich dabei an. Er will sehen, ob's mir gefällt. Er achtet drauf, dass ich alle Einzelheiten mitkriege, jeden Zentimeter Schwanz, der in dich reingleitet und aus deiner nassen, schlüpfrigen Möse wieder zum Vorschein kommt. Du hast mir eine gute Vorstellung geboten, Showgirl.»

Ich hatte den Eindruck, der Orgasmus werde niemals enden: Jedes Mal, wenn er verebbte, änderte Kit den Rhythmus, und ich gelangte erneut zum Höhepunkt. «Ach Gott, ich komme noch immer!», schrie ich Geoff zu. «Siehst du das? Kannst du mich sehen?»

«Ich seh dich», antwortete er, «ich seh alles.»

«Natürlich sieht er dich», sagte Kit. «Er sieht alles, was ich mit dir mache, und holt sich dabei einen runter. Na los, bieten wir ihm eine Vorstellung, die er nicht so leicht vergessen wird.» Er warf sich auf mich und stieß wild in mich hinein, wobei er sich am eisernen Bettgestell abstützte, und ich spürte, wie er seinen heißen Saft mit kräftigem Strahl in mich hineinspritzte.

Meine Möse pulsierte noch von den Ausläufern des Orgasmus, als Kit sich aus mir zurückzog und vom Bett aufstand. «Kit», rief ich hilflos, «wo willst du hin? Geoff?» Noch während ich seinen Namen aussprach, hörte ich, wie es im Hörer klickte. Was hatten sie vor? Wollten sie mich hier liegen lassen? Kein Laut war zu hören. Ermattet und eingeschnappt lag ich da und wartete, keine Ahnung worauf. Allmählich wurde mir bewusst, was wir soeben getan hatten. Jetzt kannten Kit und Geoff einander, und beide wussten mehr von mir, als mir lieb war. Außerdem waren die Umstände ihres Kennenlernens meinem Einfluss vollständig entzogen. Ich zerrte an den Armfesseln, doch sie gaben nicht nach.

Die Matratze schaukelte erneut, als sich jemand darauf niederließ. Erleichtert wartete ich darauf, dass Kit mich losband, stattdessen leckte eine weiche, warme Zunge über die Innenseite meines Schenkels. Meine Haut, fast zu empfindsam, um die kühle, zarte Berührung zu ertragen, begann erneut zu prickeln. Unwillkürlich wand ich mich, um der tastenden Zunge zu entgehen, doch die Fesseln hielten mich fest. Ich konnte kaum glauben, dass Kit nach dem leidenschaftlichen Fick noch immer nicht genug hatte. Ich spürte, wie die feuchte Speichelspur der Zunge langsam am Schenkel nach oben wanderte und einen Moment am Ansatz des Schamhaars innehielt.

«Na los – sie gehört dir», ließ sich hinter mir Kits Stimme vernehmen. Ich versteifte mich. Wenn es nicht Kit war, der meiner entblößten Möse entgegenzüngelte, wer war es dann? Der Verstand sagte mir, es sei Geoff; Kit hatte ihn bestimmt eingeladen, mit ihm die Rollen zu tauschen und vom Zuschauer zum Darsteller zu werden. Da ich aufgrund der Augenbinde nichts sah, war aber alles möglich: Der stumme Mann konnte auch ein Fremder sein, den Kit von der Straße geholt hatte, um mich ihm im Zuge eines perversen Racheakts auszuliefern.

Wer immer es war, er legte den Mund auf meinen Schlitz, der noch klebrig war von Kits Saft, und steckte die Zunge hinein. Ich verkrampfte mich am ganzen Leib und versuchte zum ersten Mal ernsthaft, mich loszumachen. «Beachte sie nicht», vernahm ich Kits ruhige, leise Stimme. «Sie mag nichts lieber, als von einem Unbekannten genommen zu werden.» Wenn das Geoff war, dann waren er und Kit entschlossen, das Spiel bis zum Ende durchzuziehen. Der Mund machte weiter, saugte am Kitzler, umzüngelte die Schamlippen, leckte darüber hinweg und ließ die Zunge immer wieder ins Innere vorstoßen. Ich versuchte, in den mich durchflutenden Lustwellen etwas Vertrautes zu entdecken, etwas, dem ich entnehmen konnte, dass dies tatsächlich Geoff war, doch stattdessen trat mir immer wieder das Bild eines Unbekannten von der Straße vor Augen, der, noch im Mantel, sein Gesicht auf die spermatriefende Möse einer Frau mit verbundenen Augen presste.

«Siehst du?», fuhr Kit fort. «Sie mag das, die dreckige Schlampe.» Ich kam nicht dahinter: Die fachmännischen Zungenbewegungen in Verbindung mit der Vorstellung, dass Kit mich einem Fremden auslieferte, war einfach zu erregend. Selbst das Zerren an den Stricken verstärkte lediglich das Gefühl, hilfloses Objekt seiner Begierden zu sein. Ich stand kurz davor zu kommen. Die Aussicht, im Beisein dieses Mannes einen Orgasmus zu bekommen, war noch schlimmer als der Gedanke, von ihm benutzt zu werden, so als wäre dies der endgültige Beweis meiner Schwäche und Verdorbenheit. Die Vorstellung, in einer solch erniedrigenden Situation die Kontrolle über meine Körperreaktionen zu verlieren, machte meine Demütigung komplett und verschaffte mir den letzten Kick, der den Orgasmus auslöste. Vergeblich an den Fesseln zerrend, spürte ich, wie mein Körper unwillkürlich reagierte, und hörte mich «Ja, ja!» schreien. Kit küsste mich leidenschaftlich, sodass ich zwei Münder auf mir spürte, während mein Höhepunkt verebbte. Sämtliche Nerven, die vom Mund zum Geschlecht führten, waren durch die zweifache Stimulation kurzgeschlossen und sandten Lustströme in meinen ganzen Körper.

Dann zogen beide Münder sich zurück, ich lag abermals reglos und ermattet da und spitzte die Ohren, um herauszubekommen, was als Nächstes käme. Der zweite Mann war noch auf dem Bett, schwieg aber noch immer. Dann sagte Kit: «Du bist dran. Du kannst sie in der Stellung ficken, oder wir drehen sie um, und du nimmst sie in Bauchlage.» Dass er mit dem anderen Mann über mich sprach, als sei ich gar nicht vorhanden, war eigentümlich erregend. Der Mann schwieg, hatte aber offenbar seine Wünsche mit Gesten kundgetan, denn ich spürte, wie zwei Paar Hände mir Handgelenke und Füße losbanden und festhielten. Ich versuchte halbherzig, mich loszumachen, war aber geschwächt nach dieser Achterbahn der Lust und konnte den beiden nichts entgegensetzen. Sie hoben mich hoch und drehten mich um, sodass ich nun bäuchlings auf dem Bett lag und meine Beine über den Rand hinausragten. Während mir die Arme seitlich ausgestreckt und abermals an den Handgelenken gefesselt wurden, genossen mein Lustloch und meine Schenkel die Ruhepause, die jedoch nicht lange währte. Als meine Hände wieder festgebunden waren, spreizten sie mir die Beine noch weiter als zuvor und schnürten die Füße an den Bettenden fest. Auf einmal nahm ich eine noch erniedrigendere Stellung als eben ein, das Gesicht auf die Matratze gepresst, die Beine weit gespreizt, die Möse ihren Blicken preisgegeben.

Ich war dermaßen feucht vor Erregung, dass ich mir vorstellte, wie meine Säfte auf den Boden tropften. Gleich würde er mich ficken, der Unbekannte, der hinter mir stand und im Begriff war, mich wie ein Tier zu nehmen. Dienstmädchenstellung sagt man dazu, und genau so fühlte ich mich, nämlich wie eine Dienstmagd, die ihrem Herrn und dessen Freunden zu Willen war. Schließlich war es durchaus möglich, dass gleich mehrere Männer schweigend hinter mir standen, mein nasses, verlangendes Loch betrachteten und darauf warteten, sich nacheinander daran zu befriedigen. Meine Möse gierte nach einem Schwanz, nach einem großen, steifen Schaft, der in sie hineingerammt wurde. Kit hatte Recht, es war mir egal, wer mich fickte. Sie ließen sich Zeit, denn sie wussten, wie frustriert ich war, und schwelgten in meiner Erniedrigung und Wehrlosigkeit.

Was immer sie mit mir vorhatten, ich konnte sie nicht daran hindern. Ich wollte, dass sie mich fickten, entweder einzeln oder zu zweit, aber mein ganzer Körper war ihnen ausgeliefert. Einer der Männer könnte mir den Kopf anheben und mir seinen Schwanz in den Mund stecken, während der andere mich fickte. Oder anstatt in die Möse könnte er mir seinen Schwanz auch in die empfindliche Rosette schieben und deren jungfräuliche Tiefe penetrieren. Während mir diese Bilder durch den Kopf gingen, wünschte ich mir beinahe, Kit würde das Ganze filmen und einen richtigen Porno daraus machen.

Hinter mir vernahm ich ein Klirren, als der zweite Mann den Gürtel öffnete. Bestimmt war es Geoff. Statt eines Schwanzes wurden unvermittelt drei dicke Finger in mich hineingesteckt, und ich versuchte vergeblich, mich über sie zu stülpen. Sie neckten mich, indem sie ganz still hielten und sich weigerten, die Stöße eines harten Schwanzes auch nur anzudeuten, während ich mich im Rahmen meiner beschränkten Möglichkeiten bemühte, mich auf ihnen zu wiegen und mir Erleichterung zu verschaffen. Kit lachte leise, inzwischen stand er hinter mir. «Siehst du?», hörte ich ihn sagen. «Sie kann's gar nicht erwarten, deinen Schwanz in sich zu haben.» Das Knarren des Stuhls sagte mir, dass er sich gesetzt hatte, und ich stellte mir vor, wie er es sich bequem machte und sich darauf vorbereitete, dabei zuzuschauen, wie der Schwanz des anderen Mannes in mich eindrang.

Als die Finger aus meiner Möse herausgezogen wurden, wimmerte ich leise, doch da spürte ich auch schon den Steifen des Mannes. Er fuhr in mich hinein, aber nur ein wenig, dann hielt er wieder inne. Er quälte mich, indem er mich auf die Erfüllung warten ließ, und genoss die absolute Macht, die er über mich ausübte. Behutsam bewegte er den Schwanz rein und raus, zog ihn aber nie vollständig heraus und drang nie tiefer als etwa drei Zentimeter ein, bis ich um ein Haar darum gebettelt hätte, dass er mich richtig fickte.

Was ging Kit wohl durch den Kopf, während er beobachtete, wie ich auf die Folter gespannt wurde? Ich versuchte, mich mit seinen Augen zu sehen, den entblößten Hintern und darunter meine nasse, gerötete Ritze, meine an der Matratze platt gedrückten Brüste. Konnte er die Stelle sehen, wo der Schwanz des Mannes in mich eindrang? Bei der Vorstellung zog sich meine Möse zusammen, dann hörte ich ihn sagen: «Ja, das gefällt ihr. Fick sie langsam, Kumpel, lass dir Zeit. Du kannst mit ihr machen, was du willst, sie mag alles.» Dass er über mich redete, als sei ich gar nicht vorhanden, löste eine schuldbewusste Erregung bei mir aus, von der mir ganz schwindlig wurde.

Der Kerl hinter mir schob seinen Schwanz ein Stück weiter in mich hinein, dann hielt er inne, während ich mich verzweifelt bemühte, den Arsch gegen seinen Unterleib zu stoßen. Kit lachte erneut, der Mann aber schwieg. Dann nahm er die schwachen Stöße wieder auf, zog hin und wieder die Eichel heraus und rieb sie an meiner empfindlichsten Stelle. Ich spürte, wie ich auf seinen Rhythmus reagierte und sich in meinem Inneren ein weiterer Orgasmus aufbaute. Wortlos flehte ich ihn an, schneller zu werden, doch nachdem er mich an die Schwelle des Höhepunkts geführt hatte, rührte er sich nicht mehr. Das Gesicht an die Matratze gedrückt, schluchzte ich vor ohnmächtigem Verlangen. «O ja», sagte Kit, «das ist gut. Das sieht gut aus. Du hältst sie hin.» Ich wusste, er hatte den Schwanz in der Hand und massierte ihn langsam, während der andere Mann mich fickte, genoss den Anblick ebenso sehr, wie Geoff den Blick durchs Fenster genossen hatte.

Unvermittelt schob der Mann sein ausgefahrenes Gerät vollständig in mich hinein, füllte mich aus und steckte mir im selben Moment den Daumen ins Arschloch. Die zweifache Penetration reichte so tief in mich hinein, dass ich meinte, mein Inneres kehre sich nach außen. Sein Schwanz regte sich nicht und hielt mich fest, der Daumen aber bewegte sich in mir und löste elektrische Funken aus, die aus einer Tiefe in mir kamen, von der ich bis jetzt nichts gewusst hatte. Der Orgasmus brach um die beiden festen Schäfte herum los wie Sturmwellen, die gegen zwei Felsen anbrandeten. Möse und Arsch kontrahierten gleichzeitig, zogen sich um Daumen und Schwanz zusammen, während ich kam.

«Das ist wunderschön», sagte Kit; das heisere Flüstern verriet seine Erregung. «Sieh dir nur den festen kleinen Arsch an, wie er deinen Daumen liebt. Wir könnten sie uns teilen – du fickst sie in die Möse, ich stecke ihr meinen Schwanz ins süße kleine Arschloch.» Sein Vorschlag schockierte mich zutiefst, doch die Nachwellen des Höhepunkts waren so heftig, dass die intensiveren Empfindungen meine Bedenken in den Hintergrund drängten. Währenddessen zog der Mann den Daumen aus mir heraus, fasste mich bei den Hüften, stieß unerbittlich in mich hinein und drückte mich gegen die Matratze, sodass der Kitzler gegen deren Rand stieß. Bewegungsunfähig wie ich war, ließ ich mich von seinem Rhythmus davontragen, und die Wellen meines Orgasmus brachen immer wieder und wieder, bis ich meinte, es werde niemals aufhören. Auch nachdem er bereits zum Höhepunkt gelangt war und sich in mich ergossen hatte, bebte ich noch immer vor Lust.

Erschöpft und nass vom Schweiß und unseren vermischten Säften lag ich auf dem Bett und hatte nicht einmal mehr die Kraft, mich zu fragen, was wohl als Nächstes käme. Wortlos zog der andere Mann seinen Schwanz aus mir heraus und entfernte sich, während Kit murmelte: «Schau sie dir an. Schau dir an, was du mit ihr gemacht hast. Sie wollte einen guten Fick, und den hat sie bekommen.» Dann herrschte wieder Stille, doch anstatt zu horchen, ob sie noch im Zimmer waren, lag ich einfach nur teilnahmslos da.

Die Haustür fiel zu, dann hörte ich, wie Kit wieder ins Schlafzimmer kam. Ich hätte gern gewusst, ob er schon vom Zuschauen gekommen war, oder ob er jetzt seine Lust vollenden würde. Vielleicht würde er mich in den Arsch ficken, wie er es zwischendurch vorgeschlagen hatte. Ich lag schlaff und wartend da, da band er mir auf einmal Füße und Arme los, nahm mir die Augenbinde ab, legte sich neben mir aufs Bett und umarmte mich.

Wir schwiegen beide. Ich hatte die Augen noch immer geschlossen, mein Kopf ruhte auf seiner Brust. Ich hatte das Gefühl, wir wären beide in eine Entscheidungsschlacht gezogen und siegreich daraus hervorgegangen. Es gab so vieles zu bereden, doch dies war nicht der rechte Moment dafür. Stattdessen blinzelte ich in die ungewohnte Helligkeit und lächelte ihn an. Er erwiderte mein Lächeln und streichelte mir zärtlich über den Rücken, dann umfasste er meine Handgelenke und massierte behutsam die Male, die die Stricke zurückgelassen hatten.

Es wird schwierig

Der Londoner Sonnenschein fiel mir in die Augen. Ich rückte den Stuhl ein Stück beiseite, damit ich Geoffs Gesicht sehen konnte, ohne geblendet zu werden. Der Rauch seiner Zigarette trieb über den Tisch und mischte sich mit dem Kaffeeduft und dem schwachen Modergeruch der Soho Street im Sommer, was alles zusammen die Atmosphäre energiegeladener Dekadenz ergab, die ich so liebte. Geoff beobachtete die Passanten, registrierte mit wachem Blick ihren Gang, ob sie sich dicht bei ihrem Partner oder eher auf Distanz hielten, all ihre Eigenheiten. Geoff hatte mich mit diesem Zeitvertreib bekannt gemacht: «Fernsehgucken auf der Old Compton Street» nannte er das. Seitdem konnte ich nicht mehr in einem Straßencafé sitzen, ohne die Passanten zu beobachten oder an ihn zu denken.

Obwohl ich mich schon häufig mit ihm telefonisch zum Kaffeetrinken und Plaudern verabredet hatte, lag heute noch etwas anderes in der Luft. Dies war unsere erste Begegnung seit dem Abend, als er und Kit das seltsame und gefährliche Spiel mit mir gespielt hatten. Auch am Telefon hatten wir es nicht erwähnt. Jetzt tranken wir unseren Cappuccino, sonnten uns und warteten auf den geeigneten Einstieg, jeder insgeheim darauf hoffend, der andere werde das Thema beiläufig ansprechen. Schließlich drückte Geoff die Zigarette aus und fasste mich mit fragend hochgezogenen Brauen in den Blick. «Also», sagte er einfach, «erzähl mir von Kit.»

Ich erzählte ihm die ganze Geschichte von Anfang an, wie wir uns in der Kirche kennen gelernt hätten und dass ein Funken übergesprungen sei, dann berichtete ich von dem überraschenden Wiedersehen und dem Pärchenspiel und schließlich von dem Geschenkpaket mit den Stricken. Geoff war wahrscheinlich der einzige Mensch, dem ich die ganze Geschichte erzählen konnte: Selbst Jane hatte sich mit einer leicht zensierten Fassung begnügen müssen – die mich natürlich in einem besseren Licht erscheinen ließ. Geoff hörte mir schweigend zu, nickte hin und wieder, rauchte auf seine bedächtige Art und nippte am Kaffee. Das Einzige, was ich ihm verschwieg, war die seltsame Unterhaltung spät abends in der Burg, als Kit gemeint hatte, ich habe keine Angst vor dem Leben. Das war einfach zu intim und abgedreht, doch ansonsten tischte ich ihm alles auf. Er ließ mich ausreden, nickte erneut, als bestätige er damit den Wahrheitsgehalt meines Berichts, dann fragte er mich: «Aber wie geht's jetzt weiter?»

Ich verstand die Frage nicht. Darum bemüht, sich besser verständlich zu machen, verzog er das Gesicht und beugte sich über den Tisch vor. «Was da neulich passiert ist», sagte er, «was hat das zu bedeuten? Wenn Kit jemand wie ich ist, ein Mann, mit dem du hin und wieder fickst, dann bedeutet es gar nichts, dann war es bloß ein Spiel. Aber er ist nicht irgendjemand, hab ich Recht?» Er musterte mich mit schief gelegtem Kopf und wartete auf meine Antwort. Ich wollte nicht darüber nachdenken, noch nicht. Schließlich kannte ich Kit, von der ersten Begegnung mal abgesehen, erst seit zwei Wochen, und bislang kamen wir gut miteinander aus, ohne unsere Beziehung sezieren zu müssen.

«Wenn du meinst, ob ich in ihn verliebt bin …», setzte ich an, er aber schüttelte mit einem zynischen Lächeln den Kopf.

«Nein», unterbrach er mich, «das meine ich nicht. Außerdem, glaube ich, passt es nicht zu Liebe auf den ersten Blick, einen Typen durchs Fenster einsteigen und seine Liebste ficken zu lassen.»

«Also, wo liegt das Problem?»

Sein Blick war umwölkt von Traurigkeit. «Das Problem», erklärte er mir wie einem Kind, «ist, dass sich die Dinge für dich verändert haben, und wenn sie sich für dich verändert haben, gilt das auch für uns. Bei unseren Anrufen ging es bislang nur um dich und mich. Wie soll ich dich jetzt, da ich weiß, dass drei im Spiel sind, noch anrufen?»

«Ich dachte, es hätte dir Spaß gemacht», meinte ich kleinlaut.

Geoff grinste so durchtrieben wie eh und je. «Nicht halb so viel wie dir, du dreckige Schlampe», erwiderte er.

«Aber ...?» Er unterbrach mich erneut.

«Ja, ja, es hat uns allen dreien Spaß gemacht, aber das war nur ein glücklicher Zufall. Wenn wir beide so was machen, dann haben wir Spaß; wenn wir uns anschließend zum Kaffeetrinken treffen, hat sich nichts verändert. Wenn du mit Kit so was machst, dann ist das so ...» Er seufzte, suchte nach Worten. «Das ist so, als wäre der Einsatz höher. Für euch beide hatte sich am nächsten Morgen etwas verändert, hab ich Recht?»

Ich schwieg und dachte daran, wie feinfühlig Kit und ich uns am Morgen danach, während die Sonne durchs Fenster schien, im Bett unterhalten hatten, nicht nur über Geoff, sondern auch darüber, was die Erfahrung für uns beide bedeutete. Es stimmte, Geoff und ich hätten niemals so offen darüber gesprochen, wie die Angst und das Machtgefühl unsere Lust gesteigert hatten. Mit einem Kopfnicken räumte ich widerwillig ein, dass Kit mehr war als ein bloßer Bekannter.

«Du musst mir sagen, wie es zwischen euch steht, Emma», sagte er leise. «Irgendwas ist da im Busch. Ich weiß nicht, was es ist, aber ...» Auf einmal wusste er nicht mehr weiter. Unvermittelt stand er auf, küsste mich liebevoll auf die Wange und zog das Jackett an. «Du musst herausfinden, was es ist, sexy Rotschopf», sagte er, «und wenn du's weißt, ruf mich an.» Ehe ich etwas erwidern konnte, entfernte er sich auch schon über den Gehsteig mit leichtfüßigen Schritten, die seine muskulöse Gestalt Lügen straften. «Übrigens wirkt er total nett!», rief er mir zu, dann bog er um eine Ecke.

Das geschäftige Treiben hüllte mich ein, Lieferwagen und Motorräder brummten die Straße entlang, und ein steter Strom von Fußgängern wälzte sich an meinem Tisch vorbei. Der Cappuccino war längst ausgetrunken, doch ich wollte noch sitzen bleiben. Geoff hatte bestätigt, was ich in dem Moment befürchtet hatte, als das Telefon klingelte, nämlich dass nichts mehr wie früher sein würde. Ich hatte meine Unabhängigkeit nicht gegen eine feste Beziehung eintauschen wollen, und bislang hatte auch noch keiner von uns beiden verlangt, der andere solle sich in seinen Freiheiten einschränken; gleichwohl war die Beziehung zu Kit so intensiv, dass sie uns einander näher brachte. Er hatte nicht von mir verlangt, ich solle ihm treu sein; anscheinend machte es ihm sogar Spaß, wenn andere an unseren Spielen beteiligt waren, aber damit hatte es sich auch schon – es waren unsere Spiele.

Unvermittelt begriff ich, was Geoff gemeint hatte. Wenn ich mich weiterhin mit ihm träfe, würde er es nicht nur mit mir, sondern auch mit Kit zu tun haben. Wollten wir das wirklich? Und war es Geoff gegenüber wirklich fair, ihn für Gruppensex einzuspannen? In der Nachmittagshitze der schmuddeligen Soho Street wurde mir klar, dass alles, was ich fortan täte, mit Kit in Verbindung stehen würde. Wir hatten gemeinsam eine Reise angetreten, und ganz gleich, wohin sie uns führen würde, ich war bereit, den Weg zu Ende zu gehen.

In meinem verwirrten und aufgeregten Zustand wollte ich nicht gleich wieder zur Arbeit zurückkehren, sondern schaute stattdessen bei Janes Fotostudio vorbei. Sie fotografierte gerade einen jungen Schauspieler, und während ich still in der Ecke saß, ermunterte sie ihn, vor der Kamera Grimassen zu schneiden. Wenn sie arbeitete, durfte ich ihr nicht in die Quere kommen, denn wenn wir Augenkontakt bekamen, mussten wir kichern. Er war ein hübscher junger Mann, mit dunklem, mediterranem Teint, und ich spürte, dass mehr hinter ihrem Flirten steckte als nur der professionelle Versuch, ihn aus der Reserve zu locken. Er aber hatte nur fürs Kameraobjektiv Augen. «Wahrscheinlich ist er ohnehin schwul», meinte Jane, als sie die Tür hinter ihm schloss. «Also, was gibt's Neues?»

«Ich war gerade mit Geoff Kaffee trinken», sagte ich. Sie lachte.

«Das ist nichts Neues!», entgegnete sie spöttisch. «Du meinst wohl, du hast ihm gerade von Kit erzählt.»

«Könnte man so sagen ...» Ich beschloss, die Einzelheiten seiner Begegnung mit Kit für mich zu behalten.

«Was hat er gesagt?», rief Jane aus der Kochnische hervor, wo sie gerade Orangensaft aus dem Kühlschrank nahm.

«Er hat gemeint, ich solle ihm sagen, wie es um uns steht.»

«Und?» Mit zwei Gläsern in der Hand kam sie wieder zum Vorschein. «Wie steht es?»

Mit meinem Glas ging ich zum niedrigen Sofa in der Ecke. Warum hatte ich ausgerechnet Jane aufgesucht? Bei ihr konnte ich mich darauf verlassen, dass sie genau die Fragen stellte, auf die ich keine Antwort wusste.

«Ich weiß nicht», erwiderte ich gereizt. «Ich kenne den Typ doch erst seit zwei Wochen. Wir haben uns noch nicht mal gestritten.» Jane ließ sich neben mir aufs Sofa plumpsen. «Und wie sieht's bei dir aus?», fragte ich. «Hast du dich in letzter Zeit mit Michael getroffen?»

Jane verdrehte schalkhaft die Augen. «O ja. Was für ein Schatz! Viel, viel netter als sein großer Bruder.»

«Leichter formbar, meinst du wohl», sagte ich vorwurfsvoll.

Sie schaute neckisch-verschämt drein. «Na ja, du kennst ja meine Einstellung», sagte sie mit einem listigen Lächeln. «Nimm dir einen Jungen und bring's ihm bei, sag ich immer.»

Wie ich so neben ihr saß und auf unsere Füße hinabsah, die auf dem unechten Tigerfellteppich standen, wurde mir auf einmal melancholisch zumute. Vor der Fahrt nach Schottland war alles einfach gewesen. Jetzt hatte das Arrangement mit Geoff einen Knacks bekommen, und nicht einmal mit Jane konnte ich noch offen reden, denn die Erinnerung an das Erlebnis im Zug stand immer noch zwischen uns. Offenbar hatte ich laut geseufzt, denn Jane fasste mich bei der Hand und sagte: «Mach dir keine Sorgen. Das wird schon; hab ein wenig Geduld.» Ich erwiderte ihren Händedruck und sah sie reumütig an, bekümmert vom Umstand, dass ich die Geschenke des Lebens so wenig zu schätzen wusste.

«Erzähl mir nicht, du bedauerst irgendwas», fuhr sie fort.

«Natürlich nicht», erwiderte ich. «Es ist nur ... alles ein wenig komplizierter, als ich's gewohnt bin.»

«Ja, dein Leben war zuletzt viel zu einfach.» Sie erhob

sich energisch. «Komm, heute wird nicht mehr gearbeitet. Begleite mich mal eben zum Labor, und dann trinken wir ein Bier.»

In Janes Gegenwart konnte ich immer über mich lachen, und selbst wenn es bedeutete, dass ich das Bier mit der gleichen halsbrecherischen Geschwindigkeit in mich hineinschütten musste wie sie, war es die Sache dennoch wert. Es war weit nach Mitternacht, als ich mich aus dem Minitaxi zwängte und vorsichtig die Eingangsstufen hochstieg. In der Wohnung war es dunkel, Kit war nicht da. Teilweise war ich erleichtert: Seit unserer Rückkehr aus Schottland waren wir nur ein paar Stunden getrennt gewesen, und ich musste zugeben, dass ich Zeit zum Nachdenken brauchte. Außerdem hätte er in meinem bezechten Zustand wenig Freude an meiner Gesellschaft gehabt. In die Erleichterung mischte sich aber auch ein Anflug von Unsicherheit. Hatte Kit vielleicht geglaubt, ich habe mich abgesetzt, um die Nacht mit Geoff zu verbringen? Oder hatte er sich womöglich mit einer anderen Frau getroffen? Ich hatte kein Recht, Treue von ihm zu erwarten, doch die Vorstellung, er sei mit einer anderen Frau zusammen, war etwa so, als habe mir jemand eine kalte Messerklinge in den Bauch gerammt. Als ich den blinkenden Knopf des Anrufbeantworters drückte, hörte ich Kits Stimme.

«Hi, Emma, ich bin's, Kit», sagte er, als ob ich seine Stimme nicht auch so erkannt hätte. «Ich nehme an, du bist ausgegangen. Hör mal, ich bin geschlaucht und fahr nach Hause. Ruf mich nach elf nicht mehr an – ich melde mich morgen. Bye.» Ich saß im Dunkeln da und lauschte auf die dröhnende Stille, die der Nachricht folgte. Also schlief er zu Hause. Obwohl ich mich widerwillig damit abfand, dass er vielleicht tatsächlich mit einer anderen schlief, war ich seltsamerweise überzeugt davon, dass er mich nicht anlügen werde. Was ging hier vor? Warum ging mir dieser Mann dermaßen unter die Haut?

Kit hatte noch das Bett gemacht, bevor er aufgebrochen war. Als ich frühmorgens zur Arbeit gegangen war, hatte ich gar nicht daran gedacht, dass er bei meiner Heimkehr fort sein könnte, obwohl ich wusste, dass er eine eigene Wohnung hatte. Das war das Problem, sagte ich mir, als ich es mir unter dem Federbett bequem machte: Ich nahm zu vieles als gegeben hin. Vielleicht wäre es besser, eine Weile kürzer zu treten und andere Freunde zu treffen. Das schien mir die beste Lösung. Beim Einschlafen streckte ich automatisch den Arm nach Kit aus, dann erst fiel mir ein, dass er nicht da war. «Siehst du?», murmelte ich vor mich hin. «Genau das hab ich gemeint.»

Kit rief mich am Morgen an, als ich gerade aus der Dusche kam. Während ich mit ihm redete, tropfte das Wasser auf den Boden. Sobald ich seine warme, lebendige Stimme hörte, kam mir die vorbereitete Rede von wegen, wir sollten uns seltener treffen, lächerlich vor. Er schlug vor, mich nach der Arbeit mit dem Motorrad abzuholen und am Themseufer zu speisen. Warum mache ich's mir eigentlich so schwer, dachte ich. Wenn sich die Probleme einstellten, war immer noch Zeit genug, sich damit zu befassen. Kit fragte mich nicht, wo ich gestern Abend gesteckt habe, und gab mir auch nicht das Gefühl, ich solle es ihm erzählen. Da ich häufig von Jane gesprochen hatte, konnte er sich eigentlich denken, dass wir zusammen aus gewesen waren, doch er stellte keine Fragen.

Ehe ich mich abtrocknen konnte, läutete erneut das Telefon. In der Annahme, Kit sei nachträglich noch etwas eingefallen, nahm ich das Gespräch auf dem Weg ins Schlafzimmer entgegen, doch als ich «Hallo?» sagte, meldete sich niemand. Ich hörte Geräusche, ein Rascheln dicht am Telefon und eine gedämpfte Frauenstimme. «Jane?», sagte ich, dann fiel mir ein, dass sie mich schon einmal versehentlich mit dem Handy angerufen hatte, als der Schlüsselbund an die Wiederwahltaste gestoßen war. Offenbar war jetzt etwas Ähnliches passiert. «Jane!», probierte ich es erneut, bekam aber immer noch keine Antwort.

Dann hörte ich Jane sagen: «Hm, ja, das ist gut.» Eine Männerstimme murmelte etwas Unverständliches. Jane lachte daraufhin und wiederholte: «Das ist gut.» Was taten sie da? War es der junge Michael, der seine Ausbildung fortsetzte? Unwillkürlich lauschte ich und bemühte mich herauszubekommen, was da vor sich ging. Es raschelte wieder, dann sagte Jane: «Leck mich da unten. Ja, da, noch etwas tiefer ... oh!» Er hatte die Stelle gefunden. Die Erinnerung daran, wie ich mit meiner Zunge ihre Spalte geleckt hatte, überwältigte mich, und auf einmal brannte ich vor Verlangen. Als ich mir vorstellte, wie Michael sein frisches, jugendliches Gesicht im feinen blonden Haar von Janes Busch vergrub und ihr seine Jungenhände auf die Brüste legte, wurde ich feucht.

Ich ließ das Handtuch herabfallen, legte mich noch ganz nass aufs Bett und streichelte mit der freien Hand über die Stellen, von denen ich mir vorstellte, dass auch Michael sie berührte: Ich fuhr mir über die Brüste, streifte über die steifen Nippel und schob die vollen, festen Titten zu meinem Gesicht hoch. «Ja, ja, da», sagte Jane am anderen Ende der Leitung. «Leck mich schneller.» Ich befeuchtete den Zeigefinger und rieb mir den Kitzler, stellte mir Michaels dunklen Haarschopf über meiner Ritze vor, während ich mir gleichzeitig den kräftigen Geschmack von Janes Körper vergegenwärtigte, das Gefühl, ihren Lustknubbel zu lecken. Ich wünschte mir, bei ihr zu sein, Jane mit dem Mund zum Gipfel der Lust zu bringen und Michael zu zeigen, wie man es richtig machte.

«Steck deine Finger in mich rein», hörte ich sie sagen und schob die Finger in meine Möse. Es waren Michaels dicke Finger, die sich mit dem Ungestüm der Jugend in mir versenkten, und gleichzeitig waren es meine Finger, die in Janes Möse steckten. In meiner Vorstellung war es meine Hand, welche die Stelle fand, die sie im Rhythmus seiner Bewegungen stöhnen ließ. Schneller, forderte ich ihn wortlos auf, sie will es schneller haben, und meine Hand stieß so in mich hinein, wie er es bei Jane hätte tun sollen.

Es folgte ein gedämpfter Wortwechsel, dann sagte Jane deutlich vernehmbar: «Und jetzt fick mich.» Ich brannte vor Erregung, meine Möse triefte von meinen Säften, die Liebkosungen meiner Hand gingen mit schmatzenden Geräuschen einher. Janes Bett begann zu knarren, der alte Metallrahmen schaukelte unter dem Gewicht ihrer beiden Körper, als Michael ihrem Wunsch nachkam und sie fickte. Ich schloss die Augen und sah ihre langen, schlanken Beine vor mir, die sie ihm um die Hüfte geschlungen hatte, die nach oben ausgestreckten Arme, die Hände vor Erregung zu Fäusten geballt. Sein straffer, jugendlicher Körper stieß jetzt mit animalischer Leidenschaft in sie hinein, während er sich auf seinen muskulösen Armen aufstützte, damit er sehen konnte, wie ihre Brüste bei jedem Stoß erbebten und wie sein Schwanz in ihre Möse glitt. Sein Gesicht war verzerrt vor Erregung, der Wunsch, ihr Lust zu bereiten, hatte seinem eigenen Verlangen Platz gemacht, dem Wunsch, sie zu besitzen, in ihr zum Höhepunkt zu kommen und sie mit seinem Lustsaft zu füllen.

Obwohl ich auf dem Rücken lag und mich so mit den Fingern fickte, wie Michaels Schwanz Janes Möse bearbeitete, stellte ich mir vor, auf ihr zu liegen. Meine leidenschaftlichen Stöße brachten ihr Bett zum Quietschen, während ich unter mir ihr lustverzerrtes Gesicht sah. Ich stellte mir vor, ich hätte einen Schwanz und rammte ihn in ihre warme, schlüpfrige Möse, deren Geschmack ich in jener Nacht im Schlafwagenabteil geschmeckt hatte. Ich war es, die sie so weit brachte, dass sie die Kontrolle verlor, und die ihr dabei zusah, wie sie in den freien Fall des Orgasmus überging.

«Oh, o ja», stöhnte sie beim Kommen, und im selben Moment baute auch mein Orgasmus sich auf. Meine fickenden Finger wurden umschlossen von den Wellen des Orgasmus, und gleichzeitig hörte ich Michael erstickt aufschreien, als er sich in sie ergoss. Das Quietschen des Betts wurde langsamer und verstummte, meine Lust verebbte, und ich hörte wieder das Rascheln der Laken. Michael fragte sie etwas, doch seine leise Stimme war noch immer nicht zu verstehen, und Jane antwortete ihm: «Nicht schlecht, gar nicht schlecht.» Intimes Gelächter war zu vernehmen, und auf einmal meldete sich mein schlechtes Gewissen. Ich unterbrach die Verbindung und lag wieder allein für mich auf dem Bett.

Ich fragte mich, ob Jane wohl ähnliche Phantasien von mir hatte wie ich von ihr. Das raue Handtuch auf meiner Haut rief ein schwaches Echo der eben erlebten Erregung wach. Ich wusste, Kit würde die Vorstellung, dass ich es mit Jane trieb, erregend finden, war mir aber nicht sicher, ob ich wollte, dass meine beste Freundin in die bereits kompliziert gewordene Situation einbezogen wurde. Am besten beließ ich es bei der Zufallsphantasie. Aber war es wirklich ein Zufall gewesen? Ich hielt mit Abtrocknen inne und sah zum Telefon. Gewiss, es war leicht, durch Drücken der Wahlwiederholungstaste einen Anruf auszulösen – aber ebenso leicht war es, sie absichtlich zu drücken, ohne dass der Geliebte es mitbekam. Hatte Jane mich absichtlich lauschen lassen? Ich lachte leise in mich hinein und begann mich anzukleiden. Dieser Frau war wirklich alles zuzutrauen.

Das Rasiermesser

Während ich an der Straßenecke auf Kit wartete, fiel mir auf, dass es bereits herbstlich roch. Obwohl es ein warmer Abend war, erschnupperte ich schon den ersten Vorboten des Frosts, und der Wind wehte einen Hauch von Modergeruch heran. Obwohl es noch nicht mal sieben Uhr war, färbte der Sonnenuntergang den Himmel rötlich und ließ Schornsteine und Dächer als scharfe Silhouetten hervortreten. Meine nackten Beine spürten die Kühle in der Luft und sagten mir, der Sommer sei so gut wie vorbei und mit den warmen, faulen Nachmittagen habe es erst einmal ein Ende.

Mein Wagen bog um die Ecke, dann parkte ihn Kit geschickt in ein paar Metern Abstand. Wir verwandelten uns rasch in das Paar, das wir bei Erics Hochzeit gespielt hatten, waren lieber zusammen als allein und tauschten unsere fahrbaren Untersätze – wenngleich ich meistens geborgte Maschinen von ihm bekommen hatte und nicht sein eigenes ramponiertes Motorrad. Es erstaunte mich noch immer, wenn ich mich beispielsweise sagen hörte: «Ich weiß nicht – ich muss erst mal hören, was Kit vorhat.»

Zu meinem Glück hatte Geoff nach dem Gespräch im Café in Soho einen neuen Auftrag beim Film ergattert, sodass ich mir meine Erklärungen nun für die Zeit nach seiner Rückkehr aufheben konnte. Wenn er arbeitete, hatten wir nie viel Kontakt, obwohl er mir noch immer die typischen Geoff-Postkarten schickte: auf der Vorderseite irgendein Tropenparadies, auf der Rückseite eine Auflistung der Explosionen, Feuerbälle und Fenstersprünge, die er im Laufe der Woche überstanden hatte. Bei seiner Rückkehr würde eines jedenfalls klar sein: Kit war inzwischen zu einem wichtigen Bestandteil meines Lebens geworden.

Das ist nicht nur eine Frage der Gewohnheit und Kameradschaft, dachte ich, während ich beobachtete, wie Kit sich mit dem widerspenstigen Schloss der Fahrertür abmühte. Zwischen uns knisterte es noch immer. Viele Männer hatten meinen Körper entflammt und mich schon mit der leichtesten Berührung rasend gemacht vor Verlangen, doch Kit hatte mich tief in meinem Inneren berührt. Als er sich mir über den Gehsteig näherte, erschauerte ich erwartungsvoll. Es würde noch Stunden dauern, bis ich mit ihm allein wäre, doch jeder Moment, den wir zusammen verbrachten, war Teil unseres großen Spiels, unserer Expedition zu den äußersten Grenzen unseres Ichs.

Als er mich erreichte, legte er mir die Hand auf den Kopf und küsste mich. Sein Gesicht fühlte sich kalt an: Er war mit offenem Fenster gefahren. Das tat er häufig, vielleicht um den Fahrtwind des Motorradfahrens zu simulieren. Am liebsten hätte ich mich auf der Stelle mit ihm ins Auto gesetzt und wäre heimgefahren, doch ich wusste, welche Mühe es ihm bereitet hatte, diesen Abend zu organisieren.

«Du bist überpünktlich», sagte er erfreut. «Du musst noch ein Weilchen warten, während Eddie mir die Haare schneidet.»

«Das macht nichts», erwiderte ich, als wir die Straße entlangschlenderten. «Ich schaue zu. Ich war heute früh fertig, und da hab ich mir gedacht, ich komm gleich her.»

Die Jalousien am Friseurladen waren heruntergelassen, und an der Tür hing ein Schild mit der Aufschrift «Geschlossen», dennoch klopfte Kit an die Fensterscheibe.

«Hat Eddie auch außerhalb der normalen Öffnungszeiten auf?», fragte ich, als im Laden die Beleuchtung anging.

«Kommt auf den Kunden an», antwortete Kit ziemlich selbstgefällig, wie ich fand. «Ich hab ihm gesagt, es wär ein besonderer Anlass.» Kit hatte im Moment mehr zu tun als ich; er war für eine Redakteurin eingesprungen, die im Mutterschaftsurlaub war, und hatte in den vergangenen drei Wochen keinen einzigen freien Tag gehabt. Zwar war es ihm gelungen, sich dieses Wochenende freizunehmen, um an der Hochzeit einer Cousine teilzunehmen, hatte aber noch keine Zeit gehabt, sich um den Anzug und den Haarschnitt zu kümmern.

Die Tür ging auf, und Eddie lächelte uns an. «Ihr beide?», fragte er, als er mich an Kits Seite entdeckte.

«Nein, bloß ich», antwortete Kit, als wir den Laden betraten. «Emma würde einen Barbaren wie dich niemals an ihr Haar lassen.» Kit war schon so lange bei Eddie Kunde, dass sie wie gute Freunde miteinander umgingen, Frotzeleien eingeschlossen.

«Nein; nur Wilde wie du brauchen einen Barbarenhaarschnitt», meinte Eddie und zwinkerte mir im Spiegel zu, als er Kit das Handtuch um die Schultern legte. Er sah nicht besonders gut aus, wirkte auf dunkle, durchtriebene Art aber attraktiv.

Ich saß hinter Kit und schaute zu, wie Eddie sich mit Kamm und Schere an seinem Haar zu schaffen machte. Hier wurde nicht über den nächsten Urlaub geredet: Eddie gab stets Geschichten über seine Familie, die entweder hier in London oder in Italien spielten, und über die Geschäfte seiner gerissenen Kollegen zum Besten. Es machte mir Spaß, in dieser maskulinen Welt die Rolle der Zuschauerin zu spielen, Kit in Männergesellschaft zu beobachten und mitzuerleben, wie er sich am Geplauder beteiligte und mit den anderen über die Witze lachte.

Eddie erzählte von einem ungewöhnlichen Kunden: «Ein Typ kommt jede Woche – dabei hat er eine Vollglatze.» Als ich gerade fragen wollte, warum ein Glatzkopf zum Friseur gehe, erklärte er: «Er trägt ein Toupet. Bringt das Toupet, ich frisiere es, dann zieht er glücklich wieder ab. Die Sache ist die» – Eddie hatte sich von der Geschichte mitreißen lassen und mit Haareschneiden innegehalten –, «er will nicht hier warten, während ich beschäftigt bin. Er will nicht, dass jemand seinen Kopf ohne Toupet sieht, deshalb setzt er sich in den Lagerraum, während ich arbeite» – mittlerweile hatte er sein Publikum gefangen und steigerte die Spannung mit einer Kunstpause –, «und dabei hat er ein Geschirrtuch auf dem Kopf! Für den Fall, dass zufällig jemand reinkommen sollte. Das arme Schwein.» Deshalb dauerte das Haareschneiden bei Eddie so lange: Von der Arbeit ließ er sich bei einer guten Anekdote nicht stören. Trotzdem lohnte sich der Besuch bei ihm.

Eddie leistete hervorragende Arbeit: Jetzt verstand ich, warum Kit sich die Haare trotz seiner knapp bemessenen Zeit ausgerechnet hier hatte schneiden lassen wollen. Kits zartes schokoladenbraunes Haar fiel in glatten Schichten, welche den anmutigen Schwung seines Schädels betonten. Im Spiegel sah ich sein Gesicht, und hin und wieder warf er mir einen leidenschaftlichen Blick zu. Ich fragte mich, ob er das Haareschneiden und die Berührung von Eddies flinken Fingern, die durch sein Haar fuhren und über seinen Schädel streiften, wohl genoss. Trotz Kits spöttischen Bemerkungen hatte auch ich mir schon von Eddie das Haar schneiden lassen und dabei festgestellt, dass die kräftige, energische Berührung seiner Hand eine interessante Abwechslung zu den Frauen darstellte, die mich sonst immer frisierten.

Als Eddie die Schere gegen den elektrischen Haarschneider austauschte, dachte ich daran, wie mein Hals geprickelt hatte, als Eddie meinen Kurzhaarschnitt mit dem Haarschneider vollendet hatte. Als Kit den Kopf nach vorn neigte und seinen Nacken Eddie darbot, lief mir ein Schauder den Hals hinunter. Das kühle Plastik der vibrierenden Schutzvorrichtung hatte einen Kitzel bei mir ausgelöst, der bis zwischen die Beine reichte, und unwillkürlich hatte ich mich unter dem Nylonumhang dort berührt.

«Ein anderer Typ», fuhr Eddie fort, «lässt sich jeden Samstag rasieren. Die Woche über rasiert er sich anscheinend nicht; wenn er herkommt, hat er praktisch einen Vollbart. Jede Woche das Gleiche: Vollrasur mit Rasiermesser, heißen Handtüchern und was sonst noch dazugehört, und das war's dann bis zum nächsten Samstag.»

«Vielleicht hat er eine Geliebte», meinte Kit, «und die mag keine Stoppeln.»

Eddie lachte. «Das wird's wohl sein!», sagte er. «Die Woche über läuft er rum, als hätte er keine Zeit gehabt, sich zu waschen, und am Samstag macht er sich für die Geliebte fein. Das gefällt mir. Frauen mögen's nicht, gepiekst zu werden, hab ich Recht?» Er wandte sich direkt an mich und sah mich im Spiegel an.

«Stimmt», sagte ich, «glatt ist eindeutig besser.»

«So ist es», fuhr Eddie fort. «Ich meine, ihr rasiert euch doch auch für uns die Beine, nicht wahr?» Er schaute meine glatten, braun gebrannten Beine an, die vom Ledersessel baumelten.

«Nicht ausschließlich für euch», widersprach ich ihm. «Ich mag meine Beine ebenfalls lieber glatt.»

«Und die Achselhöhlen», setzte Kit hinzu, mich im Spiegel aufmerksam musternd.

«Ja, Beine und Achselhöhlen», sagte ich und fragte

mich, wohin das wohl führen mochte. Kit wusste, dass ich mir Beine und Achselhöhlen rasierte und die Bikinizone mit Wachs behandelte. Außerdem hatten wir flüchtig darüber gesprochen, mir das Schamhaar vollständig abzurasieren, und ich hatte nicht von vorneherein nein gesagt.

«Kommen auch schon mal Frauen zu dir, die sich die Beine rasieren lassen wollen?», fragte Kit. Ich stand auf und setzte mich auf den Rand von Eddies Theke, schaute zu, wie er mit dem Haarschneider Kits Koteletten stutzte. Eddie lachte bestätigend, und seine Miene veränderte sich.

«Da würden Sie doch bestimmt nicht nein sagen, oder?», hakte ich nach, schlug herausfordernd die Beine übereinander und fuhr mir mit der Hand von der Wade bis zum Knie. «Ich meine, wenn meine Beine unrasiert wären, könnten Sie sie mit dem Rasiermesser doch rasieren, oder?» Eddies Blick, der meine Beine hochwanderte, verriet, dass Kit und ich einen Funken bei ihm entzündet hatten.

«Ja …», sagte er zögernd, «das könnte ich schon tun …»

«Es wäre ganz leicht, nicht wahr?», warf Kit ein. «Sie würde sich auf den Stuhl setzen und dir die Beine über die Schulter legen. Oder ich würde sie festhalten.» Sie wechselten einen Blick, der Eddie bedeuten sollte: Keine Bange, wir können ganz offen über meine Freundin sprechen. Das macht mir nichts aus.

Eddie schaute wieder meine Beine an, kühner als beim ersten Mal. «Ja», sagte er in einem scherzhaften, herausfordernden Ton, «kommen Sie beim nächsten Mal mit behaarten Beinen her, dann rasier ich sie.»

«Abgemacht», meinte ich, glitt ein Stück auf der Theke zurück und teilte die Knie, sodass Eddie die dunkle Höhlung unter meinem Rock sehen konnte. Ich trug einen fleischfarbenen Stringtanga, deshalb musste es für ihn so aussehen, als trüge ich keine Unterwäsche. Ich sah auf das Tuch, das Kit von der Schulter bis zum Schoß bedeckte, und fragte mich, ob er wohl ebenso erregt war wie ich. Eddie schaltete den Haarschneider aus und langte zum Rasiermesser. Hinter Kit stehend begradigte er Haaransatz und Koteletten und sah mir dabei direkt in die Augen; dass Kit ihn im Spiegel beobachten konnte, war ihm anscheinend nicht bewusst.

«Dann können Sie mit dem Messer alles rasieren, nicht wahr?» Meine Frage war weniger herausfordernd, als vielmehr einladend gemeint. Eddie nickte, ohne den Blick von mir zu wenden, und streifte Kit Haare von Gesicht und Hals.

«Sie meint Folgendes», setzte Kit mit leiser Stimme hinzu, stand auf und schüttelte die Haare vom Tuch. «Könntest du sie vollständig rasieren?» Eddie musterte Kit ungläubig. «Die Haare zwischen den Beinen», bestätigte Kit, «das Schamhaar. Würdest du es ihr abrasieren, während ich dabei zuschaue?»

Ich saß schweigend da und beobachtete, wie in Eddies Gesicht Verlangen und Verwirrung miteinander wetteiferten, während meine Möse bereits feucht wurde.

«Wir würden selbstverständlich dafür bezahlen», fuhr Kit fort und lehnte sich an die Theke, sodass wir nun ein Dreieck bildeten, Kit und ich an der einen Seite und Eddie an der Spitze hinter dem Stuhl. Er musterte uns beide, als suche er nach einer endgültigen Bestätigung, dann zeigte er einladend auf den Stuhl.

Ich setzte mich auf den noch warmen Lederbezug und legte den Kopf an die Nackenstütze. Eddie pumpte den

Stuhl auf Hüfthöhe hoch und kippte ihn, bis ich fast lag. Ich legte die Beine auf das kalte Chrom der Armlehnen und schlug den Rock hoch. Die Vorstellung, dass Eddie mir hinter den heruntergelassenen Jalousien des Friseurladens das Schamhaar abrasieren und ich anschließend nackt und entblößt sein würde, erfüllte mich mit prickelnder Vorfreude. Kit trat zwischen meine Beine, legte die Hand geradewegs auf meinen Spalt, auf die Stelle, wo der Tanga von meiner Erregung bereits feucht geworden war, und rieb mich fest und schnell. «Das stört nur», sagte er, streifte mir den Tanga ab und steckte ihn in die Tasche. Einen Moment lang betrachtete er mich, schwelgte im Anblick meiner entblößten Ritze, meiner gespreizten Beine und meines auf dem Stuhl ausgestreckten Körpers. Dann trat er beiseite und sagte zu Eddie: «Sie gehört dir.»

Eddie nahm Kits Platz zwischen meinen Schenkeln ein. Er hielt einen Pinsel und eine Schale mit Schaum in der Hand und betrachtete mich eine Weile. Wie ich so zu ihm aufschaute, die Beine über die metallenen Armlehnen gelegt, kam ich mir wundervoll verletzlich vor. Dann sah er mir in die Augen und seifte mir den Venushügel mit dem steifen kleinen Pinsel ein, dessen Borsten an meiner zarten Haut schabten und am Kraushaar zupften. Als er damit über den Kitzler streifte, tat es beinahe weh, und jeder Strich versetzte mir einen lustvollen Stich. Im Spiegel sah ich Kits Gesicht, der Eddie über die Schulter bei der Arbeit zusah. Es dauerte nicht lange, da war mein Schamhaar mit weißem Schaum bedeckt, und Eddie legte den Pinsel weg, trat zurück und nahm das Rasiermesser zur Hand.

Kit umfasste meine Handgelenke und drückte sie gegen die lederbezogene Rücklehne des Stuhls, und als Eddie beiseite trat, sah ich mich im Spiegel, bewegungsunfähig und weit offen, bereit für die Rasur. Ich erschauerte vor Erregung, als sich die funkelnde Klinge näherte und ich mir vorstellte, wie kalt sie sich an der Haut anfühlen würde. Mit der Linken fasste Eddie ein kleines Haarbüschel, zog so heftig daran, dass mir der Atem stockte, und rasierte ihn ab. Das Metall berührte kaum meine Haut. Ich spürte lediglich das Entlangstreifen der Klinge, dann war das Haar ab.

Gebannt beobachtete ich, wie sich Eddies flinke Hände an mir bewegten, wie sie am Haar zupften und es abrasierten, zupften und rasierten. Der weiße Schaum verschwand rasch, zurück blieb nackte, rosige Haut. Als er sich dem Geschlecht näherte, wurde Eddie langsamer. Behutsam fasste er die zarten Lippen und zog das Haar hoch, bevor das energische Rasiermesser seine Arbeit verrichtete. Er betastete meine Möse, berührte sie intim, jedoch auch eigentümlich klinisch, was das Ganze noch erregender machte. Seine Finger bewegten sich um den Kitzler herum und an den Schamlippen auf und ab, verweilten jedoch gerade so lange, bis sie nackt waren. Verwundert beobachtete ich, wie sich unter der Klinge eine ganz ungewohnte Landschaft entfaltete, der Kitzler entblößt und eingefasst von zwei rosigen Fleischfalten. Eddies Hände wanderten nach unten, verschwanden außer Sicht, dann setzten sie ihre Arbeit beiderseits der Ritze fort und schlossen sie an der empfindlichsten Stelle über der Rosette ab.

Eddie betrachtete einen Moment lang sein Werk, dann sah er zu Kit auf. «Kit, würdest du mir mal ein angefeuchtetes Handtuch zuwerfen?» Damit brach er das Schweigen, das mit Beginn der Rasur eingesetzt hatte. Kit ließ meine Handgelenke los und reichte Eddie ein feuchtes Handtuch, beugte sich über mich, um nichts zu verpassen. Als Eddie mir mit dem Tuch behutsam über meine Möse fuhr und die letzten Schaumreste abwischte, kam ich mir nackter vor als je zuvor. Absolut nichts war mehr zwischen meiner nackten Haut und dem feuchten Tuch, jeder Quadratmillimeter stand in unmittelbarem Kontakt mit dem Stoff, der wie eine große, nasse Zunge über mein frisch entblößtes Fleisch leckte. Die Berührung war zärtlich und erniedrigend zugleich und ließ mich vor Lust erschauern.

Als Eddie beiseite trat, hatte ich im Spiegel zum ersten Mal freie Sicht auf die Bescherung. Jede einzelne Falte und Spalte war zu sehen, und ohne das schützende Schamhaar ähnelte mein Geschlecht einer erblühten exotischen Orchidee; nichts war mehr verborgen, alles den Blicken des Betrachters preisgegeben. Ich schaute zu Kit hoch, dem die Erregung ins Gesicht geschrieben stand, und sah Eddie, der von seinem Werk anscheinend fasziniert war.

«Und», wandte Kit sich an Eddie, «wie fühlt sie sich an?» Ohne zu zögern legte Eddie die Hand auf meine nackte Muschi, nicht mehr klinisch, sondern eher besitzergreifend. Er bewegte die ganze Hand an dem schon schlüpfrigen Schlitz auf und ab und ließ mehrere Finger in mich hineingleiten. Es war, als gebe es keine Grenzen mehr zwischen innen und außen, als hätten sich meine tiefsten Höhlungen für seine Hand geöffnet. Als Eddie über den Kitzler streifte, reagierte meine ganze Möse auf die hauchzarte Berührung. Der Saft troff nur so, und Eddies Hand flutschte über die rosigen Falten, als wäre ich eingeölt.

«Ja, fühlt sich prima an», antwortete Eddie auf Kits Frage. «Sie ist so glatt wie Seide, außerdem triefnass.»

Kits Blick ruhte gebannt auf Eddies Hand. Er hatte mir die Hände auf die Schultern gelegt, um mich festzuhalten, sollte ich Anstalten machen, mich aufzurichten. Ich vernahm sein raues Flüstern: «Ich wette, sie schmeckt auch schön sauber.» Erneut wechselten sie einen Blick, während ich vor Erregung zitterte, denn mir war sogleich klar, dass ich auch bei diesem Spiel nicht um meine Meinung gefragt werden würde.

Eddie hockte sich zwischen meine Beine und zog meine nackte Spalte an sich heran, bis sie genau auf dem Rand der Sitzfläche ruhte. Die Augen auf Kit gerichtet, bewegte er die Zunge über den unbehaarten Rand des Venushügels. Dann leckte er sich die Lippen. «Hmmm, sauber und weich», meinte er.

Aufreizend langsam wanderte Eddies Zunge über meine frisch rasierte Haut. Noch nie hatte ich an dieser Stelle so intensive Empfindungen gehabt, denn mein kleiner Busch hatte solch sanfte Berührungen bislang abgedämpft. Er war meiner Ritze noch nicht einmal nahe gekommen, da schmolz ich schon dahin und hielt mich an Kits Armen fest. Er drückte mir bestätigend die Schultern und presste mich auf den Stuhl nieder. An mir hinunterblickend, konnte ich in allen Einzelheiten erkennen, wie die Zungenspitze mutwillig umherwanderte. Ohne das vertraute Kraushaar wirkte meine Möse fremd, doch die lebhaften Empfindungen sagten mir, dass es mein Körper war.

Eddie leckte mit der ganzen Zunge von oben nach unten über meine Muschi, schob sie zwischen die intimen Falten. Ich war meiner Erregung hilflos ausgeliefert, klammerte mich an Kits Händen fest, als gelte es mein Leben, und sah über Eddies dunklem Haarschopf Kits Spiegelbild. Kits Blick war nicht auf mein Gesicht gerichtet, sondern auf das Schauspiel, das Eddies Zunge bot, als sie die frisch rasierte Haut erkundete. Das Ganze hatte etwas von einer Präsentation, als demonstriere ein Verkäufer dem kritischen Kunden die Möglichkeiten des neuen Automodells. Ich wusste, ich würde jeden Moment kommen und Kit die Show liefern, auf die er wartete.

Die kühlen, harten Hände auf meine Schenkel gelegt,

begann Eddie schneller zu lecken. In seiner Macht schwelgend, mich zum Höhepunkt bringen zu können, rieb er seine nasse Zunge immer rascher an meiner entblößten Spalte. Als ich laut stöhnend kam, saugten Kits Augen mit einem triumphierenden Funkeln jedes Zucken meiner nackten Möse in sich auf.

Eddie richtete sich auf. Ohne innezuhalten zog er den Reißverschluss hinunter und nahm den Schwanz heraus. Als er ihn mir hineinschob, zog er die Schamlippen auseinander und spreizte mir weit die Möse. Während er seinen Steifen in die Öffnung drückte, die kein Härchen mehr verdeckte, schaute er nach unten, und ich wusste, dass er und Kit beide in dem Anblick schwelgten. Eddies kraftvoller Rhythmus trieb mich einem neuen Höhepunkt der Lust entgegen, innen wie außen. Sein Schamhaar, das sich an meiner weichen, empfindlichen Haut rieb, fühlte sich eigentümlich männlich und erregend an und setzte ganz ungewohnte Lustwellen in mir frei.

Mein rasiertes Geschlecht hatte etwas Anonymes an sich, was ich erregend erniedrigend fand, als bestünde sein einziger Daseinszweck darin, von einem Schwanz – einem beliebigen Schwanz – zum Vergnügen des Betrachters penetriert zu werden. Kit genoss den Anblick, das wusste ich, und ich wusste auch, dass er sich maßlos erregt auf mich werfen würde, sobald wir nach Hause kämen. Doch diesmal reichte mir das nicht.

«Gib mir deinen Schwanz!», flüsterte ich ihm zu. Er sah mich an. «Gib mir deinen Schwanz», wiederholte ich, «ich will ihn lutschen.»

«Mach schon, Kit», ließ Eddie vernehmen. Vor Erregung klang seine Stimme heiser. «Ein Schwanz reicht ihr nicht. Sie will dich blasen, während ich sie ficke.»

Ich drehte das Gesicht auf der Kopfstütze zur Seite, und

dann stand Kit auch schon vor mir, den heißen, steifen Schwanz in der Hand. Er steckte ihn mir in den offenen Mund und legte mir eine Hand auf den Kopf, während er ihn rein- und rausschob. Ich lutschte ihn nicht; er fickte mich, hielt sich an Eddies Tempo, füllte mir den Mund, wenn Eddie mir die Möse füllte. Beide Männer drangen im selben Rhythmus in mich ein, Mund und Möse im Gleichklang geöffnet, ein Schwanz das Spiegelbild des anderen. Als ich mein Gesicht im Spiegel sah, wie sich meine Lippen um Kits Schwanz schlossen, überkam mich auf einmal die Vorstellung, ich sei von Männern umringt, die alle zuschauten, wie ich diese beiden nahm, und an ihren Schwänzen herumspielten, während sie darauf warteten, dass sie an die Reihe kämen.

«Zwei Männer auf einmal, das gefällt dir, stimmt's?», murmelte Kit. «Ich wette, du stellst dir schon seit Jahren vor, von zwei Männern gleichzeitig gefickt zu werden. Wahrscheinlich hättest du sogar gern noch mehr, stimmt's? Was meinst du, wie viele könntest du bedienen? Drei? Vier? Wir könnten dir bestimmt auch noch einen zweiten Schwanz in den Mund stecken.» Er drückte mir den Daumen zwischen die Lippen und schob ihn zusammen mit dem Schwanz rein und raus.

Ich schloss die Augen und stellte mir einen dritten Mann vor, der dicht neben Kit stand und sich an ihm rieb, während sie gleichzeitig in mich eindrangen. Es stimmte, ich hatte schon erotische Phantasien gehabt, in denen sich zwei Männer gleichzeitig an mir zu schaffen gemacht hatten, und seit Kit und Geoff mich miteinander geteilt hatten, waren diese Träume stärker geworden. Bis zu dem Zeitpunkt hatte ich allerdings noch keine Gelegenheit gehabt, sie auch in die Tat umzusetzen. Was mich erregt hatte, war die Vorstellung gewesen, Teil ihres Spiels zu sein, doch die reale Erfahrung war noch tausendmal intensiver, als ich mir erträumt hatte. Mein Körper wurde überwältigt von dem Gefühl, von allen Seiten in Besitz genommen zu werden, und die ungewohnte Nacktheit meiner Spalte trug ebenfalls zu der Empfindung bei, ich würde überall berührt, innen wie außen.

Ich war beinahe zu erregt, um zu kommen: Ich schwebte auf einem Gipfel der Lust, und die Zeit hatte sich verlangsamt, sodass alle Vorgänge wie in Zeitlupe abliefen. Eddies Daumen ruhte jetzt auf meinem Kitzler und drückte ihn nach unten, sodass sich der von meinem Saft glitschige Schwanz bei jedem Stoß daran rieb. Ich öffnete die Augen und sah, dass Eddie gebannt beobachtete, wie Kits Steifer zwischen meinen Lippen rein- und rausglitt. Beide Männer waren ganz versunken in die Bewegungen des anderen, und das Gefühl, lediglich die Verbindung zwischen den beiden Schwänzen herzustellen, überwältigte mich und schwemmte mich über den Rand in die tosenden Fluten des Orgasmus. Im Moment des Kommens war ich mir bewusst, dass ich Kit im selben Rhythmus saugte, mit dem sich meine Möse um Eddies Schwanz zusammenzog.

Meine Ekstase wiederum führte beide Männer auf eine neue Ebene der Erregung. Eddie spreizte meine auf den Armlehnen ruhenden Beine noch weiter und rammte seinen Riemen in meinen rasierten Schlitz, die Augen vor Lust verschleiert. Kit war mit seinen Stößen behutsamer, doch da er mir die Hand auf den Hinterkopf gelegt hatte, konnte ich den Kopf nicht bewegen, weshalb sein Schwanz tief in meinen Mund drang und an den Rachen stieß. Als Eddie stöhnend in mich hineinspritzte, wurde ich von einer weiteren Explosion der Lust geschüttelt. Im nächsten Moment kam auch Kit und füllte mir den Mund mit seinem heißen Saft, und ich saugte an seinem zuckenden Schwanz, während mir die glitschige Flüssigkeit über die Lippen und das Gesicht rann.

Die beiden Männer traten keuchend zurück, und ich betrachtete mich im Spiegel: meine gespreizten Beine und die rosige, unbehaarte Möse, die buchstäblich von Eddies und meinen Säften triefte. Meine Kleidung war zerknittert, mein gerötetes Gesicht glänzte von Kits Sperma. Ich war von Lustsäften durchtränkt, ihr metallischer Geschmack füllte meinen Mund, mein ganzer Körper roch danach, als hätten sich die imaginären Zuschauer an Kits und Eddies Orgasmen beteiligt und mich mit ihrem Saft bespritzt.

Mit einem frustrierten Stöhnen legte ich die Stirn aufs Lenkrad. Nach anderthalb Stunden war es uns immer noch nicht gelungen, London hinter uns zu lassen. «So viel dazu, bis nach dem Stoßverkehr zu warten», seufzte ich, und Kit zuckte philosophisch die Achseln.

«Freitagabend», meinte er, «ist es immer das Gleiche. Wenn du auf mich gehört hättest und wir hätten das Motorrad genommen – autsch!»

Ich hatte ihn kräftig geboxt. Er wusste genau, dass ich diejenige gewesen war, die mit dem Motorrad fahren wollte und vorausgesehen hatte, dass das letzte schöne Wochenende vor dem Herbstregen im Stau beginnen würde, während er darauf bestanden hatte, den Wagen zu nehmen. Dadurch dass er einmal nicht in der Ledermontur aufkreuzte, wollte er bei seiner Familie Eindruck schinden. Das hatte unseren ersten Streit ausgelöst. «Ach so, dann geht es also in Ordnung, wenn ich zum schwarzen Schaf meiner Familie werde, solange wir nur bei deiner Familie einen guten Eindruck machen, ja?», hatte ich geschrien. Um Gegenargumente verlegen, erklärte er, Sarah sei eine entfernte Cousine, während der Vater dieser Braut sein leiblicher älterer Bruder sei. Wir hechelten alle möglichen Kleinigkeiten durch, bevor wir uns beide entschuldigten und mit dem herausrückten, was uns eigentlich auf dem Herzen lag, uns abermals entschuldigten und über uns lachten. Anschließend gingen wir ins Bett und liebten uns mit neu entfachter Leidenschaft.

Und jetzt steckten wir auf einer der nördlichen Ausfallstraßen in einer endlosen Autoschlange fest und krochen im Schneckentempo voran, jede Kreuzung ein kleiner Sieg. In der Dunkelheit wirkten die Scheinwerfer und Hecklichter nahezu weihnachtlich, als habe jemand entlang der Straße bunte Lichterketten aufgehängt. Wir hatten gehofft, aufgrund des späten Aufbruchs unser Hotel in etwa einer Stunde zu erreichen und uns früh schlafen legen zu können, denn wir wollten ausgeruht zur Hochzeit seiner Nichte erscheinen. Bei diesem Tempo aber würden wir erst lange nach dem Schließen der Bar dort eintreffen und erschöpft und angespannt zu Bett gehen. Ebenso gut hätten wir heute noch in London bleiben und morgen früh aufbrechen können, dachte ich, als vor uns eine weitere Ampel von Rot auf Grün und dann wieder auf Rot umsprang, ohne dass wir uns auch nur einen Zentimeter von der Stelle gerührt hatten.

Kit bemühte sich nach Kräften, mich zu unterhalten, erzählte Witze, die er auf der Arbeit aufgeschnappt hatte, und erfand lustige Liedchen über die Fahrer, die uns ärgerten. «Ich fahr ’nen alten silbernen Bluebird», trällerte er, «deshalb bin ich so langsam, denn Rot heißt Stop und Grün heißt ... oh, ist die Ampel umgesprungen? Ich hab nicht hingesehen. In welchem Gang bin ich denn gerade ...?» Er brachte mich zum Lachen, doch nach einem harten Arbeitstag, dem überstürzten Kofferpacken, einem eiligen Abendessen und fast zwei Stunden nervigen Stop-and-go-Verkehrs brauchte ich dringend eine Pause.

«Ich hab einen Vorschlag», meinte ich. «Wenn wir die M25 erreichen, halte ich mal, und wir legen eine Teepause ein.»

Der Parkplatz am Rasthof war in Anbetracht der Tatsache, dass es schon auf elf zuging, erstaunlich voll, und im Inneren drängten sich übermüdete Familien, unterwegs ins Wochenende. Ich kannte das Rasthaus von South Mimms aus meiner Kindheit. Damals hatte ich mich immer gefragt, wer die Mimms wohl seien, und hatte sie mir als kleine Wesen vorgestellt, die auf den begrünten Seitenstreifen lebten. Seitdem war das Rasthaus renoviert worden und mit der neuen Glasfassade und dem funkelnden Stahl kaum mehr wiederzuerkennen. Normalerweise hätte ich jetzt zu einer Tirade über pseudomodernistische Architektur angesetzt, doch dazu war ich zu müde. Stattdessen zahlte ich mich für einen Becher Tee und zwei zellophanverpackte Kekse dumm und dämlich und starrte durchs Fenster zu den Autos hinaus, die auf dem Parkplatz aufgereiht waren.

«Wenn du magst, fahr ich ein Stück», meinte Kit, und ich bedankte mich mit einem Lächeln.

Während ich die Menschen auf dem dunklen Parkplatz beobachtete, dachte ich voller Zuneigung an Geoff. «Das ist ja wie im Kino», murmelte ich vor mich hin.

«Guck mal.» Kit zeigte nach draußen. «Da gibt's gleich Streit.»

Ein Mann und eine Frau standen neben einem weißen Kleinwagen. Der Mann wühlte in den Taschen, während die Frau mit den Fingern ungeduldig aufs Dach trommelte. Wir meinten beinahe, sie hören zu können: «Ich weiß, sie sind da …» – «Natürlich sind sie irgendwo, schließlich hast du den Wagen abgeschlossen, nicht wahr?» So mochten sie sich gegenseitig anfauchen. Der Mann wirkte richtig niedergeschlagen, während die Frau immer ärgerlicher wurde.

«Wetten, sie tauchen in ihrer Handtasche auf?», sagte Kit.

«Aber erst, wenn sie ihm gesagt hat, was sie noch nie

an ihm ausstehen konnte», erwiderte ich. Nachdem wir tags zuvor unseren ersten Streit gehabt hatten, fiel es uns leicht, auf die beiden hinabzusehen.

Während wir zuschauten, wie all die verschiedenen Menschen aus ihren Wagen stiegen, vergaßen wir unsere Erschöpfung. Einige waren offenbar Wochenendausflügler wie wir, und es fuhren sogar mehrere schwer bepackte Motorräder vor. Es waren auch noch ein paar LKWs unterwegs, deren Fahrer gerade eine Pause machten, sowie Wochenendpendler, die zu den Midlands heimfuhren. Es war schon so spät, dass wir die ersten Ausflügler sahen, die auf dem Heimweg eine Rast einlegten, um etwas einzukaufen, auf die Toilette zu gehen oder zu Hause anzurufen und ihre Verspätung mit dem dichten Verkehr zu entschuldigen. Mehrere junge Männer kletterten aus einem Kleinbus und vollführten allerlei Kapriolen, während der Fahrer den Wagen abschloss.

«Junggesellenabschied», bemerkte Kit, als die ausgelassene Gruppe sich der Raststätte näherte.

«Welcher mag wohl der Bräutigam sein?», sagte ich und versuchte die Zielscheibe der Frotzeleien auszumachen.

«Der da.» Kit zeigte auf den Wagen, der neben dem Kleinbus gehalten hatte. Gestützt von ein paar Freunden, taumelte ein junger Mann im Dienstmädchenkostüm heraus. Ja, das war der Bräutigam. Amüsiert beobachteten wir, wie er durch den Eingang zum Herrenklo geleitet wurde. Das streitende Paar hatte endlich die Schlüssel gefunden – und zwar in der Handtasche der Frau, wie wir vermutet hatten – und fuhr los. Wir tranken den Tee aus und standen auf.

Auf dem Weg nach draußen kamen wir durchs Foyer und gingen mitten durch die Junggesellenmeute hindurch. Ich wechselte ein paar scherzhafte Bemerkungen mit ihnen; sie waren noch sehr jung, dem Teenageralter kaum entwachsen, und fühlten sich stark in der Gruppe. «Hey», rief einer mir nach, «ist dein rotes Haar echt?»

«Willste mal nachsehen?», gab ich über die Schulter zurück. Ehe der Bräutigam mit der prachtvollen Spitzenschürze auftauchte, waren wir im Shop verschwunden, und während Kit eine Zeitung kaufte, beobachtete ich, wie die Burschen aufgekratzt wieder auf den Parkplatz strömten.

Auf dem Weg zum Wagen kamen wir unmittelbar an den Fahrzeugen der Junggesellenparty vorbei. Offenbar gab es Meinungsverschiedenheiten darüber, wie es jetzt weitergehen sollte, und es wurde mit dem Finger auf den Bräutigam gezeigt, der ganz grün im Gesicht über der Kühlerhaube des Wagens hing. Zur Enttäuschung der Jüngeren wurde er jedoch im Wagen verstaut und weggefahren, während die anderen in den Kleinbus einstiegen. Ich ging ein Stück vor Kit und spürte, dass sich ihre Aufmerksamkeit auf mich verlagerte, deshalb schwenkte ich herausfordernd die Hüften und schlenderte geradewegs auf sie zu, damit sie mir ausweichen mussten. «Na, wie sieht's aus, Schätzchen?», sagte der Bursche, der mir zuvor nachgerufen hatte. «Willst du uns zeigen, ob dein Haarschopf und dein Busch die gleiche Farbe haben?»

Ich hätte mit einer beißenden Bemerkung antworten und weitergehen können, entschied mich aber, sie Farbe bekennen zu lassen, und blieb mitten in der Gruppe stehen. Die Gewissheit, dass es diesen Halbwüchsigen die Sprache verschlagen würde, wenn sie sähen, dass ich gar kein Schamhaar hatte, das man mit meinem Haarschopf hätte vergleichen können, machte mich kühn. «Wie?», wandte ich mich an den Wortführer, einen kleinen blonden Mann im Polohemd. «Hast du etwa noch keinen Busch gesehen?» Wie von mir erhofft brachen die anderen in schadenfrohes

Gelächter aus. Kit schloss zu mir auf, und als sie ihn sahen, wichen die Jungs zurück, und wir gingen weiter.

Kit legte mir den Arm um die Taille. «Es macht dir Spaß, die Burschen zu necken, stimmt's?», flüsterte er. «Arme Kerle, jetzt, wo du's ihnen gezeigt hast, müssen sie so steif wie Schürhaken nach Hause dackeln.» Er zog mich an sich, küsste mich leidenschaftlich und schob eine Hand in meine Jeans. Ich trug keinen Slip, und seine kalte Hand ließ meine unbehaarte Ritze erschauern. Da ich wusste, wie sehr es ihn erregt hatte, dass ich die Junggesellenmeute angemacht hatte, fand ich die Vorstellung umso verlockender.

«Du hast Recht», wisperte ich zwischen den Küssen, «das ist unfair. Vielleicht sollte ich umkehren und sie alle nacheinander ficken.»

Er drückte meine Möse, die vor Erregung bereits feucht wurde. «Gute Idee», meinte er, drehte mich mit der Hand, die er mir ins Kreuz gelegt hatte, um und marschierte mit mir zurück zum Kleinbus. Jetzt musste ich Farbe bekennen.

Die Junggesellen waren noch immer damit beschäftigt, sich in den Bus zu zwängen, der junge Mr. Blond stritt sich offenbar mit einem seiner Freunde um den Vordersitz. Als sie uns sahen, hielten sie inne und schauten ein wenig besorgt drein: Offenbar fürchteten sie, Kit sei umgekehrt, um meine Ehre mit den Fäusten zu verteidigen. «'n Abend, Leute», sagte er freundlich, und ein Chor von Stimmen antwortete ihm. «Ihr feiert Junggesellenabschied?»

«Richtig», antwortete Mr. Blond, seine Stellung geltend machend.

«Irgendwas Schönes unternommen?», fuhr Kit fort. Sie musterten ihn misstrauisch, fanden aber nichts auszusetzen.

«Wir waren bei 'ner Comedy-Vorstellung», meinte einer der anderen.

«Und weiter?», hakte Kit nach.

«Nick hat zu viel getrunken, und jetzt wird er nach Hause gebracht, und das war's dann.»

«Schade», meinte Kit mitfühlend. «Nicht gerade ein rühmlicher Abschluss für einen Junggesellenabschied, oder?»

«Nein», antwortete ein Chor enttäuschter junger Männer.

«Ich mach euch 'nen Vorschlag», sagte Kit und reichte eine Packung Zigaretten herum. «Wenn ihr wollt, könnt ihr meine Freundin ficken.»

Die Burschen wechselten Blicke und fragten sich wohl, ob Kit nach einem Vorwand suchte, einen von ihnen zusammenzuschlagen. Er schob mich mitten in den Kreis hinein, und ich musterte sie herausfordernd.

«Na, was ist?», sagte ich, als sie abwarteten, wie Mr. Blond sich verhalten würde. «Seid ihr etwa nicht Manns genug?»

Statt zu antworten trat er vor, küsste mich auf den Mund und zwickte mich in die Brust. Die Art und Weise, wie er mir die Zunge in den Mund steckte, verriet mir, dass bei ihm echte Erregung mit Angeberei wetteiferte. Ich hatte Herzklopfen: Würde ich mit der Situation wirklich fertig werden? Die Burschen zu necken war eine Sache, Kit aber wollte, dass ich die Sache bis zum Ende durchzog. Mr. Blond ließ mich los und starrte mich an.

«Noch jemand?», fragte Kit, lässig auf der hinteren Eingangstreppe des Kleinbusses sitzend.

Insgesamt waren sie zu sechst, die anderen fünf hielten sich unsicher im Hintergrund. Auf dem Fahrersitz saß ein älterer Mann, wahrscheinlich der Mietfahrer, der uns im Rückspiegel neugierig beobachtete. Kit überließ die Initiative diesmal mir, und ich musterte provozierend mein Publikum, ergötzte mich an seiner Angst.

«Na los», sagte ich herausfordernd. «Erzählt mir nicht, ihr hättet euch noch nie eine Frau geteilt.» Sie zögerten noch immer, blickten einander hilfeheischend an. «Du da.» Ich zeigte auf den Größten, einen schlaksigen Burschen mit kurzem schwarzem Haar. «Komm her.» Unter den Blicken seiner Freunde trat er vor. Ich legte ihm den Arm um die Hüfte und zog ihn an mich heran. Ich spürte, dass er tatsächlich zitterte.

«Hab keine Angst», flüsterte ich ihm leise ins Ohr und legte meinen Mund auf seine Lippen. Er wehrte sich nicht und öffnete den Mund für meine Zunge, blieb aber ansonsten vollkommen passiv. Nur die heiße Schwellung seiner Erektion verriet seine Erregung. Als ich mit der Hand darüber rieb, wimmerte er leise. «Ein hübscher Steifer», sagte ich so laut, dass die ganze Bande mich hören konnte. «Was dagegen, wenn ich ihn raushole?» Er gab keine Antwort, doch ich spürte, wie der Schwanz unter dem rauen Hosenstoff zuckte. Eigentlich hatte ich von seinen Kumpeln Frotzeleien erwartet, doch offenbar hatte es ihnen die Sprache verschlagen. Als ich ihm den Reißverschluss hinunterzog und die Hand in seine Boxershorts steckte, forderte er mich mit funkelndem Blick zum Weitermachen auf. Es war mir sogar gleich, ob Kit mir zuschaute: Heute spielte ich für die Galerie.

Das kollektive Atemholen, als ich Mr. Bigs Schwanz umfasste und in die kühle Nachtluft zog, war beinahe ein Aufstöhnen. Mr. Big hatte die Augen geschlossen und die Stirn in Falten gelegt, als versuchte er sich einzureden, dass er nicht träume. Sein Ständer war prachtvoll, lang und dick, die Vorhaut war zurückgeglitten und enthüllte eine stolz geschwungene Eichel, an deren Spitze sich bereits ein Tropfen Feuchtigkeit zeigte. «Wunderschön», sagte ich. «Möchtest du ihn mir jetzt in die feuchte Möse stecken?» Er erschauerte und musste seine ganze Selbstbeherrschung aufbieten, um nicht auf der Stelle zu kommen und mir seine Milch aufs T-Shirt zu spritzen.

«Mach schon, Andy», versuchte Mr. Blond seine Coolness zu demonstrieren. «Zeig's ihr, Kumpel.»

Den heißen Schwanz noch immer in der Hand, näherte ich mich rückwärts gehend der offenen Hecktür des Busses. Kit erhob sich und machte mir Platz, als ich Andy ins Fahrzeuginnere geleitete. Die anderen drängten bei den offenen Türen hinein und schauten zu, wie ich die Jeans hinunterstreifte und zusammen mit den Schuhen wegkickte. Hinter ihnen sah ich Kits Gesicht in der Dunkelheit; er behielt nicht nur mich, sondern auch den Parkplatz im Auge; nachdem er erklärt hatte, es käme nicht in Frage, seine Familie mit dem Motorrad zu besuchen, wollte er auch nicht durch weit weniger unschickliches Verhalten unangenehm auffallen.

Es war ein alter Bus mit Sitzbänken an den Seiten, und als ich mich auf eine der Bänke legte und die Beine spreizte, wusste ich, dass alle jungen Männer meine rasierte Muschi sehen konnten. «Dann komm, Andy», forderte ich ihn auf, «ich möchte deinen Schwanz in mir spüren.» Wegen des niedrigen Dachs musste er den Kopf einziehen. Er taumelte mir entgegen und kniete sich zwischen meine Beine. Ich umfasste seinen Steifen und führte ihn mir ein. Nass und glatt wie ich war, glitt er mit einem leisen Stöhnen mühelos hinein und füllte mich köstlich aus mit seinem jungen, heißen Riemen. Über seine Schulter hinweg sah ich die Gesichter seiner Freunde, in denen sich ungläubiges Staunen und Erregung mischten. Ich selbst konnte kaum glauben, was hier geschah, dass ich tatsächlich Sex mit einem Wildfremden hatte und mir von fünf weiteren jungen Männern dabei zusehen ließ. Ich hatte mir schon öfter vorgestellt, es vor Publikum zu tun, hatte aber nie geglaubt, dass es einmal Wirklichkeit werden würde. Jetzt, da Kit in mein Leben getreten war, gab es offenbar keine Grenzen mehr für mich. Als ihnen klar wurde, was da vor sich ging, drängten auch die übrigen Burschen in den engen Bus. Einige setzten sich, die anderen blieben gebückt stehen.

Andy mangelte es an Technik, doch seine animalische Geilheit war erregend, und er rammte seinen großen Schwanz so heftig in mich hinein, dass ich mich am schmalen Sitz festhalten musste, um nicht hinunterzurutschen. Eines meiner Beine hing seitlich an der Sitzbank herunter, das andere hatte ich angehoben und Andy über die Schulter gelegt. Die Empfindungen, die mit den unbeherrschten Stößen an meiner nackten Spalte einhergingen, und das Bewusstsein, dass wir seinen Freunden eine Liveshow boten, waren unglaublich erregend. Den Zuschauern bereitete es unübersehbar Genuss, dabei zuzusehen, wie Andys Schwanz sich in meiner unbehaarten Möse rein- und rausbewegte, und mehrere der Voyeure holten ihrerseits den Schwanz hervor und wichsten sich beim Zusehen. Ich spürte, dass ich dicht vor dem Orgasmus stand, doch ehe ich ihn erreichte, schrie Andy auf und kam in mir, am ganzen Leib bebend. Als sein Zittern verebbte, zog er sich aus mir zurück, richtete sich auf und blickte verwundert auf mich nieder, als könne er nicht glauben, was er soeben getan hatte.

Ich lag triefnass und brennend vor Erregung da und wünschte mir nichts sehnlicher, als dass ein anderer Schwanz vollendete, was Andy begonnen hatte. «Du bist dran», wandte ich mich an einen der masturbierenden Jugendlichen. Er sah nur rasch seine Kumpel an, dann warf er sich auch schon auf mich und fickte mich leidenschaftlich. Er war schwerer als Andy und rammelte mich so heftig, dass ich mit dem Kopf gegen die Rückwand des Busses bumste, doch ich störte mich nicht daran. Vor mir standen die Männer Schlange, um mich zu ficken, und das Gefühl, begehrt und gleichzeitig gedemütigt zu werden, machte mich unheimlich scharf.

Ich zog ihn fest an mich, sodass sein Schwanz sich am Kitzler rieb, und gleich nachdem er in mich eingedrungen war, kam ich laut stöhnend, sodass er beim Rammeln ächzte: «Ja, das gefällt dir, was?» Er war selbstbewusster als Andy und knetete mir durchs dünne T-Shirt hindurch die Brüste. Ich drehte den Kopf zur Seite und sah, wie sie mit ihren Ständern spielten, ausgenommen Andy, der am beschlagenen Fenster lehnte, die Hände in den Taschen. Ich wusste, seine Coolness war reine Pose und das Schauspiel machte ihn ebenso scharf wie mich, doch seine gespielte Teilnahmslosigkeit verstärkte das Gefühl, eine Schlampe zu sein.

Nummer zwei kam mit dem Aufschrei: «Das ist für dich, du Nutte», dann nahm sogleich Nummer drei seine Stelle ein. Inzwischen hatten sich die Burschen für das Spiel erwärmt und wetteiferten darum, wer die beste Show lieferte. Nummer drei legte sich meine Beine über die Schultern, zog meine Schenkel an seine Brust und trieb seinen Schwanz tiefer in mich hinein als die beiden anderen, während er sich mit der Hand an der Wand abstützte. Offenbar hielt er sich bewusst zurück und zögerte den Höhepunkt hinaus, um dadurch, dass er erst mich zum Kommen brachte, seine Männlichkeit unter Beweis zu stellen. «Komm schon, Schlampe», drängte er mich, während er meinen noch weichen Kitzler massierte. «Komm für mich, mach schon, tu's für mich.»

Die anderen waren mutiger geworden, und Mr. Blond rief ihm zu: «Was ist denn, schaffst du's nicht, sie zum Kommen zu bringen?»

«Das schaff ich schon», erwiderte er zwischen zusammengebissenen Zähnen hindurch. Er sah mir direkt in die Augen, dann verspürte ich auf einmal einen durchdringenden Schmerz. Er hatte mir fest auf den Arsch geschlagen. Der Schock ließ meine Möse kontrahieren und löste den Orgasmus aus, und dann kam auch er, so fest in mich hineinstoßend, dass es beinahe wehtat.

Nummer vier zog mich von der Bank hinunter auf den Boden und drang in mich ein, noch ehe der letzte Orgasmus vollständig abgeebbt war. Er spreizte mir weit die Beine und befingerte mich, während er rein- und rausglitt. Sämtliche jungen Männer schauten mich an und weideten sich am Anblick meiner rosigen, entblößten Möse wie an einem Pin-up-Bild. Nummer vier kniete zwischen meinen Beinen, hielt sich aber zurück und variierte Tempo und Tiefe seiner Stöße.

Ich fuhr jetzt Achterbahn, der neue Orgasmus setzte ein, ehe der letzte vollständig abgeklungen war, und die Gesichter der Zuschauer steigerten meine Erregung noch mehr. Ich war bereit, Schwanz um Schwanz in mich eindringen zu lassen und auf den Wellen eines endlosen Orgasmus zu schweben, ohne noch die geringste Kontrolle über die Reaktionen meines Körpers zu haben. Kit beobachtete mich unverwandt und weidete sich daran, dass ich mich den Unbekannten hingab.

Nummer vier blieb länger in mir als die anderen, doch schließlich entlud auch er seinen Saft und machte Nummer fünf Platz. Dieser Bursche wirkte so jung, dass es mich wunderte, dass er zu der Gruppe gehörte, doch seine Technik strafte seine jugendliche Erscheinung Lügen. Trotz seines blonden Haars und seines engelhaften Gesichts war er alles andere als ein Engel, denn es wirkte ausgesprochen erfahren, wie er mich vor dem Eindringen auf die Seite drehte, sich eins meiner Beine über die Schulter legte und das andere auf den Metallboden hinunterdrückte. Als er seinen langen Schwanz tief in mich hineinrammte, spürte ich, wie mir die Beine immer weiter gespreizt wurden, während sein heiterer Gesichtsausdruck unverändert blieb. Er fickte mich, bis ich meinte, gespalten zu werden, massierte nachlässig meinen glatten Schamhügel und den Kitzler, die mittlerweile ganz glitschig waren vom Saft seiner vier Vorgänger, und sah mir ins Gesicht. Ich war noch immer ganz hilflos vor Lust und stöhnte, die Wange an den kalten, schmutzigen Boden des Busses gedrückt. Die engelhafte Schändung schien gar kein Ende zu nehmen. Selbst als er endlich kam, sich mit ein paar kräftigen Stößen in mich ergoss und sich anschließend aufrichtete, dauerte es eine Weile, bis ich mich wieder in die Gewalt bekam.

Nass und zitternd lag ich da und sah zu Mr. Blond auf, dem einzigen der sechs Burschen, der mich noch nicht gefickt hatte. Er ließ sich Zeit, vielleicht weil er es genoss, ganz am Ende der Liste zu stehen. «Soso», sagte er, «du wolltest also nicht, dass ich rauskriege, ob du ein natürlicher Rotschopf bist, hm?» Er ließ sich auf ein Knie nieder und steckte mir zwei Finger in die triefnasse Möse, rieb mit dem Daumen über den nackten Kitzler. Unwillkürlich erschauerte ich. Er hob den Kopf und musterte seine Kumpel, dann sah er wieder mich an. Kit, der geduldig draußen wartete, während die Jungs mit meinem am Boden liegenden Körper ihre Machtspielchen austrugen, war vergessen.

«Die Sache ist nämlich die», sagte Mr. Blond, sich wieder aufrichtend, «ich weiß nicht, ob ich meinen Schwanz dort reinstecken möchte, wo ihr Dreckschweine schon wart.» Ich spürte die Spannung zwischen den Halbwüchsigen: Wollte ihr Anführer etwa kneifen? Er schaute wieder mich an, bückte sich, packte mich beim Haar und zog mich in eine sitzende Haltung hoch. «Nein», sagte er zu seinen Kumpeln, «ich glaub, ein Blow-Job ist mir lieber.»

Folgsam neigte ich mich ihm mit offenem Mund entgegen, und Mr. Blond steckte mir seinen Schwanz hinein. Ich saß passiv da, während er in mich hineinstieß, und saugte nur leicht an seinem glatten, warmen Schaft, der zwischen meinen Lippen raus- und reinglitt. Im Bewusstsein, dass sie gebannt zuschauten, wie er meinen Mund penetrierte, demonstrierte er seinen Freunden, wie vollständig ich mich unterworfen hatte. Ich wünschte, Kit hätte alles mit ansehen können, nahm aber an, dass er sich ausmalte, was er nicht sehen konnte. Obwohl ich von den vorausgegangenen Ficks durch und durch befriedigt war, hielt die verrückte Situation eine perverse Art von Erregung wach. Wenn Mr. Blond der Leithund war, dann wollte ich, dass er das dadurch unter Beweis stellte, dass er mir den Mund mit seinem Saft füllte und den Rest der Bande an eigensüchtiger Lust übertraf. Kit schaute mit undurchdringlicher Miene durch die offene Tür zu. Mit den vor der Brust verschränkten Armen wirkte er so gelassen, als warte er auf den Bus und nicht darauf, dass ein Wildfremder im Mund seiner Freundin kam. Ohne auch nur einen Moment mit den Stößen innezuhalten, blickte Mr. Blond sich nach Kit um, dann kniff er die Augen zusammen und flüsterte mir zu: «Das macht deinen Freund also an, wie? Dabei zuzusehen, dass du dich aufführst wie eine Hure?»

Das Wort löste eine Explosion in mir aus. Auf einmal

kam ich mir vor wie eine Prostituierte, die bei einem Junggesellenabschied durchgevögelt wurde, und ich verspürte einen Stich schuldbewusster Lust, der meine Möse durchbohrte. Ich fasste mir an den Kitzler, um mir Erleichterung zu verschaffen, Mr. Blond aber schob meine Hand mit der Schuhspitze beiseite. «Nein», sagte er, «du bist nicht hier, um Spaß zu haben. Wenn du deine Hände beschäftigen willst, kannst du mich wichsen.» Ich tat wie geheißen, legte die eine Hand um die Schwanzwurzel und drückte sie im Rhythmus der Stöße, während ich ihm mit der anderen die Eier streichelte. Als seine Bewegungen schneller wurden, nahm auch meine Erregung zu, und ich wünschte, jemand würde mich ebenso bedienen, wie ich ihn bediente. Mr. Blonds Rhythmus wurde drängender, und sein Schwanz glitt mit jedem Stoß tiefer in meinen Mund, bis er tief in meinen Schlund spritzte und mir seinen Busch ins Gesicht presste, während er mir gleichzeitig den Kopf festhielt.

Mit dem Handrücken wischte ich mir den Saft vom Kinn und blickte die sechs jungen Männer an. Jetzt, da ihr Verlangen befriedigt und sie das Ganze wieder nüchterner sahen, wussten sie anscheinend nicht, was sie tun sollten. Je länger ich hier bliebe, desto stärker würde ihr Gefühl, dass sie die Grenze des Erlaubten überschritten hätten, und dann würden sie mir die Schuld geben. Das sagte mir mein Instinkt. Aber da warf Kit mir auch schon die Jeans zu. Ich erhob mich schwankend und zog sie an. Die Burschen machten mir Platz, teils ängstlich, teils bestürzt, als hätte ich ihnen eine abstoßende Seite ihrer Persönlichkeit gezeigt. Noch ehe wir unseren Wagen erreicht hatten, hörten wir, wie der Kleinbus in die Nacht davonraste.

Ich war ganz benommen vor Erregung und hatte das Gefühl, alles sei irgendwie unwirklich. Hatte ich tatsächlich mit sämtlichen Teilnehmern eines Junggesellenabschieds Sex gehabt? Kit hatte mir die Hand fest auf den Arm gelegt und geleitete mich über den fast leeren Parkplatz. Egal, was geschehen war, ich wusste, er war bei mir gewesen. Als wir den Wagen erreichten, drängte er mich, anstatt aufzuschließen, gegen die Motorhaube und küsste mich leidenschaftlich. Ich erwiderte den Kuss mit gleichem Verlangen und machte mich an seinem Gürtel zu schaffen, um die Begierde zu befriedigen, die unser Spiel wachgerufen hatte. Grob drückte er mein Gesicht aufs kalte Metall nieder und streifte mir die Jeans zu den Knien herunter, sodass meine Möse entblößt war. Er rammte mir seinen Schaft in die verlangende Spalte und stieß so heftig in mich hinein, dass mein nackter Kitzler immer wieder gegen den schaukelnden Wagen knallte. Keiner von uns beiden sagte ein Wort, denn unser Begehren war so stark, dass für nichts anderes mehr Raum blieb. In Sekundenschnelle kamen wir beide, und ich schrie auf, überwältigt von der Heftigkeit des plötzlich einsetzenden Orgasmus, während Kits Schwanz in mir so heftig zuckte wie noch nie. Anschließend standen wir eine Weile im Dunkeln, hielten uns umarmt und küssten uns, teilten etwas miteinander, das sich Worten entzog. Irgendwann sagte ich: «Wir sollten allmählich los. Wir haben noch Stunden zu fahren.»

Während Kit über die leere Autobahn bretterte, betrachtete ich den Nachthimmel. Es kam mir seltsam vor, dass Kit, der Mann, der mich mit jedermann teilen wollte, so viel Gewalt über mich hatte und ich über ihn. War das richtig? War es die Furchtlosigkeit, die uns so fest aneinander kettete? Und wenn es richtig war, wie weit würden wir gehen, bis wir an unsere Grenzen stießen, und welchen Preis würden wir dafür bezahlen?

Zum Glück gehörte das Hotel zu einer dieser unpersönlichen, auf Geschäftsleute ausgerichteten Ketten, sodass man zu jeder Tages- und Nachtzeit einchecken konnte. Sobald wir in unserem Zimmer waren, zog ich mich aus und sagte: «Ich geh mal eben unter die Dusche.» Kit verstellte mir den Weg ins Bad.

«Nein», sagte er, «ich will dich so, wie du bist, mit dem Geruch all der Männer und deren Säften.»

Ich musterte ihn unsicher. Ich kam mir verletzbar vor; während er noch immer vollständig bekleidet war, stand ich nackt vor ihm, noch ganz klebrig vom getrockneten Sperma und meinen eigenen Säften. Kit fuhr mir mit der Hand über den Mund, der noch immer nach Mr. Blond schmeckte. Als ich ihm in die Augen sah, erwachte mein Verlangen neu.

«Es war richtig schmutzig von dir, dass du Sex mit all den Männern hattest, nicht wahr?» Ich nickte fügsam. «Ich glaube, du hast eine Bestrafung verdient, meinst du nicht auch?» Ich nickte wieder; diesmal pflichtete ich ihm aus ganzem Herzen bei.

Kit blickte sich im Zimmer um: Vor dem Einbauschreibtisch stand ein Sessel mit gerader Lehne, fast schon ein Esszimmerstuhl. «Bring ihn mir», sagte er und zeigte auf den Stuhl. Ich gehorchte. «Und jetzt hol die Bademäntel aus dem Bad», befahl er. Als ich sie ihm reichte, zog er die Gürtel aus den Schlaufen und legte die Bademäntel beiseite. «Beug dich über die Sessellehne», sagte er. Ich wehrte mich nicht, als er mir die Füße an den Hinterbeinen des Sessels und die Handgelenke an den Vorderbeinen festband. Er hatte darauf geachtet, dass ich seitlich vor dem großen Wandspiegel stand, deshalb konnte ich sehen, welch unterwürfige Haltung ich einnahm, den Po herausgestreckt und den Kopf gesenkt, an Händen und Füßen gefesselt. «So gehört es sich für ein unartiges Mädchen», sagte er mit einem drohenden Unterton. «Nicht wahr?»

«Ja», antwortete ich; vor banger Erwartung zitterte mir die Stimme.

Ich sehnte mich nach Kits Berührung, nach dem elektrischen Kribbeln köstlicher Erniedrigung, doch stattdessen ging er um mich herum und betrachtete mich wie ein Tier, das er zu kaufen gedachte. Im Spiegel konnte ich beobachten, wie er mich mit den Händen in den Taschen umkreiste. Es hätte mich nicht gewundert, wenn er mich allein gelassen hätte und in die Bar gegangen wäre, um mich auf die Folter zu spannen. Dort hätte er sich auf eins der niedrigen Sofas gesetzt, ein Glas Wein getrunken und im Bewusstsein, dass ich bewegungsunfähig auf seine Bestrafung wartete, in einer Zeitung geblättert.

Er beugte sich über meine Schulter, sodass ich seinen gleichmäßigen Atem hörte, und streichelte mir leicht über die Arschrundung, bis ich unwillkürlich erschauerte, dann schlug er unvermittelt fest zu. Es brannte, sämtliche Nervenenden vibrierten vom Schock, doch Kit fuhr sogleich mit dem sanften Streicheln fort, sodass die Hitze sich wieder verflüchtigte. Im Spiegel sah ich den roten Handabdruck auf meinem Po. «Magst du das?», fragte er.

«Ja», flüsterte ich. Der Schlag hatte meine Haut unter Spannung gesetzt und jeden einzelnen Quadratzentimeter so empfindsam gemacht, dass selbst die leichteste Berührung kleine Flammen der Erregung auslöste.

Kit fuhr fort, mich zu streicheln, und ließ seine Hand über meine Arschbacken wandern, bis zum Kreuz und dann die Pofalte hinunter bis zum Ansatz der Schenkel. Die zarte Berührung hatte mich nahezu hypnotisiert, da stockte mir von einem weiteren Schlag auf einmal der Atem. Kit streichelte und schlug mich abwechselnd, wartete jedes Mal, bis ich mich entspannt hatte, dann überraschte er mich mit einem weiteren Hieb, um mir zu zeigen, dass ich ihm auf Gedeih und Verderb ausgeliefert war. Mit jedem Hieb breitete sich das Prickeln weiter aus, bis ich überall sensibilisiert und erregt war und darauf wartete, dass er in meine wehrlose Möse eindrang, die ihm aufgrund meiner gebeugten Haltung mühelos zugänglich war.

Kit entkleidete sich, faltete sorgfältig seine Sachen zusammen und hängte sie in den Schrank, ließ sich Zeit. Als er nackt war, sah ich, dass er eine starke Erektion hatte, dennoch machte er noch immer keine Anstalten, in mich einzudringen. Während ich zitternd vor Erwartung dastand, legte er sich aufs Bett und stellte den Fernseher in der Ecke an. «Mal sehen, was es im Pay-TV gibt», meinte er und zappte durch die Kanäle, bis er einen Pornofilm gefunden hatte. Eine mit Lipgloss geschminkte Blondine lag an einem Swimmingpool, während zwei Männer ihre riesigen Brüste streichelten und daran saugten. Kit massierte sich beim Zusehen geistesabwesend den Schwanz. «Schau mal, Schatz, da ist noch eine dreckige Schlampe, der ein Mann allein nicht reicht», meinte er.

Er spannte mich auf die Folter und verfolgte das Geschehen auf dem Bildschirm, ohne mich zu beachten, fuhr mit der Hand an seinem Ständer auf und ab, während ich keine Möglichkeit hatte, mir Erleichterung zu verschaffen. Während ich zusah, wie die Frau sich den beiden Männern hingab, sehnten sich meine Brüste nach Kits Berührung. Als er endlich aufstand, fasste ich neue Hoffnung, doch er ging an mir vorbei ins Bad und sagte nur: «Ich brauche ein Gleitmittel.» Wollte er mich die ganze Nacht lang hier stehen lassen, während er sich selbst Lust bereitete? War das die Bestrafung, die er mir zugedacht hatte?

Er legte sich jedoch nicht wieder aufs Bett, sondern

stellte sich neben mich, rieb sich den Schwanz mit Lotion ein, so dicht an meinem Kopf, dass ich ihren sauberen, frischen Geruch wahrnahm, der sich mit dem männlichen Schweißgeruch und dem Duft des Aftershaves mischte. «Riecht gut, findest du nicht auch?», sagte er spöttisch und massierte sich den schlüpfrigen Schaft, wobei schmatzende Geräusche entstanden. «Ganz was anderes als der Gestank nach all den Männern, der an dir haftet.» Er ging um mich herum und beschnupperte mich. «Mal sehen ... Die Möse – eindeutig verklebt von Sperma ... Der Mund ...» Er neigte den Kopf, leckte mir vereinnahmend über die Lippen und steckte mir die Zunge in den Mund. «Mhm, schmeckt nach Sperma ...» Er stand jetzt vor mir, der glitschige Ständer nur Zentimeter von meinem Mund entfernt, aber gleichzeitig unerreichbar fern. «Na, na, na», machte er und schüttelte gespielt vorwurfsvoll den Kopf, «gibt es denn keine saubere Stelle, wo man seinen Schwanz unterbringen kann?»

Er betrachtete mich. Wir wussten beide, was er meinte, doch er ließ das Ungesagte noch eine Weile im Raum hängen, dann schaltete er den Fernseher aus und schritt erneut gemächlich im Halbkreis um mich herum. Er nahm die Flasche mit dem Gleitmittel und spritzte sich eine ordentliche Portion auf die flache Hand. Dann schmierte er es um meine kleine Öffnung und steckte den schlüpfrigen Finger hinein. Als er die verborgenen empfindlichen Stellen berührte, stöhnte ich vor Lust, und der straffe Muskelring entspannte sich, während er den Finger in meinem Inneren bewegte. Kit steckte noch einen zweiten und dritten Finger hinein, füllte mich aus und dehnte mich, wie ich es noch nie erlebt hatte.

Ich sah ihn im Spiegel. Er beobachtete gebannt, wie seine dick mit Lotion beschmierte Hand in meinem Arschloch verschwand. Mit der anderen Hand schmierte er sich weiteres Gleitmittel auf den Steifen. Da ich an den Sessel gefesselt war, konnte ich mich nicht bewegen und sein Eindringen weder verhindern noch beschleunigen. Kit zog die Finger wieder heraus und spreizte mir die Pobacken, kreiste mit dem Daumen ums runzlige Arschloch. Ich war gespannt, wie sein Schwanz sich darin anfühlen würde, doch in mein Verlangen mischte sich auch ein Anflug von Angst, er könne mir wehtun.

Über die Sessellehne gebeugt spürte ich, wie die Eichel gegen die Rosette drückte, die sich unwillkürlich abwehrend zusammenzog. Kit hielt sich an der Rückenlehne fest und zog daran, um einen steten Druck aufrechtzuerhalten, während er die eingeschmierte Eichel durch den festen Muskelring schob. Ich sah ihm dabei zu. Die Sehnen, die an seinen Armen hervortraten, verrieten, wie sehr er sich anstrengte, seinen Schwanz in mich hineinzuschieben, dessen Länge eine sichtbare Herausforderung war: Würde es ihm wirklich gelingen, ihn vollständig in mir zu versenken? Zentimeter um Zentimeter bohrte sich der dicke Schaft in mich hinein, begleitet von dem außergewöhnlich befriedigenden Gefühl, geöffnet und vollständig penetriert zu werden. Allerdings war es auch entwürdigend. Es kam mir so vor, als sei mein Körper Kit völlig ausgeliefert.

Ein weiterer Hieb brachte meine Flanke zum Zucken. Meine Möse erschauerte, und mein Arschloch zog sich jäh um Kits dicken Schwanz zusammen. Im nächsten Moment lockerte es sich wieder, und Kit nutzte die Gelegenheit, um mir seinen Steifen ganz hineinzuschieben. Jetzt steckte er bis zum Anschlag in mir drin, und die unwillkürliche Kontraktion des Schließmuskels diente nur dazu, ihn fester zu packen und mich seiner Anwesenheit in meiner intimsten Körperhöhlung zu vergewissern.

Langsam und behutsam bewegte Kit seinen Schwanz rein und raus, sich mit einer Hand am Sessel festhaltend, mit der anderen meine Möse liebkosend. Mein Kitzler pulsierte verlangend unter der Berührung seiner vom Gleitmittel schlüpfrigen Hand, während tief in meinem Inneren ein Pochen im Rhythmus von Kits Stößen Antwort gab. Ich hatte das Gefühl, er habe seine Hand unmittelbar ins Lustzentrum meines Körpers gelegt. Ich schluchzte vor Erregung, während er mich in den Arsch fickte, und bemühte mich vergeblich, seine Stöße zu erwidern, als er seine Hand freimütig auf meiner unbehaarten Muschi umherbewegte, sie intensiv abtastete und mir mehrere Finger in die Möse steckte. Kits Erregung nahm zu, die Bewegungen seines Schwanzes, der durch den festen Muskelring des Arschlochs rein- und rausglitt, wurden leidenschaftlicher.

Als Kit seine Zurückhaltung aufgab, durchzuckte mich hin und wieder ein scharfer Schmerz, doch ich war zu erregt, um mich daran zu stören. Von mir im Spiegel beobachtet, nahm mich Kit derber als je zuvor, und ich kam so heftig, dass ich anschließend ermattet über der Lehne hing. Bislang hatte ich noch keinen Orgasmus von so tief drinnen gehabt, und bei jeder einzelnen Welle des Höhepunkts zogen sich die Muskeln um den Schaft zusammen und trieben auch ihn dem Höhepunkt entgegen. Grunzend wie ein Tier rammte er seinen Schwanz mehrmals kräftig in mich hinein, dann spürte ich, wie er sich tief in mein Inneres ergoss.

Als Kit aus mir hinausglitt, fühlte ich mich eigentümlich leer und auch ein wenig wund. Zitternd stützte ich die Hände auf die Sitzfläche des Sessels und rang nach Atem, während Kit mich losband.

In der Dusche lehnte ich mich an ihn, während er mich wusch, mich am ganzen Körper einseifte und den Schaum abduschte. Als ich mich abgetrocknet hatte, hob er mich hoch und trug mich zum Bett, legte mich behutsam darauf ab und schloss mich unter dem weichen Federbett in die Arme, sodass ich beim Einschlafen in einen warmen Kokon liebevoller Zuneigung gehüllt war.

Die dritte Hochzeit

Als der Zimmerservice uns mit dem Frühstück weckte, hatte ich den Eindruck, nur Minuten geschlafen zu haben. Mühsam stand ich auf und nahm das Tablett entgegen, während Kit bäuchlings auf dem Bett liegen blieb. Ich drückte das Sieb in die kleine Kaffeekanne, und anregender Kaffeeduft stieg mir in die Nase, doch Kit rührte sich noch immer nicht. «Na los», drängte ich ihn und schüttelte ihn fest, «es nützt uns nichts, wenn wir uns fein machen und dennoch zu spät kommen.» Ächzend zog er sich das Federbett über den Kopf.

So sehr ich ihn triezte, waren doch schon die meisten Gäste im Standesamt versammelt, als wir uns den Wartenden anschlossen. Kit winkte seinem Bruder zu, der zusammen mit der Braut ganz vorn stand, als wollte er sagen: «Sieh mal – rechtzeitig erschienen, und noch dazu im Anzug!» Ich streckte die Hand aus und nahm vom Platzanweiser einen Laufzettel in Empfang. Es war Mr. Blond.

Unsere Blicke trafen sich für einen Moment, dann sahen wir beide weg und taten so, als wären wir uns noch nie begegnet. Kit hatte nichts davon mitbekommen und geleitete mich aufgekratzt über den Mittelgang zu unserem Platz bei seiner Familie. Eleanor, seine Nichte, war ein kleines, dunkelhaariges Mädchen und wirkte aufgrund ihrer elfenhaften Erscheinung viel zu jung zum Heiraten. Ihr Vater, Kits älterer Bruder, beugte sich herüber, schüttelte mir die Hand und stellte sich vor. «Bruno», sagte er mit tiefer Stimme. «Anscheinend übst du einen guten Einfluss auf ihn aus; so schick hab ich ihn noch nie gesehen.» So gut ist mein Einfluss auch wieder nicht, dachte ich, sein Lächeln erwidernd. Oder gehört es etwa zu den Pflichten des Onkels der Braut, seine Freundin an die Teilnehmer eines Junggesellenabschieds zu verleihen?

«Wo ist der Glückliche?», wandte Kit sich an Eleanor. «Ich dachte eigentlich, die Braut sollte den Bräutigam warten lassen und nicht umgekehrt.»

«Er ist schon unterwegs», antwortete sie trocken. «Offenbar ist er vor einer Stunde auf dem Boden liegend in einem Dienstmädchenkostüm aufgewacht.»

Mit einem Mal wurde Kit alles klar, dennoch gelang es ihm, die Fassung zu wahren. «Scheint ja ein wilder Junggesellenabschied gewesen zu sein», sagte er bloß.

Der auf Abwege geratene Bräutigam trat ein; die Spitzenschürze hatte er gegen einen schicken Anzug eingetauscht. Mit Erleichterung nahmen wir zur Kenntnis, dass weder der Best Man noch der Trauzeuge an der Party im Kleinbus teilgenommen hatten. Die standesamtliche Trauung ging wie üblich sehr rasch vonstatten, und ehe wir uns versahen, waren wir wieder draußen auf der Straße. Kit und ich standen bei der Familie herum und bemühten uns zu übersehen, dass alle sechs Burschen der Bande rechtzeitig erschienen waren. Trotz der feinen Anzüge und ihres makellosen Betragens waren sie nicht zu verkennen. Zu meiner Erleichterung sah mich jedoch keiner an. «Toi, toi, toi», flüsterte Kit mir zu, «die sind verlegener als wir.»

Als die Fotos gemacht waren, geleiteten Eleanor und ihr Gemahl Nick uns über die Straße in das Hotel, wo das Hochzeitsfrühstück stattfinden sollte. Es war ein imposantes Gebäude mit Stuckfassade, das genaue Gegenteil des nichts sagenden Kastens, in dem wir untergebracht waren. Als ich die Straße entlang zum Bahnhof blickte, wurde mir klar, dass es sich um eine Manifestation von Bürgerstolz handelte, dazu gedacht, die mit dem Zug eintreffenden Reisenden willkommen zu heißen und zu beeindrucken. Wahrscheinlich haben alle Provinzstädte im Dampfmaschinenzeitalter ein solches Gebäude errichtet, um die neue Bedeutung des Ortes herauszustreichen, der auf einmal mit einer Geschwindigkeit erreichbar war, die noch wenige Jahre zuvor unvorstellbar gewesen wäre. Die das Land durchschneidenden Eisenbahnschienen waren der Informationssuperhighway jener Zeit gewesen.

Die Rezeption hatte sich seitdem anscheinend kaum verändert, wenn man davon absah, dass die Messinglampen an den Wänden jetzt nicht mehr mit Gas, sondern elektrisch betrieben wurden. Elegant gekleidete Angestellte geleiteten uns über einen weichen roten Teppich in den Festsaal, einen lang gestreckten Raum mit hohen Fenstern, die auf einen kleinen Hof mit einem Springbrunnen hinausgingen. Vor einem langen Tisch mit weißer Tischdecke und funkelndem Silberbesteck waren Ober in makellosen Uniformen und mit weißen Tüchern über dem Arm aufgereiht. Jetzt wurde mir klar, weshalb Kit so darauf bedacht gewesen war, keinen schlechten Eindruck zu machen: Seine Familie legte offenbar Wert auf Förmlichkeit. Wir suchten unsere Namensschilder, nahmen hinter unseren Stühlen Aufstellung und warteten, bis alle Gäste eingetroffen waren. Als es so weit war, rückten die Herren den Damen die Stühle zurecht, und der Best Man brachte einen Trinkspruch auf das frisch getraute Paar aus. «Auf Braut und Bräutigam!», wiederholten wir und prosteten Eleanor und Nick, die glückstrahlend am Kopfende des Tisches standen, mit erhobenen Sektgläsern zu.

Ich war froh, dass wir nebeneinander saßen, zum einen, weil auf diese Weise das Risiko peinlicher Begegnungen minimal war, zum anderen, weil mich Kits Familie so weniger einschüchterte. Seine Mutter, eine ernst dreinschauende Frau, die das graue Haar zu einem strengen Pony gekämmt hatte, fragte gerade einen ihrer jüngeren angeheirateten Verwandten über die aktuellen Trends der Luftfahrt aus. Ihre Stimme drang bis zu uns herüber, und Kit verzog spielerisch-besorgt das Gesicht. «Tut mir Leid», flüsterte er mir zu, «in meiner Familie haben alle Benzin im Blut. Vor ihrer Heirat hat sie große Doppeldecker geflogen.»

«Wo gibt es denn heute noch ein wirklich innovatives Design?», fragte sie den eingeschüchterten jungen Mann. «Selbst das Space Shuttle sieht aus wie ein gewöhnliches Flugzeug. Dabei leben wir im einundzwanzigsten Jahrhundert!» Kein Wunder, dass Kit normale Frauen ein wenig nichts sagend fand.

Ich zeigte mich von meiner besten Seite, ließ meinen Charme sprühen und hielt mich beim Trinken zurück, entschlossen, zumindest bis zum Abend den Eindruck aufrechtzuerhalten, ich übe einen guten Einfluss auf Kit aus. Das würde mir freilich nur dann gelingen, wenn keiner der jungen Freunde des Bräutigams sich betrank und zu prahlen begann. Die gediegene Atmosphäre war verführerisch. Ich war es nicht gewohnt, so aufmerksam bedient zu werden, hatte aber den Eindruck, ich könnte mich mühelos daran gewöhnen. Wenn mein Glas sich leerte, tauchte jedes Mal eine Flasche an meiner Schulter auf, und die leeren Teller wurden so unauffällig abgeräumt, dass ich es kaum mitbekam. Die Ober waren jung und smart, einer aber war mehr als smart: Er sah hinreißend aus. Er hatte lange, schlanke Hände und ein fein gezeichnetes Gesicht, bewegte sich aber dennoch mit ausgesprochen männlicher Anmut. Im herbstlichen Sonnenschein schimmerte seine

Haut mahagonifarben, nahezu metallisch, als wäre sie mit Kakaopulver bestäubt. Als er mit einem Arm voll Geschirr die Küche ansteuerte, vermochte ich kaum den Blick von seinem glatten Hals zu wenden.

Kit bemerkte, dass ich dem jungen Mann nachsah, und zwickte mich unter dem Tisch in den Schenkel. «Reine Zeitverschwendung», flüsterte er mir zu. «Der ist offensichtlich schwul.»

«Wieso offensichtlich?», erwiderte ich. Der junge Ober hatte etwas länger als nötig an meiner Schulter verweilt und mich beim Einschenken des Weins mit seinen sanften braunen Augen gemustert.

«Hast du's nicht gemerkt?», fuhr Kit ziemlich selbstgefällig fort. «Er hat mit mir geflirtet.» Ich fand das amüsant, aber mein Kampfgeist war geweckt.

«Worum wetten wir?», forderte ich ihn heraus.

«Hmm ...» Er kniff die Augen zusammen und überlegte. «Ich mach dir einen Vorschlag», sagte er. «Wenn er ein Hetero ist, kannst du im Hotelzimmer frei über mich verfügen, und wenn er schwul ist, gilt das Gleiche für mich.» Einem Wettstreit mit sexuellem Einsatz konnte ich nicht widerstehen. Wir schlugen ein.

«Aber wie sollen wir feststellen, wer von uns beiden Recht hat?» Auf die Aussage des jungen Mannes allein wollte ich mich nicht verlassen, denn ich konnte mir denken, dass Kit ihn ohne Zögern bestechen würde.

«Ich schätze, der Wettkampf ist eröffnet», sagte er triumphierend.

Jetzt, da wir beide jede Bewegung des jungen Kellners verfolgten und bei jeder Gelegenheit mit ihm flirteten, verlief der Rest des Essens viel anregender. Besser konnte es nicht sein: eine spannende Jagd, an deren Ende ein neues Spiel lockte.

«Danke … Wie heißen Sie?», fragte ich den Ober, als er mir wieder nachschenkte.

«Alex», säuselte er mit schüchternem Lächeln. Als Alex die Wimpern niederschlug, überlegte ich bereits, was ich mit Kit anfangen würde, wenn mein Sieg feststand.

Die Ansprachen waren tadellos wie die ganze Hochzeit, und die Ansprache des Best Man war ein Musterbeispiel guten Geschmacks. Wenn man ihm zuhörte, mochte man glauben, der Bräutigam habe sich seit dem achten Lebensjahr keinerlei Verfehlungen mehr zuschulden kommen lassen, obwohl das Aufwachen im Dienstmädchenkostüm durchaus Erwähnung fand. Kit und ich wechselten einen viel sagenden Blick bei dem Gedanken, was beim Junggesellenabschied sonst noch alles geschehen sein mochte. Als die Trinksprüche ausgebracht waren und die Torte angeschnitten wurde, nutzte Kit die Gelegenheit und ging auf die Toilette, während ich mich mit seinem Cousin bekannt machte, einem schüchternen, aber angenehmen Mann, der zu meiner Rechten saß. Kits Bemerkung über die Motorenbegeisterung seiner Familie erwies sich als zutreffend: Wie sich herausstellte, arbeitete er als Ingenieur im Rennsport. Mit Interesse lauschte ich seinen Ausführungen über Kolben, doch das hielt mich nicht davon ab, den Kaffee als willkommene Abwechslung zu begrüßen. «Entschuldige mich», sagte ich und stand auf, als der Ober die Tassen auftrug. Diesmal wurde ich nicht von Alex bedient. Ich blickte mich rasch um und bemerkte, dass Alex verschwunden war, und Kit ebenfalls. Eigentlich hatte ich nur weiteren Ergüssen über Ventile und V-Twin-Motoren entgehen wollen, jetzt aber wusste ich, dass die Uhr gegen mich lief.

In der Lobby hielt ich nach der Männertoilette Ausschau. Forsch – Zurückhaltung war hier fehl am Platze –

trat ich hinein und überraschte einen der älteren Onkel am Urinal. «Entschuldigung, hab mich in der Tür geirrt!», rief ich nach links; hier gab es keine Ecke, wo Kit sich an Alex hätte heranmachen können. Ich versuchte, mich in ihn hineinzuversetzen, und überlegte, wohin er gegangen sein könnte. Aufs Herrenklo, wo ich normalerweise nicht hinkam, war er bestimmt nicht gegangen; und wenn ich sie nicht miteinander ertappte, würde er mir nicht beweisen können, dass er die Wette gewonnen hatte. Das Adrenalin strömte durch meine Adern. Irgendwo ganz in der Nähe riskierte Kit dadurch, dass er einen Angestellten zu verführen suchte, bei seiner Familie in Ungnade zu fallen, und wartete darauf, dass ich ihn auf frischer Tat ertappte. Bei der Vorstellung zuckte es mir in der Möse. Ich glaubte noch immer nicht, dass Alex sich für Kit interessieren würde, wollte aber unbedingt die Wahrheit herausfinden.

Das Scheppern von Töpfen und Pfannen sagte mir, dass die Küche ganz in der Nähe war, und am hinteren Ende des Empfangsbereichs entdeckte ich die Tür. «Entschuldigung, hab mich in der Tür geirrt!», rief ich, und damit war auch diese Möglichkeit abgehakt – die Küche war offen einsehbar, es gab einfach keinen Winkel darin, wo zwei Männer es miteinander hätten treiben können. Neben der Küche aber war eine Tür mit der Aufschrift «Nur für Angestellte», die auf den Hof führen mochte. Ich öffnete sie und trat hindurch.

Und da stand Alex, mit dem Rücken zur Tür, einen Arm anmutig an die Wand gestützt, die Hose auf den Knien. Kit kniete vor ihm. Bei meinem Eintreten sah Alex mir schuldbewusst entgegen, während Kits Gesichtsausdruck von Erschrecken zu Genugtuung überwechselte, als er mich erkannte. «Alex, das ist Emma», sagte er und sorgte dafür, dass ich Alex' steifen Schwanz in seiner Hand zu sehen bekam.

«Oh, wir haben uns schon bekannt gemacht», meinte ich schlagfertig. Ich wollte mich noch nicht geschlagen geben.

Als Alex klar wurde, dass ich keine Szene machen würde, beobachtete er unsicher, wie ich hinter mir abschloss und mich den beiden zwischen den Regalen voller Konservenbüchsen behutsam näherte. Es handelte sich um eine Art Lagerraum, und der Platz reichte für uns drei kaum zum Stehen aus, sodass ständig einer gegen die Metallregale gedrückt wurde. «Schau mal einer an», sagte ich mit spöttischem Vorwurf, «da borgst du dir meinen Freund aus und fängst noch dazu ohne mich an!» Kit kniete noch immer, das Gesicht nur Zentimeter von Alex' stolz geschwungenem Schwanz entfernt. Ich setzte mich auf einen Reissack und verschränkte die Arme. «Und jetzt macht weiter», sagte ich.

Kit gehorchte bereitwillig, senkte den Kopf und schob die Lippen über Alex' Steifen. Mit anzusehen, wie Kits vertrautes Gesicht von einem Männerschwanz penetriert wurde und wie die Lippen, die ich schon so oft geküsst hatte, den langen braunen Schaft aufnahmen, erregte mich eigentümlich. Alex lehnte mit dem Rücken am Regal und hielt sich mit erhobenen Armen an den Streben fest. Wie er auf Kits Mund hinuntersah, der sich an ihm zu schaffen machte, wirkte er wie ein zur Erde herabgestiegener Engel. Auf einmal schaute er hoch, sah mir in die Augen und leckte sich mit der Zunge über seine weichen Lippen. Ich erschauerte vor Verlangen.

Alex tief in die Augen blickend, streifte ich mir mit der Hand über die Lippen und am Hals hinunter, streichelte mir ganz langsam über die Brüste. Als ich das Funkeln in seinen Augen sah, näherte ich die Finger langsam dem obersten Blusenknopf und öffnete ihn. Knopf für Knopf entblößte ich meine glatte, sonnengebräunte Haut. Als ich damit fertig war, schlug ich die Bluse auf wie ein Buch und gewährte Alex freie Sicht auf meine Brüste, die vom elfenbeinfarbenen Spitzen-BH hochgedrückt wurden. Daraufhin legte er Kit seine lange, schlanke Hand auf den Hinterkopf und stieß kraftvoller in dessen Mund, sah aber nicht die weichen Lippen an, die seine Stöße empfingen, sondern meinen entblößten Hals und den Ansatz der Brüste.

Die Bluse glitt herab. Ich legte die Hände unter die Spitzenkörbchen und schob sie hoch, sodass mein Busen aus der Umhüllung herausgedrückt wurde. Dann senkte ich den Kopf und leckte über die straffen Rundungen. In Alex' Augen sah ich, dass er sich vorstellte, er selbst lecke mich mit seiner Zunge und schmecke den salzigen Schweiß auf meiner Haut. Ich zog die Nippel hervor, und zu seiner süßen Qual kitzelte und zwickte ich sie, bis sie steif und rosig hervorstanden. Er verschlang mich mit Blicken, seine Bewegungen wurden in dem Maße schneller, wie seine Erregung zunahm. Ich wusste, dass er von mir erregt wurde, aber wenn er in Kits Mund käme, hätte ich die Wette verloren.

Unverfroren trat ich dicht vor Alex hin und küsste ihn leidenschaftlich auf den Mund. Er fasste mir an die Brüste, drückte und streichelte sie. Kit verdoppelte seine Anstrengungen, entschlossen, seinen Vorteil zu wahren, doch als ich den Rock hochschlug, reagierte Alex unverzüglich. In Sekundenschnelle hatte er mir seine langen Finger unter den Tanga geschoben, streichelte über meinen schlüpfrigen, nassen Spalt und steckte sie mir in die Möse. «Fick mich», flüsterte ich und küsste ihn auf den Hals. Er gehorchte: Sein Schwanz, der ganz nass war von Kits Speichel, glitt an meiner Unterwäsche vorbei und verschwand bis zum Anschlag in meiner Lustgrotte. Während er, den Mund auf den meinen gepresst, in mich hineinstieß, drückte er mich gegen die scharfen Metallränder des Regals. Triumphierend und stolz keuchte ich angesichts seiner kraftvollen, tiefen Stöße, während ich hinter ihm Kits empörtes Gesicht sah.

Alex hatte mir unter die Arschbacken gefasst und knetete sie, zog mich an sich, während er das Tempo allmählich steigerte. Ich spürte den Orgasmus nahen; der Wettstreit mit Kit verlieh dem Ganzen einen besonderen Reiz. Alex spürte es ebenfalls und hielt sich anscheinend zurück, wartete darauf, dass ich kam. An den nackten Schenkeln spürte ich die kühle Berührung eines zweiten Händepaars, als Kit von hinten die Arme um Alex schlang, nach meinem verlangenden Kitzler tastete und ihn im Rhythmus von Alex' Stößen rieb. Gleichzeitig spürte ich einen Ruck an meinen Schenkeln, während Alex tief und unbeherrscht in mich hineinstieß und sich sein Rückgrat versteifte. Auf einmal war er wie rasend, seine Hüften zuckten heftig, als er aufstöhnend in mir kam. Über seine Schulter hinweg sah ich Kits Gesicht, glühend vor Triumph und Erregung. «Das hast du doch gewollt, oder?», murmelte er Alex ins Ohr. «Du wolltest meine Freundin ficken, während ich dich ficke.»

Als ich begriff, was da vor sich ging – nämlich dass Alex der Belag auf unserem Sandwich war, dass Kit mich durch ihn hindurch fickte und dass Alex' Stöße in meiner Möse Kits orgiastischen Bewegungen entsprachen –, kam ich mit einer dunklen Intensität, die mir durch und durch ging. Kit rammte seinen Schwanz in Alex' Arsch, und der junge Mann verdrehte in Ekstase die Augen, als er mich mit seinem heißen Saft füllte. Seine zweifache Lust wirkte wiederum auf Kit und mich zurück: Während wir uns über seiner bebenden Schulter in die Augen blickten, teilten wir durch seinen in Ekstase versetzten Leib hindurch unsere Lust.

Kit und ich schafften es, uns der Hochzeitsfeier wieder unauffällig anzuschließen, indem wir das liebeskranke Paar spielten und verschämt lächelnd Händchen hielten. Mit einem nachsichtigen Lächeln reichte Bruno uns Sektgläser. «Habt ihr die Springbrunnen betrachtet?», fragte er augenzwinkernd.

Ich musste mir ein Lachen verkneifen, als Kit mit Unschuldsmiene antwortete: «Ja, sehr eindrucksvoll.»

Es war noch recht früh, als wir uns von der Abendparty davonstahlen und auf unser Zimmer gingen. Abgesehen von den älteren Verwandten, die Kit nach seinen beruflichen Aussichten befragt und mir viel sagende Blicke zugeworfen hatten, kannten wir nur die sechs jungen Burschen vom Junggesellenabschied, und wir waren nicht besonders scharf darauf, diese Bekanntschaft zu vertiefen. Außerdem stand immer noch die Wette im Raum, über deren Ausgang wir uns nicht einig waren. Kit schloss die Tür ab, dann sahen wir einander an. «So», sagte er. «bist du bereit, die Wette einzulösen?»

Seine Unverfrorenheit verschlug mir die Sprache. Ich sollte die Wette einlösen? Obwohl Alex meine Möse Kits offenem Mund eindeutig vorgezogen hatte? «Erwartest du etwa von mir, dass ich ihn für schwul erkläre, obwohl er es gar nicht erwarten konnte, mir den Schwanz reinzustecken?», erwiderte ich. «Oder ...» – ich begann mir die Bluse aufzuknöpfen – «willst du behaupten, ich wäre keine Frau?» Kit hatte im Sessel mit der geraden Lehne Platz genommen, und als ich daran dachte, wie er mich gefesselt und sich meines Körpers bedient hatte, verspürte ich ein Prickeln in der Möse.

«Ich finde, das steht völlig außer Frage», meinte er leise, während er mir in lässiger Haltung beim Entkleiden zuschaute. Ich ließ mir absichtlich Zeit, um ihn daran zu erinnern, dass Alex' Blick gebannt auf meinem halb entkleideten Körper geruht hatte, während er ihm den Schwanz gelutscht hatte.

«Die Sache ist die», meinte Kit versonnen und verschränkte die Hände hinter dem Kopf, «er hat dich gefickt, aber was ihn zum Kommen brachte, war mein Schwanz in seinem Arsch. Oder etwa nicht?»

Beim Gedanken daran, wie das enge Arschloch des jungen Mannes sich für seinen Schaft geöffnet hatte, schwoll ihm der Schwanz in der Hose. Ich war jetzt vollständig nackt, doch Kit tat so, als sei er gar nicht an mir interessiert, als errege ihn allein der Gedanke an Alex' Körper.

«Hmm», machte er und schloss die Augen, «als ich ihm den Schwanz ins süße kleine Arschloch gesteckt habe, hat er losgespritzt wie ein Feuerwehrschlauch, stimmt's? Kaum dass ich in ihm drin war, hat sein fester kleiner Hintern gezuckt wie nur was. Andererseits», fuhr er fort, öffnete die Augen und musterte mich selbstgefällig und herausfordernd, «ist er nicht der Einzige, der mich gern da drinnen hat, stimmt's?» Mir brannte das Gesicht, denn die Erinnerung an das beschämende, aber lustvolle Eindringen stand mir noch lebhaft vor Augen.

«Und wenn schon», wischte ich sein Argument beiseite. «Viele Männer experimentieren gern herum: Deshalb sind sie noch lange nicht schwul. Du warst es, der ihm den Schwanz gelutscht hat», sagte ich und näherte mich ihm, bis ich zwischen seinen Schenkeln stand und meine nackten Brüste sein Gesicht streiften. «Bist du deshalb ein Schwuler?»

Statt zu antworten schlang er die Arme um meine Hüfte und zog mich an sich, sodass sich mein unbehaartes Geschlecht an der geschwollenen Beule in seiner Hose rieb. Er nahm eine Brustwarze in den Mund und saugte behutsam daran, was zur Folge hatte, dass mein Kitzler lustvoll zuckte.

«Vielleicht hast du Recht», murmelte er. «Schließlich hast auch du deine kleine Katzenzunge bestimmt schon in ein paar Mädchen hineingesteckt, hab ich Recht?» Ich erzitterte, als ich daran dachte, wie ich Janes weiche, saftige Möse geleckt hatte. «Das hab ich mir gedacht», meinte Kit und streichelte spielerisch über meine feuchte Spalte. «Was hältst du davon, wenn wir die Wette für unentschieden erklären?» Mein Verstand protestierte, denn ich konnte nicht nachvollziehen, was meine Theorie des Herumexperimentierens mit einem Unentschieden zu tun haben sollte, doch mein Körper wurde schwach von Kits Berührung. «Braves Mädchen», sagte er und küsste mich mit plötzlicher Leidenschaft, die nicht nur Dank ausdrückte, sondern auch ein Versprechen. «Überlässt du mir den Vortritt?»

Ich lag im Dunkeln da, das Bettzeug fühlte sich an meiner warmen Haut kühl an. Kits Anweisungen gemäß hatte ich ausgiebig heiß gebadet – und zwar allein, denn er war in die Bar hinuntergegangen. Anschließend hatte ich mich ins Bett gelegt, bekleidet mit einem kurzen seidenen Nachthemd, das ich immer einpackte, aber selten trug. «Egal was ich mache», hatte Kit mir gesagt, «ich möchte, dass du dich schlafend stellst. Beweg dich nicht und zeig nicht die geringste Reaktion.» Die Wärme des Bades hatte Wirkung gezeigt, und obwohl ich gespannt war auf Kits neues Spiel, war ich tatsächlich eingeschlafen, denn die Abenteuer der vergangenen Nacht hatten mich erschöpft.

Als sich die Zimmertür leise öffnete, erwachte ich und schlug unwillkürlich die Augen auf, dann erst fiel mir ein, dass ich sie ja geschlossen halten sollte. Außer einem schmalen Lichtstreifen, der vom Korridor auf meine auf dem Sessel gestapelte Kleidung fiel, hatte ich nichts gesehen. Als ich die Augen wieder schloss und hörte, wie die Tür zuging, beruhigte ich mich damit, dass ich mir sagte, nur Kit habe einen Schlüssel zu unserem Zimmer. Er bewegte sich so leise, dass ich seine Schritte auf dem Teppich nicht hörte. Allein am schwachen Luftzug an meinem Rücken merkte ich, dass er das Federbett lupfte und mich betrachtete. Das kurze Nachthemd war mir auf die Hüfte hochgerutscht, sodass er freie Sicht auf meinen nackten Po und die Beine hatte. Ich atmete auch dann noch tief und gleichmäßig weiter, als der kühle Luftzug meine unbehaarte Möse erreichte und mich frösteln ließ.

Als ein weiterer Hauch über die rasierte Haut strich, erschauerte ich erneut, doch diesmal fühlte es sich wärmer an. Unvermittelt wurde mir bewusst, dass dies Kits Atem war, dass er behutsam unter das angehobene Laken pustete. Ich widerstand dem Drang, mich zu bewegen, und drückte stattdessen die Wange ins Kissen. Eine Weile geschah nichts, als wartete er ab, ob ich reagieren würde, dann atmete er, kühner geworden, abermals aufreizend sachte auf meine empfindsame, unbehaarte Haut. Meine Möse zog sich unwillkürlich zusammen. Ein neuerliches Innehalten, dann ein weiterer aufreizender Atemzug, immer wieder und wieder, bis ich spürte, dass sich die Feuchtigkeit an den Schamlippen jedes Mal, wenn Kits Atem darüber hinwegstrich, empfindlich abkühlte.

Ich war erregt und sehnte mich nach dem nächsten

Atemzug, als sich meine Ritze von der Berührung einer Fingerspitze zusammenzog, die ganz sachte am Rand einer Schamlippe entlangstreifte, als folge sie der im Mondschein glänzenden Feuchtigkeit. Der Finger wurde zurückgezogen, kehrte aber, als ich mich nicht rührte, nach kurzer Zeit wieder zurück, erkundete die Blütenblätter meiner Spalte und glitt dann wie eine vorschnellende Zunge in den hervorquellenden Saft meiner Möse. Es war eine Qual, mich schlafend zu stellen, während meine Fotze mit solch exquisiten Liebkosungen in Brand gesetzt wurde. Am liebsten hätte ich die Beine geöffnet und ihm freien Zugang zu den weichen Falten gewährt, doch es war mir verboten, ihm Widerstand zu leisten oder ihm zu helfen, deshalb blieb ich schlaff liegen und rührte mich nicht.

Ein zweiter streichelnder Finger gesellte sich zum ersten, dann ein dritter. Die Berührungen waren noch immer zart und flüchtig, bezogen aber inzwischen meine ganze Möse ein und drangen immer wieder in mein Inneres vor. Ich wollte, dass Kit die Finger tief in mich hineinsteckte, dass er Druck auf meinen Kitzler ausübte, anstatt mich bloß hauchzart zu streifen, doch ich wartete geduldig und lag teilnahmslos da wie eine Schlafende, die von den intimen Berührungen des Eindringlings gar nichts mitbekommt. Ich verspürte eine prickelnde, schuldbewusste Erregung, als wäre ich die Komplizin einer schmutzigen erotischen Begegnung.

Die Hand verschwand, zurück blieb die kühle Nachtluft, die über meine feuchte Möse strich. Die Matratze gab kaum merklich nach, dann spürte ich, wie das Federbett sich wieder sanft auf meinen halb nackten Körper senkte. Diesmal aber bedeckte es nicht meinen Oberkörper; jemand lag hinter mir, an meinem Rücken hatte sich ein warmes Luftpolster gebildet. Ich war gespannt, wie es weitergehen würde. In der Stille des dunklen Zimmers hörte ich, wie ein Reißverschluss geöffnet wurde, dann spürte ich eine warme Berührung an meiner Ritze. Diese Berührung war gleichzeitig weicher und härter als die der streichelnden Finger, ein sanfter, aber beharrlicher Druck, der sich zwischen die inneren Schamlippen verlagerte. Bei meiner Reglosigkeit wirkten Kits Bewegungen etwas unbeholfen; sie hatten etwas von einer Fummelei, was den flüchtigen Reiz nur noch verstärkte. Als sei er darauf bedacht, mich nicht aufzuwecken, schob er seinen Schwanz behutsam in mich hinein, Zentimeter für Zentimeter, bis ich spürte, wie der raue Hosenstoff meine rasierte Haut berührte.

Wir lagen reglos da, ich scheinbar entspannt, Kit in höchster Erregung. Nach so viel zarten Berührungen brannte meine Möse vor Verlangen und zog sich unwillkürlich um Kits heißen, glatten Schaft zusammen. Unendlich langsam begann er sich zu bewegen und glitt aus mir heraus, bis er mich gerade noch mit der Eichel berührte, dann schob er mir seinen Schwanz mit gleicher Langsamkeit wieder hinein. Ich hätte ihm am liebsten die Hüften entgegengestemmt, seine Hand auf meinen brennenden Kitzler gelegt und gerufen: «Fick mich jetzt!» Das aber wäre gegen die Regeln gewesen: Dies war Kits Spiel, und in seiner Vorstellung war ich eine schlafende Unbekannte in einem anonymen Hotelzimmer. Hatte Hamish sich so ähnlich gefühlt, als er in dem unpersönlichen Schlafwagenabteil aufgewacht war und gemerkt hatte, dass Jane ihm den Schwanz lutschte? Wie wäre es wohl, wenn nicht Kit bei mir läge, sondern ein Fremder, und ich hätte beim Aufwachen festgestellt, dass ein Schwanz in mir steckte? Ich könnte mich in erotischen Träumereien verloren haben, in denen mich eine Phantasiegestalt ihrem Willen unterworfen hatte, und nun stellte ich auf einmal fest, dass die

Wärme in meinem Bauch keine bloße Einbildung war. Ich stellte mir vor, ich sei soeben erwacht und habe gemerkt, dass ein Fremder mich missbrauchte und ohne meine Einwilligung in mich eingedrungen war. Eine eigentümliche Erregung machte sich in mir breit. Ich bin zu verängstigt, um ihn merken zu lassen, dass ich wach bin, rechtfertigte ich in meiner Phantasie die Passivität, die Kit sich von mir wünschte. Ich habe Angst, er könnte gewalttätig werden, wenn er merkt, dass ich wach bin, deshalb stelle ich mich schlafend.

Ich konnte den Eindringling beinahe vor mir sehen. Auch er hatte Angst, entdeckt zu werden, während er immer erregter wurde und mir die Hand auf den Mund legen würde, damit ich nicht schrie. Er würde mir Drohungen ins Ohr flüstern, während er sich Befriedigung verschaffte, mir sagen, ich dürfe keiner Menschenseele davon erzählen, sonst werde es mir noch viel schlimmer ergehen, und noch mehr solche Dinge, wie die Schurken in den Abenteuergeschichten sie von sich gaben, die ich in meiner Kindheit gelesen hatte. Diese Vorstellung verschaffte mir einen zusätzlichen Kick. Während Kit immer schärfer wurde und seine Zurückhaltung allmählich aufgab, wurde ich von seinen Stößen durchgeschüttelt und erlebte den ungewohnten Kitzel des Nichtstuns. Irgendwie verstärkte das die Wirkung seiner Stöße, und ich kam mir vor, als würde ich von einer Meeresbrandung umhergeworfen.

Als ich die zarte Berührung eines Fingers am Kitzler spürte, konnte ich mir ein lustvolles Stöhnen nicht verkneifen, hielt die Augen aber nach wie vor geschlossen und bewegte mich nicht. Während ich bei jedem Stoß gegen die Hand des Mannes gedrückt wurde, kam ich mir vor, als wohne ich einem unaussprechlichen Akt bei. Solange ich mich schlafend stellte, konnten wir alles Mögliche anstellen, ohne dass es je bekannt würde. Mich durchströmte ein ganz ähnliches Gefühl von Freiheit und Anonymität wie im Bus, als mich die sechs Jugendlichen gefickt hatten. Ich spielte eine Rolle und war nicht verantwortlich für meine körperlichen Reaktionen. Während mir das durch den Kopf ging, wurden die Stöße des Eindringlings heftiger, und die Frau, die ihn aus Angst stumm gewähren ließ, erlebte einen intensiven Orgasmus. Aufgrund der fehlenden Anspannung wurde ich von den Wellen des Orgasmus durch und durch geschüttelt. Während mein Höhepunkt allmählich verebbte, schlüpfte der Eindringling lautlos aus dem Bett, dann ging die Zimmertür auf und wieder zu.

Ich blieb allein in der Dunkelheit zurück, noch ganz erfüllt von der anonymen Begegnung. Woher hatte Kit gewusst, dass das Spiel eine dunkle Seite bei mir anrühren würde? Oder hatte seine Phantasievorstellung ganz zufällig meine geheimsten Wünsche wachgerufen? Schon viele Männer hatten mich körperlich erregt, Kit aber hatte viele Zugänge zu den dunklen, aufregenden Bereichen meiner Persönlichkeit entdeckt. Unwillkürlich dachte ich an den Traum, den ich in der schottischen Burg hatte und in dem Kit der Teufel gewesen war, der meine Seele rauben wollte. Vielleicht war er ja wirklich der Teufel; ich wusste nur, dass ich annehmen würde, was immer er mir zu geben hatte, und wenn er dafür meine Seele verlangte, war ich bereit, den Preis zu zahlen.

An der Zimmertür wurde geklopft, und ich schüttelte die seltsamen Gedanken ab und machte auf. Kit betrachtete lächelnd mein verschlafenes, blinzelndes Gesicht und küsste mich flüchtig. «Gut geruht?», fragte er munter. Ich nickte schläfrig, während mir bei der Vorstellung, dass Kit womöglich die ganze Zeit über in der Bar gewesen war und von meiner erotischen Begegnung nichts wusste, ein

Schauder über den Rücken lief. Er aber machte der Stimmung ein Ende, indem er sich vollständig bekleidet aufs Bett legte.

«Du bist dran», sagte er mit einem erwartungsvollen Funkeln in den goldbraunen Augen.

«Zieh dich aus», befahl ich ihm, «und leg dich aufs Bett.» In der Zwischenzeit ging ich ins Bad. Nachdem ich das zerknitterte Nachthemd ausgezogen und mir kaltes Wasser ins Gesicht gespritzt hatte, langte ich in die Tragetasche, die ich vom nachmittäglichen Stadtausflug mitgebracht hatte. Während Kit in einer Bank Schlange gestanden hatte, hatte ich in einer Nebenstraße am Bahnhof zufällig einen Sexshop entdeckt. Da ich nur wenige Minuten Zeit hatte, bis Kit wieder auftauchte, marschierte ich hinein, brachte offen meine Wünsche vor und weidete mich am erstaunten Gesicht des Verkäufers. Wahrscheinlich gab es in diesem Provinzstädtchen nicht viele Damen, die lächelnd in den Laden spaziert kamen und eine Auswahl Doppel-Dildos zu sehen wünschten. Aber es funktionierte: Als Kit aus der Bank kam, hatte ich nicht nur einen Dildo ausgewählt, sondern im Laden nebenan auch gleich noch ein gebrauchtes Buch über Hängebrücken gekauft, um den Karton in der Tüte zu tarnen.

Ich packte den Dildo aus und untersuchte ihn, fuhr mit dem Daumen über die glatten Plastikgrate. Er hatte etwas Klinisches an sich, was ihn noch perverser erscheinen ließ, als handele es sich um ein Zwittererzeugnis aus einer Prothesenfabrik. Ich legte eines der kühlen, steifen Enden an den Eingang meiner Möse und schob es hinein. Ich war noch feucht vom letzten Spiel, sodass der Dildo wie geschmiert hineinrutschte. Unwillkürlich zog ich mich darum zusammen.

Ich betrachtete mich im Badezimmerspiegel. Meinen

Blick erwiderte ein seltsamer Hermaphrodit, dessen gewaltige rosafarbene Erektion sich unter vollen Brüsten und einem weiblichen Gesicht emporschwang. Kein einziges Härchen verdeckte den Ursprung des Schwanzes: Es hatte den Anschein, als wachse er wie ein übergroßer Kitzler zwischen den Schamlippen hervor. Ich war fasziniert. Schon häufig hatte ich mir vorgestellt, einen Schwanz zu besitzen, und mich gefragt, wie es sich wohl anfühlen würde, alle empfindlichen Teile außerhalb des Körpers zu haben, in eine andere Person einzudringen oder die Faust um meinen Riemen zu schließen und mich zum Abspritzen zu bringen. Jetzt hatte ich einen Schwanz. Ich legte die Hand darum und bewegte sie auf und nieder, während mich die Bewegungen, die dadurch in meinem Inneren ausgelöst wurden, vor Erregung erschauern ließen.

Wie ich gewollt hatte, lag Kit nackt auf dem Bett, die Arme neben sich ausgestreckt. Als er mich mit meinem neuen Schwanz hereinkommen sah, ballte er unwillkürlich die Fäuste, erhob jedoch keine Einwände. In seinen Augen lagen ein Dutzend Fragen, doch ich sagte nur: «Dreh dich auf den Bauch.» Kit gehorchte, das Gesicht aufs Kissen gelegt, die Hände zum Zeichen der Unterwerfung hinter dem Kopf verschränkt. Sein nackter Hintern übte auf mein neues, phallisches Ich eine äußerst erregende Wirkung aus. Sie weckte den Wunsch, Kit zu nehmen. Ja, ich würde ihn in den Arsch ficken, aber das reichte noch nicht.

Auf dem Boden lag Kits Hose mit dem Ledergürtel. Als ich sie hochhob, drückte der Dildo wundervoll auf die Innenwand meiner Möse. Kit rührte sich nicht, als ich den Gürtel herauszog, zuckte aber zusammen, als ich ihn mir versuchsweise auf die flache Hand klatschen ließ. Das Brennen in meiner Hand verflog rasch. Ich sah, wie Kit sich in Erwartung des ersten Hiebes straffte, doch er gab noch immer keinen Laut von sich und rührte sich nicht. «So», zischte ich ihm zu, «jetzt bist du ganz brav. Aber heute Nachmittag warst du ungezogen, hab ich Recht? Hast dem Kellner im Lagerraum den Schwanz gelutscht. Verhält sich so ein wohlerzogener junger Mann bei der Hochzeit seiner Nichte?»

Kit schwieg. Ich holte etwa so weit aus wie eben beim Probeschlag und ließ das Leder auf seinen Po niederklatschen. Er erbebte am ganzen Leib, und dort, wo der Gürtel aufgetroffen war, bildete sich ein roter Striemen. «Antworte mir», sagte ich. «Tut ein netter Junge so was?»

«Nein», antwortete er; sein Tonfall klang erstickt, ob vor Schmerz oder Erregung, vermochte ich nicht zu sagen.

«Ich glaube, du hast eine Bestrafung verdient, meinst du nicht auch?»

«Ja», sagte er.

Das Machtgefühl, das daher rührte, dass Kit mühelos hätte aufstehen und mir den Gürtel abnehmen können, nun aber reglos vor mir lag und sich meinen Befehlen unterwarf, war berauschend.

Abermals holte ich mit dem Gürtel aus und vernahm das satte Klatschen. Abermals zuckte Kit zusammen, gab aber keinen Laut von sich. Auf seinem Po hatten sich zwei rote Striemen gebildet. Neugierig streifte ich mit dem Finger darüber und bemerkte, dass seine sensibilisierte Haut unter der Berührung erschauerte. Bereitete es Kit Lust, oder überspannte ich den Bogen? «Steh auf!», befahl ich ihm. Mit erstaunlicher Anmut, die Hände nach wie vor hinter dem Kopf verschränkt, nahm er vor mir Aufstellung. Im Spiegel sah ich die roten Male auf seinem Hintern, und unmittelbar vor mir sah ich eine Erektion, das Ebenbild meines Dildos. Offenbar hatte Kit ebenso viel Spaß wie ich.

«Bück dich über den Sessel», wies ich ihn mit strenger Miene an, darauf bedacht, mir das Vergnügen, das ich empfand, nicht anmerken zu lassen. Er beugte sich vor und hielt sich an der Sessellehne fest, in der gleichen Haltung, die ich am Abend zuvor eingenommen hatte. Ich schwang abermals den Gürtel und schlug Kit diesmal auf die Schultern, wohl wissend, dass er im Spiegel alles mitbekam und sich gegen den Schmerz wappnen konnte. Wie erwartet fiel das Zucken jetzt, da er die Schläge kommen sah, schwächer aus. Dreimal ließ ich den Gürtel auf seinen entblößten Hintern niederklatschen und beobachtete, wie sich in seinem Gesicht Schmerz und Lust miteinander abwechselten. Dreimal verspürte ich einen erregenden Kick, als ich hörte, wie das Leder seine Haut küsste.

Als ich den Gürtel weglegte, lag Enttäuschung in Kits Blick. Ich lachte spöttisch. «Du glaubst doch nicht etwa, damit sei die Bestrafung beendet?», sagte ich. «Nein, der Gürtel war erst die Vorspeise. Jetzt kommt das Hauptgericht.»

Ich vergewisserte mich, dass er jede meiner Bewegungen mitbekam, nahm die Flasche mit dem Gleitmittel vom Toilettentisch und ließ etwas davon auf Kits Hintern und in die dunkle Spalte zwischen den Backen tropfen. Das runzlige Arschloch zog sich zusammen, als die kühle Flüssigkeit darauf tropfte, und sein Schwanz zuckte erwartungsvoll. Ich goss mir noch mehr von der weißen Lotion in die Hand, verteilte sie auf dem großen Plastikschwanz und genoss den Druck, den er dabei auf die Innenwand meiner Möse ausübte.

Meine Hände wirkten klein auf Kits Backen, als ich sie teilte und das Ende des Dildos am kleinen Stern des Arschlochs ansetzte. «Nur keine Angst», flüsterte ich, «es tut nicht besonders weh. Entspann dich einfach und nimm es wie ein Mann.» Ich packte ihn fest bei den Hüften und schob den Dildo in ihn hinein. Zunächst kniff Kit die Augen zusammen, und der Widerstand war so groß, dass ich schon meinte, es werde mir niemals gelingen, ihm so ein großes Ding reinzuschieben. Doch anstatt mich zu dämpfen, befeuerte mich der Umstand, dass ich ihm wehtat und dass er sich dem Schmerz und der Erniedrigung freiwillig unterwarf. Ich drückte stärker, während das andere Ende des Dildos sich mit gleicher Kraft in meine Möse rammte, sodass ich gleichzeitig penetrierte und penetriert wurde. Kit wimmerte leise, als ich in ihn hineinglitt und der Plastikschaft die enge Öffnung dehnte.

Als das Ende des Dildos den Muskelring passiert hatte, nahm der Widerstand ab. Das rutschige Plastik glitt in Kits Hintern, und der Druck verstärkte die Empfindungen in meiner Möse. Er umklammerte die Sessellehne so fest, dass seine Fingerknöchel weiß hervortraten, doch er beklagte sich nicht, sondern fixierte unverwandt sein Spiegelbild und schaute zu, wie ich den Schwanz immer tiefer in seinen wehrlosen Arsch schob. Als ich auf das mir ausgelieferte Hinterteil hinuntersah, verspürte ich ein jähes Machtgefühl und bohrte mich vollständig in ihn hinein, spürte, wie seine Rosette sich vergeblich um den vordringenden Schaft zusammenzog. Ich konnte es kaum glauben, dass er den überlangen Dildo vollständig in sich aufnahm, doch irgendwie verschwand er so weit in ihm, dass mein unbehaarter Kitzler schließlich an die glatte Wölbung seines Hinterns stieß, der vom Gleitmittel ganz glitschig war.

Ich hielt mich an der Lehne fest und bewegte mich rein und raus, wobei der Widerstand seiner engen Öffnung einen entsprechenden Druck in meiner Lustgrotte zur Folge hatte. Kit zitterte, und ihm war deutlich anzusehen, dass er von seinen Empfindungen überwältigt war. «Ja», murmelte ich, während ich in ihn hineinstieß, «es gefällt dir, gefickt zu werden, stimmt's? Du hättest wohl gern, dass Alex dir seinen Schwanz ins Loch rammt, ja?» Als Kit bestätigend stöhnte, klatschte ich ihm mit der flachen Hand auf die Flanke, worauf sich sein Arschloch reflexartig um den Dildo zusammenzog.

«Ja», ächzte er, «ja, ich will seinen Schwanz in meinem Arsch spüren», und damit kam er, drängte sich bebend meinen Stößen entgegen, während sein zuckender Steifer lange Samenfäden in die Luft schleuderte. Als ich das sah, hatte ich wirklich das Gefühl, mein Schwanz stecke in seinem Arsch und auch ich spritze meinen Saft in seine tiefste Höhlung. Unerbittlich stieß ich in ihn hinein und kam ebenfalls, während der Dildo sich mit gleicher Heftigkeit in meine Möse rammte.

Als ich den Dildo aus Kits Arschloch hervorzog, zuckte es erleichtert, und weißes Gleitmittel tropfte heraus, als hätte ich ihn tatsächlich mit meinem Saft gefüllt. Jetzt, da es vorüber war, wirkte der Dildo grotesk, und ich zog ihn auch aus meiner Möse hervor und warf ihn ins Bad. Kit schloss mich in die Arme und küsste mich zärtlich, wie er es häufig nach unseren extremeren Spielen tat, als wollte er mir bedeuten, dass das Band wechselseitigen Vertrauens keinen Schaden genommen habe. Als er sich auf ein Knie niederließ, wollte ich ihn wieder hochziehen, da ich fürchtete, diesmal könnte ich ihm wehgetan haben. Er aber winkte lachend ab. «Dummkopf», sagte er, «begreifst du nicht, was ich da tue?» Ich musterte ihn verwundert, und er lachte noch lauter, ohne meine Hand loszulassen. Dann wurde er unvermittelt ernst.

«Emma», sagte er, «willst du mich heiraten?»

Eine schwierige Unterhaltung

Kit kniete vor mir und musterte mich so offen mit seinen honigfarbenen Augen, dass es mir Angst machte. «Heirate mich», wiederholte er leise, führte meine Hand an die Lippen und küsste sie mit einer Inbrunst, die von Herzen kam. In der teppichgedämpften Stille des Hotelzimmers war unser Atem deutlich zu hören. Es war, als befänden wir uns in einem Kokon, raum- und zeitenthoben, und wie ich so auf seinen nackten Körper hinuntersah, der klebrig war von Schweiß und unseren Körpersäften, empfand ich große Zärtlichkeit für ihn. Vielleicht sollten wir tatsächlich heiraten; vielleicht waren die romantischen Träume, die Nick und Eleanor heute Nacht träumten, gar nicht so unerreichbar fern, dass nicht auch wir sie verwirklichen könnten.

Ich öffnete den Mund, um ja zu sagen, da stürzten auf einmal all die Gründe auf mich ein, die dagegen sprachen. Wie sollte das zugehen? Wir könnten nicht einmal die simpelsten Fragen der Verwandten hinsichtlich der Umstände unseres Kennenlernens beantworten. Wer sollte die Rolle des Best Man übernehmen? Geoff, der die Gäste mit der Geschichte ergötzen würde, wie er und Kit sich kennen gelernt hatten, während ich gefesselt und mit verbundenen Augen nackt auf dem Bett lag? Nein, die Ehe war etwas für normale Menschen mit konventionellen Beziehungen, für die Art Leute, bei denen der Gedanke an eine Hochzeit sentimentale Träume von weißer Spitze wachrief und keine dunklen erotischen Phantasien von verbotener Leidenschaft. Traurig und erleichtert zugleich schüttelte ich den Kopf und nahm innerlich Abschied von den unschuldigen Freuden, wie sie sich anderen Frauen an ihrem Hochzeitstag boten.

Kit blieb knien, wollte den Moment nicht ungenutzt verstreichen lassen. «Warum nicht?», fragte er leise. Ich schüttelte erneut den Kopf, unwillig diesmal, und stellte zu meinem Erstaunen fest, dass sich dabei Tränen von meinen Wangen lösten. Auf einmal war ich zornig auf ihn, weil er mich mit der Nase auf die Scheibe des erleuchteten Fensters gestoßen hatte, hinter dem eine Feier stattfand, von der ich ausgeschlossen war. Gerade eben noch hatte er mir gezeigt, wie es sein könnte, und die Erkenntnis, dass ich von diesen Szenen des Glücks ausgeschlossen war, vermochte ich kaum zu ertragen. Warum ließ er mich nicht in Ruhe? Bis jetzt waren wir glücklich gewesen und hatten gemeinsam die dunkleren Regionen unserer Körper und Seelen erkundet, ohne die Annehmlichkeiten einer normalen Beziehung auch nur einen Moment zu vermissen.

Ich wollte fort von ihm, und zwar jetzt gleich, mich in den Wagen setzen und meilenweit durch die Nacht fahren. Ich wollte wieder allein und frei sein. Ich entzog ihm meine Hand, blinzelte die unaufhörlich hervorströmenden Tränen fort und schaute mich nach meinen Sachen um. Ich glaubte, er werde mich aufhalten, mich in die Arme nehmen und festhalten; vielleicht hoffte ich das sogar. Stattdessen richtete er sich auf.

«Was hast du, Emma?», fragte er. «Was ist los? Habe ich dich irgendwie verletzt? Wenn ja, tut es mir Leid, aber sag mir bitte, was du hast.» Ich brachte kein Wort heraus, die Kehle war mir wie zugeschnürt, deshalb schüttelte ich bloß den Kopf, kämpfte mich in die Unterwäsche und tastete blindlings nach meiner Bluse. Kit hob sie auf und reichte sie mir. «Verlass mich nicht. Wenn du mich nicht heiraten willst, in Ordnung. Wenn du mich nicht mehr sehen willst, ist das okay, aber wir sollten vorher drüber reden.» Mittlerweile schluchzte ich und hatte einen Schluckauf, schaffte es nur mit Mühe, den Rock hochzuziehen. Auf einmal sehnte ich mich nach Kits tröstender Umarmung, er aber stand noch immer nackt und reglos da und sprach mit seiner tiefen Stimme auf mich ein. «Warum läufst du weg?», fragte er. «Wovor hast du Angst?»

Unvermittelt fühlte ich mich ins dunkle Zimmer in der Burg zurückversetzt, als er gemeint hatte, ich sei die furchtloseste Frau, die er je kennen gelernt habe. Jetzt auf einmal hatte er anscheinend etwas gefunden, wovor ich mich fürchtete und vor dem ich in die Nacht hinaus flüchten wollte. Aber was war es eigentlich? Eben noch hatten wir ohne Angst Bereiche erkundet, vor denen die meisten Paare zurückschreckten. Jetzt war ich voller Panik und Schmerz. Ich betrachtete sein ruhiges, sanftes Gesicht, den Körper, den ich so gut kannte, die Augen, die mich besorgt, aber vor allem mit einer solchen Offenheit musterten, wie ich es noch nie erlebt hatte. «Ich weiß es nicht», sagte ich mit zitternder Stimme, näherte mich ihm und schmiegte das Gesicht an seine Brust.

Er umarmte mich, hielt mich fest und legte seine Wange auf meinen Scheitel. Seine tiefe Stimme vibrierte in seiner Brust, als er auf mich einredete: «Ich glaube, du willst es, fürchtest dich aber davor. Du willst bei mir sein, aber du hast Angst, es könnte etwas schief gehen, wenn du's zugibst. Ist es so? Oder glaubst du, ich könnte dich austricksen und einen anderen Menschen aus dir machen?»

Ich schüttelte den Kopf, wobei sich mein nasses Gesicht an Kits feuchtem Brusthaar rieb. Ich wusste nicht, wovor ich mich fürchtete, wusste nur, dass unsere kühnen Vorstöße ins Unbekannte uns hierher geführt hatten und dass ich mich in der Wildnis verirrt hatte. Unvermittelt wurde mir bewusst, dass ich Geoff, die problemlose Beziehung, die gar keine richtige Beziehung war, und seine bedingungslose Zuneigung vermisste. Mit Geoff war alles viel einfacher gewesen.

Kit hielt mich fest, während ich von Schluchzern geschüttelt wurde. In diesem Zustand kam ich mir verletzlicher vor als bei unseren extremen Sexspielen. Hinter der Traurigkeit aber verbarg sich die Wärme der Intimität. Ich war froh, dass er diese Gefühle in mir freigesetzt hatte, froh, dass ich sie mit ihm geteilt hatte, anstatt Hals über Kopf davonzulaufen. Als die Tränen schließlich versiegten, wischte ich mir mit dem Taschentuch, das Kit mir reichte, die Augen und bat ihn, mir in dem kleinen Kessel eine Tasse Tee zu brühen. Wir setzten uns aufs Bett, und ich trank Tee, während Kit, inzwischen im Bademantel, den Arm um mich legte. Er schaltete den Fernseher ein und fand einen alten Schwarzweißfilm. Gemeinsam schauten wir zu, wie der Privatdetektiv einsam über die regennassen nächtlichen Straßen streifte. Kit wusste anscheinend stets, wann es besser war zu schweigen.

Obwohl ich mich emotional ausgelaugt fühlte, ging mir Kits Heiratsantrag zu meiner Verwunderung nicht aus dem Kopf. Der Detektiv im Film war inzwischen der Femme fatale begegnet, wie er ein Geschöpf der Nacht, das ständig in einer amoralischen Welt voller Gewalt und Leidenschaft umherstreifte. Erkannte ich mich in ihr wieder? Hatte ich deshalb das Gefühl, ein trautes Heim sei nichts für mich? Aber das war ein Film. Im wahren Leben schrieben wir das Drehbuch selbst. Im wahren Leben konnte ich etwas ganz Neues ausprobieren.

Das Wort «Ende» erschien, während die Femme fatale

in der Ferne der dunklen Straße verschwand. Kit nahm mir die leere Tasse ab und schaltete den Fernseher aus. Während ich ihn beobachtete, hatte ich den Eindruck, ich sähe ihn zum ersten Mal. Auch er war ein Mensch voller Begierden, Ängsten und Neugier. Er war kein Teufel, der mit der Absicht, mich aufs Kreuz zu legen, in mein Leben geplatzt war, sondern ein Mann, der genau wie ich in einer Welt voller Konventionen nach seinem Weg suchte. Warum sollten wir nicht heiraten? Wir hatten einander bereits größeres Vertrauen erwiesen als die meisten verheirateten Paare. Als er sich umdrehte, schloss ich ihn in die Arme, zog ihn aufs Bett und küsste sein Gesicht. «Gilt dein Angebot noch?», fragte ich. «Wenn ja, bin ich einverstanden.»

Wir blieben so lange im Bett, bis die Rezeption anrief und meinte, man müsse uns eine zusätzliche Nacht berechnen. Wahrscheinlich glaubten sie, wir hätten ausgedehnten Morgensex, dabei fanden wir nur mit Reden kein Ende. Selbst dann noch, als wir das Gepäck zum Wagen schleppten, unterhielten wir uns darüber, wie wir uns die Hochzeit vorstellten. Einige Dinge verstanden sich von selbst; Jane würde natürlich die Fotos machen, und Kit brachte mich mit seinem Vorschlag, Alex mit dem Catering zu beauftragen, zum Kichern. «Schließlich», meinte er halb im Ernst, «könnte man sagen, dass er uns zusammengebracht hat.» Die ganze Heimfahrt über gingen wir die Gästeliste, verschiedene Örtlichkeiten und Termine durch. Was anfangs sein bislang Furcht erregendster Vorschlag gewesen war, hatte sich unversehens in ein neues Spiel verwandelt.

Meine Schwester war natürlich hoch erfreut. Dass Kit der Mann war, mit dem ich mich an Sarahs Hochzeitstag in Verlegenheit gebracht hatte, ließ ich freilich unerwähnt. Jane schüttete sich aus vor Lachen, da sie besser über unsere Hochzeitserlebnisse Bescheid wusste, und bot sich sogleich an, meinen Jungfrauenabschied zu organisieren. Der einzige Mensch, den ich nur ungern einweihte, war Geoff. Mit seinem untrüglichen Gespür fürs richtige Timing war er kurz vor unserer Abreise heimgekommen, doch seit dem schon Monate zurückliegenden Treffen in Soho hatte ich ihn nicht mehr gesehen. Ich versuchte, die Sache auf die leichte Schulter zu nehmen und mir einzureden, es sei ganz lustig zu verkünden, dass Kit nun mein offizieller Verlobter sei. Der schwere Kloß in meinem Magen aber sagte mir, dass es keine leichte Unterhaltung werden würde.

Als ich durch die verrauchte Bar schritt und in der gegenüberliegenden Ecke Geoffs vertrautes Gesicht ausmachte, hob sich meine Stimmung unwillkürlich. Er wirkte etwas stärker gebräunt, hatte sich ansonsten aber nicht verändert. Vor sich ein Pint und in der Hand eine Zigarette, saß er still vor einem Buch und bemerkte mich erst, als ich seinen Tisch erreicht hatte. Sein breites Grinsen zeigte mir, dass er sich ebenso sehr über unser Wiedersehen freute wie ich, und dann zerquetschte er mich beinahe mit seiner Umarmung. Unsere Freundschaft würde jedenfalls Bestand haben, komme, was da wolle.

Ehe wir uns ernsteren Themen zuwandten, wollte er mir erst einmal von seinen Heldentaten berichten und mir sein neues Tattoo zeigen. Geoff knöpfte die Jeans auf und zeigte mir ein arabisches Wort, das sich über seinen flachen, braun gebrannten Bauch zog. «Das bedeutet ‹Reisender›», erklärte er, als ich bewundernd über seine warme Haut streichelte. Die Buchstaben sahen aus, als wären sie soeben mit breiter Füllfeder geschrieben worden. «Jedenfalls hat man mir das gesagt.» Er lächelte ironisch, und Lachfältchen bildeten sich um seine Augen. «Möglicherweise bedeutet es aber auch ‹Tritt mich›.» Er war monatelang in Tunesien gewesen und hatte in der Wüste an einem Film mitgewirkt, der im Alten Rom spielte.

«Lass mich mal raten», meinte ich scherzhaft. «Du hast mit Löwen gekämpft.» Er schüttelte den Kopf, wie mir schien, durchaus bedauernd.

«Nein, das machen sie jetzt alles mit Computern», sagte er.

Ich wollte seine Wiedersehensfreude nicht trüben. Als ich das arabische Tattoo berührte, war ein Funke übergesprungen, und der hatte unserer Freundschaft immer Nahrung gegeben. Ich genoss es, neben Geoff zu sitzen, seinen warmen Schenkel an meinem Bein zu spüren, seinen sauberen, frischen Duft zu schnuppern. Doch solange ich ihm nicht von mir und Kit erzählte, konnten wir uns beide nicht entspannen. Als Geoff zur Bar ging, sagte ich mir, ich müsse aktiv werden.

Geoff stellte zwei Gläser auf den Tisch, und ich atmete tief durch. «Ich hab Neuigkeiten für dich», platzte ich heraus, ohne mich für den Drink zu bedanken. «Es geht um Kit und ... und mich.» Geoff nahm neben mir Platz und wartete darauf, dass ich fortfuhr. «Du, äh, du möchtest bestimmt wissen, was wir ...» Ich stockte und hatte Herzklopfen, denn ich fürchtete mich vor Geoffs Reaktion. Es gab zwar keinerlei Verpflichtungen zwischen uns, doch ich wusste, dass dies für uns beide einen scharfen Einschnitt bedeuten würde. «Wir wollen heiraten», sprudelte ich hervor.

Geoff nahm einen Schluck Bier. Ich konnte nicht trinken – mein Mund war ausgedörrt, die Lippen klebten aneinander. Er stellte das Glas auf den Tisch und hob die Brauen. «Tja», meinte er, «ich schätze, damit wäre das geklärt.» Wir schwiegen verlegen. Ich hatte Angst, er werde aufstehen und gehen, doch als er etwa die Hälfte seines Biers getrunken hatte, lächelte er eigentümlich, wie jemand, der bei einem fairen Kampf unterlegen ist, aber mehrere schwere Treffer hat einstecken müssen. Ich hätte am liebsten meine schmale Hand auf seine breite, braun gebrannte Pranke gelegt und gesagt, das werde nichts an unserer Freundschaft ändern, doch ich wusste, das stimmte nicht. Zumindest hatte er auf die üblichen Einwände von wegen, wir würden uns erst ein paar Monate kennen und ich sei kein Typ für die Ehe, verzichtet.

Wir wussten beide nicht, was wir sagen sollten. Der Lärm der plaudernden und lachenden Menschen um uns herum lud unser Schweigen noch mehr auf. «Du wirst doch zur Hochzeit kommen, nicht wahr?», sagte ich, verzweifelt bemüht, auf den Trümmern der alten Beziehung eine neue zu errichten. Er schüttelte den Kopf, dann sah er mich lächelnd an.

«Nein», sagte er, «du weißt doch, was ich von Hochzeiten halte. Das ist nichts für mich.» Wir sahen einander offen in die Augen. Es war quälend, dennoch ergriff keiner von uns beiden die Initiative, denn wir wussten, dies bedeutete das Ende unserer Intimität und – auch wenn wir es nicht aussprechen wollten – unserer Freundschaft.

«Ich schätze, ich bin selbst schuld daran», meinte er.

Bitte, Geoff, dachte ich, bitte sag nicht, du hättest mich die ganze Zeit geliebt und mir bloß nichts davon gesagt. Das aber ersparte er mir.

«Wenn ich schon nicht der häusliche Typ bin», fuhr er fort, «kann ich wohl auch nicht erwarten, dass ein Schatz wie du immer zur Stelle ist, wenn ich heimkomme. Früher oder später musste dich mir jemand wegschnappen.»

«So ist es gar nicht», wandte ich ein und dachte an die ungewöhnlichen Umstände, unter denen Kit seinen Heiratsantrag gemacht hatte.

«Nein», sagte Geoff, stand unvermittelt auf und griff nach seinem Sakko, «ich bin sicher, für dich und Kit war es anders. Aber für dich und mich ... macht das keinen Unterschied, hab ich Recht?» Er zog das Jackett an, beugte sich vor und küsste mich flüchtig auf die Wange. «Welchen Sinn hat es zu heiraten, wenn sich nichts ändert?» Und dann war er weg.

Ich brachte es nicht fertig, gleich anschließend zu Kit nach Hause zu gehen. Ich bedauerte unsere Entscheidung nicht, doch es schmerzte, das enge Band zwischen Geoff und mir durchtrennt zu haben, und ich wollte eine Weile allein sein. Ich rief Kit an und sagte ihm, ich wolle einen Spaziergang machen, er aber hatte einen besseren Vorschlag. «Nimm das Motorrad», meinte er, «es steht vor deiner Wohnung. Ich lege die Schlüssel unter die Türmatte, dann brauchst du nicht mal reinkommen und mit mir sprechen.» Der Mann war ein Engel.

Nicht dass ihm das Motorrad gehört hätte. Irgendein Motorradhersteller hatte Kit in der vagen Hoffnung auf einen lobenden Artikel das neueste Modell zur Verfügung gestellt, und wie immer in letzter Zeit hatte er darauf bestanden, dass ich in die Versicherung eingeschlossen wurde – «Damit ich Fotos machen kann, während jemand anders fährt.» Bestimmt durchschauten sie den Vorwand, doch was blieb ihnen anderes übrig? Jedenfalls hatte der Vorschlag was. Noch ehe ich bei meiner Wohnung angelangt war, überlegte ich schon, über welche kurvenreiche Nebenstraße ich flitzen könnte, anstatt unablässig über die schmerzhafte Trennung von Geoff nachzugrübeln.

Wie versprochen hatte Kit die Schlüssel unter die Türmatte gelegt und Helm und Anzug an der Maschine festgeschlossen. Er kennt mich halt zu gut, dachte ich, während ich mich fertig machte und aufsaß. Kaum hatte ich mich in den Abendverkehr eingefädelt, verspürte ich auch schon ein Gefühl von Freiheit. Der Adrenalinstoß beim Beschleunigen war genau das Richtige, um die dunklen Schatten zu verscheuchen und mich zu vergewissern, dass ich mein früheres Leben in Freiheit nicht gegen eins in Sklaverei eintauschte. Als ich mit klopfendem Herzen wieder an meiner Wohnung hielt, fragte ich mich, ob es wohl Kits Absicht gewesen war, mir eben diese Botschaft zu vermitteln. «Ich will dich nicht einengen», wollte er mir damit sagen. «Die Ehe mit mir wird kein Käfig sein.»

Als ich die Wohnung betrat, lag Kit lesend auf dem Bett. Er schaute hoch, sah mein strahlendes Gesicht und lächelte mich glücklich an. «Danke», sagte ich, kletterte neben ihm aufs Bett und küsste ihn zärtlich. «Danke für die Fahrt.»

«Schon gut», sagte er und nahm mich liebevoll in den Arm, als ich mich neben ihn legte. «Keine Ursache.»

Kit reagierte überrascht, als ich ihn beim Frühstück fragte, ob er sehen wolle, ob mir das Hochzeitskleid passe. «Nein», erwiderte er mit leichtem Tadel in der Stimme, «der Bräutigam sollte das Kleid erst am Hochzeitstag sehen.»

Ich lachte. «Der Bräutigam sollte die Braut auch nicht gleich bei der ersten Begegnung ficken», erwiderte ich.

«Das ist was anderes», meinte er selbstbewusst und schenkte uns eine weitere Tasse Kaffee ein. «Wenn wir heiraten wollen, sollten wir's auch richtig machen ... Du weißt schon, uns an die Regeln halten.» Er zwinkerte durchtrieben. «So macht es mehr Spaß.»

«Na schön, wenn du das so siehst», sagte ich, «dann nehm ich eben Jane zur Anprobe mit.»

Eigentlich hatte ich gehofft, mindestens drei Damenschneider würden mir ihre ungeteilte Aufmerksamkeit widmen, mein Kleid abstecken und daran herumnähen, aber es herrschte ungewöhnlich viel Betrieb im Laden, und die Assistentinnen wirkten überlastet. Ich war schon einmal hier gewesen, um Maß nehmen zu lassen und ein Modell auszusuchen, und hatte es insgeheim genossen, in Unterwäsche vor dem hohen Spiegel zu stehen, während ein Mädchen das Maßband um mich legte und das andere die Maße notierte. Dabei hatte ich das Gefühl gehabt, an einem Vorbereitungsritual teilzunehmen, was ja auch der Fall war. Überall auf der Welt trafen sich die Frauen, um die Braut für den Bräutigam herauszuputzen und ihren Körper so zu schmücken, wie sie es für geraten hielten. Wir im zivilisierten Westen fühlen uns gern überlegen, doch ich konnte keinen grundlegenden Unterschied zwischen dem stäbchenverstärkten Kleid erkennen, das ich gerade anprobierte, und dem Gold, mit dem eine orientalische Braut sich schmückte.

Ich war froh, dass ich Jane mitgenommen hatte, denn sie bot mir an, mich im Anprobezimmer anzukleiden und die Näherin zu rufen, wenn ich bereit sei. Nur allzu gern ließ ich die Hektik des Ladens hinter mir und ging mit ihr ins stille Hinterzimmer. Jane breitete das Kleid aus, dann bestaunten wir es. Von Schnitt und Farbe her war es ausgesprochen traditionell, denn wie Kit fasste auch ich eine Hochzeit als Anlass für jede Menge Rituale und feierliche Spiele auf, außerdem würde es umso mehr Spaß machen, einige der Regeln zu brechen, wenn wir sie zunächst einmal einhielten.

Vom korsettartigen, an den Schultern weit ausgeschnittenen Spitzenoberteil mit transparenten Ärmeln ausgehend, breitete sich eine Schleppe aus elfenbeinfarbener Seide auf dem Boden aus. Als ich das Kleid anhob und hineinstieg, staunte ich über sein geringes Gewicht: Die Stäbchen verliehen ihm eine federnde Festigkeit, doch die Meter um Meter reiner Seide waren so leicht wie Spinnweben. Ich betrachtete mich im hohen Spiegel, während Jane das Oberteil festzog und die Rückenhäkchen schloss. Eine perfekte Braut erwiderte meinen Blick, deren Rundungen vom tadellos sitzenden Kleid betont wurden, während der volle Rock den Anschein erweckte, sie schwebe über dem Boden. Das an Brüsten und Taille eng anliegende Oberteil und die an meinen nackten Schenkeln streifende weite Seide erinnerten mich lebhaft an den Traum, den ich auf der Autofahrt zu der Hochzeit geträumt hatte, bei der ich Kit kennen gelernt hatte. Ich berührte die Spitze, betastete die harten, kleinen aufgestickten Perlen auf der sanften Schwellung meines Busens.

Jane schloss das letzte Häkchen und trat zurück, um mich in Augenschein zu nehmen. Als sie sah, wie vollständig ich mich verwandelt hatte, atmete sie scharf ein: Als moderne junge Frau in Jeans hatte ich den Laden betreten, und nun stand ich vor ihr wie eine Figur aus Zuckerguss, das Sinnbild ewiger Weiblichkeit. «Wow», staunte sie. «Du siehst hinreißend aus.» Mein Spiegelbild erwiderte ihren Blick, teils Opferlamm, teils Göttin, die Verkörperung des Mysteriums der Frau.

Jane, die immer noch hinter mir stand, legte die Hände auf meine Hüften wie ein Balletttänzer, wenn er sich anschickt, die Ballerina emporzustemmen. Tatsächlich fühlte ich mich leicht wie eine Tänzerin, der Oberkörper vom Kleid umschlossen und angehoben, der Unterkörper im kühlen Stoff schwebend. Ich ließ mich gegen Janes Hände zurückfallen und lehnte mich an ihren weichen Busen, während ihre Hände nach vorn glitten, bis sich die Fingerspitzen an meinem Bauch berührten, der in Spitze gehüllt und mit Perlen geschmückt war. Wir waren beide ganz gebannt von meiner Verwandlung.

So zart, wie eine Hand bei einer Bootsfahrt übers Wasser streicht, glitten Janes Hände zu meinen Händen hoch, die noch immer auf meinen Brüsten ruhten. Kühl und weich drückten sie gegen mein nachgiebiges Fleisch und schoben meine Hände beiseite, führten sie nach hinten zu ihrer Taille, damit ich sie näher an mich ziehen konnte. Sie reagierte, indem sie mir mit ihren weichen Lippen einen Kuss auf den Hals hauchte, auf die Stelle, wo er aus der zarten Spitze des Oberteils entsprang. So zart der Kuss war, setzte er doch meine Haut in Flammen, und in der Hoffnung, Jane werde weitermachen, bog ich den Hals vor. Als sie eine Reihe hauchzarter Küsse auf meinen Nacken und meine Schultern hauchte, erschauerte ich vor Wonne.

Kühner geworden, folgten Janes Hände nun dem Schwung meines Rückens, wanderten über die Taille und um die Hüften herum, kneteten meine vollen Hinterbacken. Die Seide der Schleppe verlagerte sich unter ihrer Berührung, glitt aufreizend über meine Haut. Offenbar arbeitete sie sich mit den Händen durch die Seide des Kleids hindurch, rieb ihn an meiner nackten Haut. Im Spiegel sah ich, wie die Schleppe sich rechts und links von mir bauschte und Jane vollständig verdeckte. Als ihre warmen Hände an meinen Beinen die Stelle der kühlen, glatten Seide einnahmen und über Schenkel und Hintern streichelten, stöhnte ich laut auf.

Die Braut im Spiegel stand allein da, das Hochzeitskleid wie ein überdimensionales Baiser um sie ausgebreitet, doch unter dem jungfräulichen Rock waren die Finger einer anderen Frau zugange, beschrieben Flammenbahnen auf ihren Hüften und Beinen. Jane erkundete die Konturen meiner Hinterbacken, ihre Finger stießen unter den Stringtanga vor, glitten aufreizend über mein runzliges Arschloch und weiter zu meinem feucht werdenden Schlitz. Mich in dem Kleid zu sehen, hatte mich bereits erregt, und Janes kundige Berührungen brachten mich zur Raserei. Mit einer Hand, die feucht war von meinen Säften, schob sie den Tanga beiseite, streichelte mir den Kitzler und fand die Möse mit raschen, sicheren Bewegungen, nicht schwerfällig, sondern voller Selbstvertrauen.

Ich spreizte die Beine, um ihren Fingern den Zugang zu meinen innersten Höhlungen zu erleichtern, da spürte ich auf einmal ihr Haar an meinem Schenkel und gleich darauf ihre Zunge, die über den Rand meiner Spalte leckte. In meiner Vorstellung verschmolz dies mit der Vorbereitung der Braut, und ich dachte an die Haremmädchen, die angeblich die Jungfrauen unter ihnen auf diese Weise initiierten. Ich war die Unerfahrene, die nervös dem unbekannten Versprechen der Hochzeitsnacht entgegensah, und Jane war die Erfahrene, die mich in die Lüste meines Körpers einführte. Als sie mir erst über den Kitzler leckte und dann die Zunge tiefer in mich hineinsteckte, hatte ich das Gefühl, ich erlebe die Empfindungen zum ersten Mal, und meine Hüften bebten, mein Bauch wurde flüssig.

Ihr Mund war anders als der eines Mannes, kleiner, weicher und viel kundiger, denn als Frau wusste sie, wo und wie sie mich berühren musste. Janes kleine, schmale Finger spreizten die Öffnung für ihre tastende Zunge, und die Blütenblätter teilten sich, um die Biene willkommen zu heißen. Ihre kleine, spitze Zunge glitt am Kitzler auf und ab, während sie den Finger gleichzeitig behutsam raus- und reinbewegte und mich ständig mit neuen Berührungen überraschte. «Ach, Jane», murmelte ich, «mach weiter, bitte mach weiter.»

Meine Stimme feuerte sie offenbar an, denn nun schob

sie die ganze schlanke Hand in mich hinein und drang so tief und gleichzeitig so behutsam in mich ein, dass sie die empfindlichste Stelle traf. Kurz davor, die Beherrschung zu verlieren, legte ich ihr eine Hand auf den von Seidenschichten verhüllten Kopf und erbebte unter den kraftvollen Wellen des Orgasmus. Jane saugte am Kitzler, verdoppelte die Intensität des Höhepunkts, und als sich meine Möse zusammenzog, steckte sie mir einen schmalen Finger in die enge Hinteröffnung, der sogleich von den Kontraktionen meines Orgasmus umfasst wurde, während meine Möse an der anderen Hand saugte. Das Gesicht der jungfräulichen Braut im Spiegel – die Haut gerötet, der Mund offen, der Blick wild – war der Inbegriff der Ekstase, während das makellos weiße Kleid noch immer nichts von der geheimen Befriedigung verriet, die sich darunter abspielte.

Als Jane mich küsste, ihr Mund salzig von meinem Mösensaft, wurde an der Tür des Anprobezimmers geklopft. Eilig glättete Jane die Falten der Schleppe, dann schob sie den Riegel zurück. «Tut mir Leid, dass ich Sie habe warten lassen», sagte die Näherin beim Eintreten. «Jetzt wollen wir mal sehen, was noch geändert werden muss. Eigentlich passt es Ihnen doch recht gut, finden Sie nicht?»

«Ausgezeichnet», quetschte ich hervor; ich fühlte mich noch ganz schwach auf den Beinen.

Sie musterte mich besorgt. «Möchten Sie sich setzen, meine Liebe?», fragte sie, und ich nickte erleichtert. «Kein Grund zur Sorge», versicherte sie mir, als ich auf den Stuhl niedersank. «Vielen Frauen wird ein bisschen schwindlig, wenn sie ihr Hochzeitskleid zum ersten Mal anprobieren. Das kommt von der Aufregung.»

Jungfrauenabschied

Die von der Themse her wehende Nachtluft drang durch meine dünnen Strümpfe, und einen flüchtigen Moment lang bedauerte ich, dass wir mit der Heirat nicht bis zum Sommer gewartet hatten. Dann hätte ich den Jungfrauenabschied im warmen abendlichen Sonnenschein beginnen können anstatt hier in der kalten Dunkelheit, während ich darauf wartete, dass Jane und die anderen mich abholten. Während ich nach ihr Ausschau hielt, bewunderte ich die Lichter, welche die Flusspromenaden säumten und sich im dunklen Wasser spiegelten. Das hier war meine Lieblingsgegend: die durchs Londoner Zentrum fließende Themse, die sich inmitten der dicht gedrängten Gebäude dem Himmel öffnete und dem Stadtzentrum bei Tag Licht und bei Nacht den Sternenhimmel schenkte.

Die Planung hatte ich vollständig Jane überlassen. Sie wusste, wo ich am nächsten Morgen um elf sein musste und was ich dann zu tragen hätte, und so hatte ich mich ganz ihrer Obhut anvertraut. Einige meiner Freundinnen hatten sich gewundert, dass Kit und ich an der alten Tradition festhalten wollten, am Abend vor der Hochzeit Junggesellen- und Jungfrauenabschied zu feiern, und ihrer Sorge Ausdruck verliehen, einer von uns oder gar wir beide könnten den Termin verpassen oder zu verkatert sein, um den Tag durchzustehen. «Warum feiert ihr nicht schon ein Wochenende eher?», hatte eine von ihnen vorgeschlagen. Gleichwohl waren wir entschlossen, so viel Tradition wie möglich aus der Hochzeit herauszupressen. Außerdem war ich mir bewusst, dass die Abenteuer, die ich heute Nacht erleben würde, die morgige Zeremonie würzen würden, und hatte volles Vertrauen in Janes Versprechen, mich in gutem Zustand abzuliefern.

Und da tauchte sie auf einmal pünktlich auf, zusammen mit einer Gruppe von Frauen, die sich ebenso in Schale geworfen hatten wie ich. Auf einmal wurde ich von Erregung erfasst: Dies war mein letzter Abend als Ledige, und ich war im Begriff, zusammen mit den anderen Mädels ein letztes Mal über die Stränge zu schlagen. Natürlich war mir klar, dass das Leben als Kits Ehefrau nicht das Ende des Herumexperimentierens und der Abenteuer bedeuten würde, dennoch erforderte der Anlass, dass wir uns schlecht benahmen, und dazu war ich mit Freuden bereit. «Wo geht's denn hin?», fragte ich Jane, als wir uns zu meiner Überraschung nicht zum West End wandten, sondern die Uferstraße überquerten. Sie gab keine Antwort, doch einige meiner Freundinnen zeigten auf die Treppe, die zum Fluss hinunterführte.

Wir stiegen die Steintreppe zum Ausflugsboot hinunter, von dem uns bereits muntere Discomusik entgegenschallte. Die am Dach befestigten bunten Lichtergirlanden verliehen ihm ein kirmeshaftes Aussehen, und ich schnupperte bereits Grilldüfte. «Ein Barbecue?», fragte ich verwundert. «Auf einem Schiff?»

Jane zuckte mit den Schultern. «Warum nicht?», meinte sie. «Barbecue, Bar, Karaoke. Ich hab gesagt, wir würden alles mitnehmen, was sie zu bieten haben.» Als ich zum geräumigen Salon hinunterstieg, sah ich, dass schon Dutzende meiner Freundinnen zugegen waren. Jane hatte alle Hebel in Bewegung gesetzt.

Ich bemerkte kaum, dass das Schiff ablegte, denn ich war zu sehr damit beschäftigt, die ersten Cocktails zu trinken und Gratulationen entgegenzunehmen. So sollte ein Jungfrauenabschied sein: eine Feier in Gesellschaft guter Freundinnen, die geschützt vor fremden Blicken ihren Spaß miteinander hatten. Ich fühlte mich bereits pudelwohl, schrieb mich fürs Karaoke ein und begutachtete die Würste und scharf gewürzten Brathähnchen auf dem Holzkohlegrill. Befreit vom Druck zu flirten und anzugeben, stand es uns frei, nach Herzenslust zu tanzen, schamlos die uncoolsten Songs unserer Teenagerjahre zu fordern und selbst die peinlichsten Textzeilen mitzusingen. Ich hatte keine Ahnung, welche Überraschungen Jane für mich sonst noch auf Lager hatte – vielleicht einen Stripper oder spät nachts einen Besuch in einem verrufenen Club –, doch es war mir egal. Die Stunden vergingen wie im Flug. Obwohl auf dem Wasser ein kalter Wind wehte, wurde es auf der Tanzfläche im Handumdrehen heiß und stickig, und wir waren froh, dass wir uns auf dem überdachten Deck abkühlen konnten.

Dampfend lehnte ich mich an die Reling und genoss den wundervollen Anblick der vorbeigleitenden Ufer. Wir fuhren flussaufwärts, und allmählich machten die prachtvollen Bürotürme und öffentlichen Gebäude älteren Häusern Platz, und es wurde dunkler auf dem Fluss, da die schlafenden Häuser die Straßenlaternen verdeckten. Das Schiff wurde langsamer, und dann bemerkte ich zu meiner Enttäuschung, dass wir wendeten. Die Nacht würde wohl noch lange nicht enden, doch mehr als die Hälfte der Schiffsfahrt lag jetzt hinter uns, denn aufgrund der Strömung würden wir den Rückweg rascher zurücklegen als die Hinfahrt.

Jane tauchte neben mir auf und schaute zu, wie das Ufer an der Reling vorbeiglitt und an der anderen Bordseite wieder auftauchte. «Gefällt es dir?», fragte sie.

«Und wie!», antwortete ich begeistert. «Ich möchte nicht, dass es schon aufhört.»

Die dunklen Häuser glitten wieder an uns vorbei, und Jane meinte lächelnd: «Ach, es ist noch lange nicht vorbei. Das Beste kommt noch. Das heißt, falls du noch Lust hast.»

«Aber klar doch!», versicherte ich ihr. «Heute bin ich zu allem bereit.»

«Gut», meinte sie, zückte eine Zigarette und zündete sie vorsichtig an. Sie hielt das Feuerzeug hoch, sah mir forschend ins Gesicht und küsste mich flüchtig auf die Lippen, dann verschwand sie wieder in der Disco.

Ich hätte ihr zu meinen tanzenden Freundinnen folgen sollen, doch ich blieb draußen und stellte mir vor, die Themseufer würden speziell für mich zur Schau gestellt. Plötzlich rummste es, als hätten wir einen im Wasser treibenden Gegenstand gerammt, aber weil der Steuermann im Ruderhaus keine Reaktion zeigte, dachte ich mir nichts dabei. Ich wandte mich um und wollte wieder in den Salon gehen, als mir von hinten ein kräftiger Arm um die Brust und eine große Hand auf den Mund gelegt wurden.

«Keinen Mucks!», grollte eine Männerstimme an meinem Ohr. Ich hatte Herzklopfen, meine Gedanken überschlugen sich. Wurde das Schiff etwa von Piraten geentert? Den Kapitän hatten sie bestimmt als Ersten überwältigt, sonst hätte er mittlerweile Alarm ausgelöst. Ich konnte mich nicht mehr rühren, denn die Arme des Unbekannten umschlangen mich so fest wie ein Stahlband, und er bog mir den Kopf zurück, sodass ich das Gleichgewicht verlor und gegen seine Schulter fiel. Er zerrte mich in den Schatten des Ruderhauses, und ein zweiter Mann, dessen Gesicht von einem Tuch verhüllt war, streifte mir eine Kapuze über den Kopf. Ehe ich mir über das Geschehen klar werden und einen Plan zurechtlegen konnte, schob man mir einen Gummiknebel in den Mund, fesselte mir Hände und Füße und hob mich hoch. Ich hatte vollkommen die Orientierung verloren und konnte nicht erkennen, wohin ich gebracht wurde, wusste noch immer nicht, wer die Männer waren und was sie vorhatten. War ich vielleicht mit einer reichen Erbin verwechselt worden und einer Entführerbande in die Hände gefallen? Die Männer waren nicht grob zu mir, doch ihre energische Zielstrebigkeit sagte mir, dass Widerstand zwecklos war. Ich versteifte mich, als ich das Gefühl hatte zu fallen, wurde jedoch sogleich von anderen Händen aufgefangen und auf eine harte Unterlage gelegt.

Das Schaukeln war heftiger geworden, woraus ich schloss, dass ich mich jetzt in einem kleineren Boot befand. Ein Außenbordmotor sprang an, und ich wurde zur Seite geschleudert, als das Boot durchs Wasser schoss. Eine Entführerbande würde doch sicherlich vorsichtiger zu Werke gehen? Da man mir noch nicht wehgetan hatte, flaute meine Angst allmählich ab und machte Verwirrung und Zorn Platz. Nach ein, zwei Minuten war die Fahrt auch schon wieder zu Ende, der Motor verstummte knatternd, und ich spürte, wie das Boot irgendwo anstieß. Vier kräftige Hände hoben mich hoch. Ich machte mich ganz schlaff, denn ich wollte es den Unbekannten nicht noch leichter machen, hielt es aber auch nicht für geraten, mich zu wehren, denn im schlimmsten Fall würden sie mich ins eiskalte Wasser fallen lassen, und dann würde ich ertrinken.

Als ich abermals weitergereicht wurde, wünschte ich mir in einem Moment der Klarheit, ich trüge nicht Partykleid und Strümpfe, sondern etwas, das mir mehr Schutz vor den Händen der Unbekannten böte. Nicht dass sie mich lasziv berührt hätten, aber der Umstand, dass sie meine Schenkel packten, als sei ich nur eine leblose Last, war irgendwie noch demütigender, als wenn sie die Gelegenheit ausgenutzt hätten, um zudringlich zu werden. Was waren das für Leute? Irgendwelche Sklavenhändler? Die Vorstellung erregte und entsetzte mich. Diesmal wurde ich auf einem anderen schaukelnden Deck auf die Füße gestellt, wobei mich jedoch ein Mann von hinten stützte, damit ich wegen meiner aneinander gefesselten Beine nicht umkippte und gar nicht erst auf den Gedanken kam, einen Fluchtversuch zu wagen. Ich spitzte die Ohren, denn ich wollte herausbekommen, wohin man mich brachte.

Die Kapuze verdeckte mir nicht nur die Sicht, sondern dämpfte auch die Geräusche. Da ich noch immer das leise Gurgeln des Flusses und fernen Verkehrslärm vernahm, schloss ich, dass man mich nicht weit gebracht hatte. Einen Moment lang hörte ich nur meinen beschleunigten Atem, dann näherten sich über eine Holztreppe schwere Schritte, und der Mann, der mich festhielt, sagte: «Da ist sie, Captain.»

Ich hatte Recht gehabt: Die stümperhaften Kidnapper hatten mich mit einer Reichen verwechselt. Da antwortete auf einmal eine tiefe Stimme: «Gut. Bringt sie in meine Kabine und lasst sie dort allein.» Meine Möse zuckte vor Erleichterung und Erregung: Es war Geoff.

Zwei Männer hoben mich hoch, als wäre ich nichts weiter als ein Mehlsack, schleppten mich die Treppe hinunter und legten mich in Seitenlage auf eine durchgelegene Matratze. Als sie hinausgingen und die Tür hinter sich schlossen, ärgerte ich mich: Warum war ich nicht eher darauf gekommen, dass Geoff dahintersteckte? Es war ihm bestimmt leicht gefallen, seine tollkühnen Freunde dazu zu bewegen, mich vermutlich mit Janes Einverständnis vom Ausflugsdampfer zu entführen und hierher zu bringen, wo immer das sein mochte. Noch nie zuvor war ich ihm so vollständig ausgeliefert gewesen. Während ich geknebelt und bewegungsunfähig dalag, wurde mir allmählich die Ritze feucht. Vielleicht war dies unser letztes Spiel, und ich war entschlossen, es bis zur Neige auszukosten.

Indem ich den Kopf am Kissen rieb, versuchte ich, die Kapuze hochzuschieben, doch anscheinend war sie mit einer Schnur oder einem Gummiband befestigt. Abgesehen von den Wellen, die nur Zentimeter von meinem Kopf entfernt gegen den Holzrumpf klatschten, war es totenstill in der Kabine. An den Stricken zu zerren, mit denen man mir Arme und Beine gefesselt hatte, brachte ebenfalls nichts. Nicht nur die Handgelenke, sondern auch die Ellbogen waren eingeschnürt, sodass meine Arme nach hinten gezogen wurden und der Strick etwas in die Haut einschnitt. Der Gummiknebel füllte meinen Mund vollständig aus, drückte die Zunge nach unten und verhinderte, dass ich den Kiefer schloss. Das fühlte sich durchaus erotisch an, etwa so, als habe man mir einen großen Gummischwanz in den Mund gesteckt, und dies alles steigerte das Gefühl von Hilflosigkeit, das mich jetzt, da ich wusste, dass Geoff mich entführt hatte, in erstaunlichem Maße erregte. Ich wünschte, er würde endlich zu mir kommen und die Macht genießen, die er über mich ausübte, sich meiner bedienen wie ein Piratenkapitän, doch ich schwelgte auch in der erzwungenen Warterei.

Aufgrund der Stille und der Dunkelheit geriet mein Zeitempfinden durcheinander, doch als ich hörte, wie sich die Kabinentür öffnete, und ich lauschend den Kopf hob, hatte ich den Eindruck, etwa eine Stunde sei verstrichen. Wer immer hereingekommen war, er sagte kein Wort, sondern schloss lediglich die Tür. Ich hatte erwartet, mir werde zumindest die Augenbinde abgenommen, damit ich meinen Gebieter sehen könne, stattdessen wurde mir grob der Rock hochgeschlagen, und eine kalte, harte Hand streifte anerkennend über meine entblößten Hinterbacken. Wollte er mich blind und gefesselt lassen, während er meinen wehrlosen Körper erkundete?

Bei der Vorstellung kam ein gedämpftes lustvolles Stöhnen aus meinem geknebelten Mund, und ich vernahm Geoffs unverkennbares Lachen, doch er schwieg noch immer und schob mir lediglich seine unerbittliche Hand zwischen die Beine und tastete nach der Feuchte. Er liebkoste mich derb durch den dünnen Seidenstoff des Slips hindurch, schob die Hand zwischen meine Beine, die von den Stricken zusammengedrückt wurden. Ich hätte ihn gern in mir gespürt, doch mir blieb nichts anderes übrig, als stumm das Gefühl zu genießen, ihm ausgeliefert zu sein. Ich spürte ein Zerren am Slip, dann durchschnitt eine Klinge den dünnen Stoff. Geoff riss mir die Fetzen vom Leib, und jetzt lag meine Möse offen einsehbar vor ihm. Ich konnte mir vorstellen, was er sah, meinen nackten, bleichen Arsch, eingerahmt von den dunklen Strumpfhaltern und Strümpfen, die im Schatten liegende Spalte glänzend von meinem Saft. Meine mit Stricken gefesselten Gliedmaßen steigerten seine Erregung bestimmt noch mehr.

Geoff ließ sich nicht lange bitten, sondern schob mir die Beine hoch und beugte mir die Knie, dann drehte er mich um, sodass die Beine unter mir waren und ich den Hintern emporreckte. Mein Gesicht wurde ins Kissen gedrückt, und die schmalen Strumpfhalter schnitten in die Hinterbacken. Ich wimmerte vor Verlangen. Die Vorstellung, ihm wehrlos ausgeliefert zu sein, hatte zur Folge, dass ich es gar nicht mehr erwarten konnte, seinen Schwanz in mir zu spüren. Er setzte sich auf mich, und der kühle, glatte Druck seiner Beine sagte mir, dass er seine Lederjeans trug. Ich spürte, wie die Beule seines Ständers gegen meinen nackten Arsch drückte. Er umklammerte mich mit den Beinen, hielt mich fest, dann hörte ich, wie er den Reißverschluss öffnete, und spürte, wie sein warmer, glatter Schwanz heraussprang.

Geoff rieb sich an mir, ließ den prallen Schaft in der engen, feuchten Höhlung zwischen meinen gefesselten Beinen rein- und rausgleiten. Er neckte mich, jedoch ohne in die verlangenden Tiefen meiner Möse vorzudringen. Ich versuchte, ihm die Hüften entgegenzustemmen, konnte mich aber nicht rühren. Er lachte bloß, zog einen der Strumpfhalter stramm und ließ ihn gegen meine Haut klatschen. Ich verspürte ein kurzes Brennen, als habe er mich mit einem Streichholz versengt. Erst als ich fügsam still lag, schob er seinen Schwanz tief in meine Möse und fickte mich so heftig, dass es mir augenblicklich kam. Meine Lustschreie wurden vom Gummiknebel eigentümlich verzerrt und vom Kissen gedämpft, und Geoff, der nicht minder erregt war als ich und seine Hüften kraftvoll gegen meinen Arsch klatschen ließ, explodierte in meiner Möse.

Noch ehe ich wieder ganz bei mir war, machten sich seine geschickten, kräftigen Finger an meinen Handgelenken zu schaffen, dann waren meine Arme frei, und das Blut konnte wieder zirkulieren, was ein Gefühl köstlicher Erleichterung bei mir auslöste. Als Nächstes band er mir die Beine los und nahm mir die Kapuze ab, während ich ermattet auf dem Rücken lag. Ich blinzelte, denn nach der langen Dunkelheit blendete mich das Licht. Geoff sah auf mich nieder, hinter ihm schwang an einem Deckenbalken eine Sturmlaterne, die ihn in einen bedrohlichen, dunklen Schatten verwandelte. Bis zur Hüfte war er nackt, die Tätowierungen, die seinen muskulösen Oberkörper schmückten, wirkten wie ein gemustertes T-Shirt. Von der Hüfte abwärts war er in Leder gehüllt; die Beine der Lederjeans steckten in hohen Reitstiefeln. Die Kabine war sehr klein, die Doppelkoje, auf der ich lag, nahm die eine Hälfte in Anspruch, die andere ein kleiner Klapptisch. Durch die Bullaugen an beiden Seiten sah ich funkelnde Lichter, doch das Boot lag ein ganzes Stück vom Ufer entfernt vor Anker. Die Kabine war mit dunklem Holz getäfelt, rund ums Bett hingen Vorhänge. Es war eine richtige Piratenkabine, und Geoff war von Kopf bis Fuß der Piratenkapitän.

Er beobachtete mich, während ich mich umsah. «Ja», sagte er leise, «heute Nacht bist du meine Gefangene. Widerstand ist zwecklos; vor der Kabine und an Deck halten meine Männer Wache und werden dich mir mit Freuden wieder ausliefern, solltest du einen Fluchtversuch unternehmen. Das heißt», flüsterte er und streichelte über meine entblößte Ritze, «ich könnte mich bemüßigt fühlen, ihnen noch ganz andere Freuden zu gewähren, wenn du mir nicht bedingungslos gehorchst. Habe ich mich klar ausgedrückt?» Ich nickte, während bei der Vorstellung, Geoffs Kumpane könnten in seinem Beisein über mich herfallen, neue Erregung in mir aufflammte. «Ich nehme dir jetzt den Knebel ab, unter der Bedingung, dass du nicht schreist und um Hilfe rufst und nur dann sprichst, wenn du gefragt wirst. Verstanden?» Ich nickte erneut. Geoff lachte, ein unheimliches, triumphierendes Lachen. «Der Knebel gefällt dir, hab ich Recht? Ich glaube, der gibt dir das Gefühl, du hättest einen Schwanz im Mund, stimmt's?» Ich nickte wieder; obwohl ich mich schämte, fühlte ich mich verpflichtet, wahrheitsgemäß zu antworten. Lachend löste Geoff den Riemen und nahm mir den Knebel aus dem Mund. «Dann wollen wir mal sehen, was wir da tun können», sagte er und half mir, mich aufzusetzen.

Auf dem Tisch entdeckte ich zu meiner Freude eine Flasche Wein und einen Teller. Geoff schenkte mir ein Glas

Wein ein und schaute zu, wie ich Brot und Käse aß. Durch eines der Bullaugen sah ich den über dem Fluss schwebenden Vollmond, sein Spiegelbild in den bewegten Wellen und die dunklen Umrisse von Bäumen am anderen Ufer. Wir waren nur wenige Meilen von London entfernt, dennoch hatte ich das Gefühl, wir befänden uns weit draußen auf dem Meer, irgendwo auf der anderen Seite der Erdkugel, oder seien dem normalen Leben gar um Jahrhunderte entrückt. Ich hatte mir für den Jungfrauenabschied ein richtiges Abenteuer gewünscht, und das bekam ich jetzt.

Als ich mich gestärkt hatte, nahm Geoff mir Glas und Teller ab und reichte sie durch die Kabinentür. Ich saß derweil unsicher auf dem Bett und wartete ab, wie es weitergehen würde. «Steh auf», sagte er, und als ich gehorchte, nahm er meinen Platz ein, legte sich aufs Bett und bettete den Kopf aufs Kissen. «Und jetzt strippe für mich», befahl er. Als ich zögerte, zog er eine lederne Reitpeitsche aus dem Stiefelschaft und bog sie drohend. «Ich hab gesagt, du sollst strippen», fuhr er fort. «Oder bist du scharf auf die Peitsche?» Vor banger Erwartung erschauernd gehorchte ich und löste unbeholfen die Verschlüsse meines Kleids, dann trat ich hinaus und stand in BH und Strumpfhaltern vor ihm; meine Muschi war bereits entblößt.

Geoff seufzte ungeduldig. «Ich hab gesagt, du sollst strippen, nicht dich ausziehen», brummte er. «Ich glaube, du brauchst Musikbegleitung, sonst wird's wohl nicht sonderlich unterhaltsam für mich. John!» Die Kabinentür öffnete sich, und ein junger Mann tauchte darin auf. Ich errötete tief und bedeckte meine Blöße mit den Händen, als er eintrat. «John, spiel uns was», befahl Geoff. John schloss die Tür, zog eine Mundharmonika aus der Hemdtasche und stimmte eine flotte Weise an. Er setzte sich auf die Tischkante; dass ich halb nackt war, schien ihn nicht zu stören. «Und jetzt», wandte Geoff sich an mich, «wollen mir mal sehen, was du mir zu bieten hast.»

Gedemütigt durch die Anwesenheit des Unbekannten, durch seine Gleichgültigkeit aber auch eigentümlich erregt, bewegte ich mich im Takt der Musik. Die Melodie klang eher nach munterem Shanty als nach schwülem Liebeslied, was die Erniedrigung irgendwie noch schlimmer machte. Ich bemühte mich nach Kräften, zur Musik des jungen Mannes aufreizend zu tanzen, war mir aber bewusst, dass meine Bewegungen und Drehungen wohl eher unbeholfen und befangen wirkten. Da ich kaum noch etwas am Leibe trug, das ich hätte ausziehen können, schindete ich Zeit, fuhr mir über die Brüste, hob das Haar an und ließ es mir ins Gesicht fallen, senkte den Kopf und schüttelte ihn hin und her, sodass das Haar über meine nackte Muschi streifte. Als ich den Kopf wieder hob, sah ich Geoff, der auf der Pritsche lag, direkt ins Gesicht und bemerkte, dass er erregt war. In seinen Augen lag ein dunkles Funkeln, und die Reitpeitsche in seiner Hand zuckte.

Inzwischen machte es mir Spaß. Ich drehte mich auf der Stelle, wackelte mit dem Arsch und bückte mich, sodass er mir zwischen die Beine gucken konnte. Ich hatte mich noch immer nicht weiter entkleidet, und Geoff zeigte erste Anzeichen von Ungeduld. «Ich hab gesagt, du sollst strippen, nicht herumhopsen», knurrte er und warf die Reitpeitsche John zu, der sie mit einer Hand auffing, ohne mit Spielen aufzuhören. «Bring sie ein bisschen auf Trab, John», sagte er. John schlug zu, und ich spürte ein Brennen am Arsch. Erschreckt zuckte ich zusammen, während der junge Mann ungerührt weiter Mundharmonika spielte.

Jetzt begann ich mich ernsthaft zu entkleiden, schob die BH-Körbchen nach unten, entblößte die Brüste und spielte mit den Nippeln, bis ein weiterer Peitschenhieb auf den

Oberschenkel mich veranlasste, den BH eilig zu lösen und ihn beiseite zu werfen. Jetzt trug ich nur noch den schwarzen Strumpfhaltergürtel und Nylonstrümpfe. Während ich mich unablässig bewegte, löste ich eilig die Strumpfhalter und nahm den Gürtel ab. Die Strümpfe rutschten an den Schenkeln hinunter, und ich bemühte mich, sie möglichst aufreizend aufzurollen, während ich unter Johns gelegentlichen Hieben zuckte. Wie schaffte er es, dieser Szene ohne das geringste Anzeichen von Erregung beizuwohnen? Ich tanzte auch für ihn, wollte in seinen Augen das gleiche Feuer sehen wie bei Geoff, doch er wirkte vollkommen teilnahmslos.

Dann war ich nackt und streichelte mir über den ganzen Körper. John spielte weiter und brachte mir hin und wieder einen schmalen roten Striemen bei, bis Geoff irgendwann sagte: «Es reicht, John.» Daraufhin senkte er die Mundharmonika und wandte sich zum Gehen, doch Geoff bedeutete ihm mit einer Handbewegung, er solle bleiben. John lehnte sich an den Türrahmen und schaute zu. «Und jetzt», sagte Geoff, «beug dich über den Tisch.» Ich gehorchte mit klopfendem Herzen. Das raue Holz an meinen Brüsten und am Bauch erregte mich, jedoch nicht so sehr wie die Vorstellung, mich zu unterwerfen und Geoff meine Ritze darzubieten, während John mir zusah. Ich legte die Wange auf die Tischplatte und streckte die Arme seitlich ab, umfasste die Tischkanten und wartete darauf, dass Geoff mich in Gegenwart dieses eigentümlich leidenschaftslosen Zuschauers fickte.

Die Koje knarrte, als Geoff sich erhob. Meine Möse wurde in Erwartung seines Schwanzes bereits feucht, als er sich hinter mich stellte, doch er machte keine Anstalten, mich zu berühren. «John», sagte er, «nimm ihre Sachen und wirf sie aus dem Bullauge.» Unwillkürlich ruckte ich mit dem Kopf, senkte ihn aber gleich wieder, als die Reitpeitsche auf meine Hinterbacken niedersauste. Ich hörte, wie das Bullauge geöffnet wurde und meine Sachen mit einem leisen Klatschen in der Themse verschwanden. «Nur für den Fall, dass du vorhaben solltest, uns zu verlassen», zischte Geoff. «Die Nacht ist zu kalt, um nackt spazieren zu gehen, schätze ich.» Meine Haut brannte von der Peitsche und wurde von Wärme durchströmt, die sämtliche Nerven aktivierte. Er ließ keine Gelegenheit aus, mich daran zu erinnern, dass ich ihm ausgeliefert war.

Dann berührte mich etwas Glattes, Kühles an der Wange. Es war der Griff der Reitpeitsche, der aus lederbezogenem Holz bestand und nicht dicker war als ein Finger, am Ende aber eine Verdickung von der Größe eines Golfballs hatte. Ich rührte mich nicht und zitterte vor Erwartung, während Geoff mir mit dem Peitschengriff über Gesicht und Lippen streichelte, die sich bereitwillig öffneten, als er mir das Ende in den Mund steckte. Während mein Mund gedehnt wurde wie zuvor vom Knebel, saugte ich behutsam an dem Ding, als wäre es ein Schwanz, der Schwanz, den ich in mir spüren wollte. «Gut», murmelte er, «sehr gut. Endlich wirst du gefügig.»

Er nahm die Peitsche aus meinem Mund, und gleich darauf spürte ich ihren Druck an den Schamlippen, und das verdickte Ende schob sich in die zarte Höhlung. Es war so groß, dass ich ein wenig zusammenzuckte, als meine Möse sich um den harten, unnachgiebigen Knauf dehnte, doch das Gefühl, ihn in mir zu haben, war ausgesprochen wohltuend. Geoff schob die Peitsche rein und raus, dehnte mich mit dem dicken Griff. Ich wusste, dass John ihm dabei zusah, und bei der Vorstellung, dass er genau verfolgte, wie die Peitsche rein- und rausgeschoben wurde, stöhnte ich lustvoll. Der dünne Griff glitt mühelos zwischen die feuchten Lippen, doch das verdickte Ende füllte mich eher noch besser aus, als ein Schwanz es vermocht hätte, und reizte selbst die entlegenste empfindsame Stelle meiner Möse.

Unvermittelt zog Geoff die Reitpeitsche aus mir heraus, und als das Ende sich durch die empfindliche Öffnung zwängte, stockte mir der Atem. Geoff knallte die Peitsche unmittelbar vor meinem Gesicht auf den Tisch, sodass mir der Geruch meiner Möse in die Nase stieg, der am Leder haftete. Dann schob er seinen dicken Schaft in mich hinein, drang ebenso tief ein wie zuvor der Peitschengriff und füllte mich aus. Seine Lederjeans knarrte, als er mich gegen die unnachgiebige Tischkante drückte. «Und John gefällt das auch, nicht wahr, John?» Er wartete die Antwort nicht ab. «John schaut mir zu, wie ich deinen feuchten kleinen Kanal ficke, und er hat einen solchen Steifen, dass er ihn herausgeholt hat und sich wichst.»

Bei der Vorstellung, dass John, der kühle, unbeteiligte John, seine Faust an seinem Ständer auf- und abbewegte, während er dabei zusah, wie ich gefickt wurde, verlor ich die Beherrschung und wurde von einem solch überwältigenden Orgasmus durchgeschüttelt, dass ich schluchzend kam. Geoff behielt seinen Rhythmus einfach bei und stieß weiter in meine zuckende Möse. «Siehst du, John?», sagte er beiläufig, als mache er eine Bemerkung übers Wetter, «ich hab ja gesagt, sie ist eine richtige Schlampe.» Ich lag zitternd auf dem Tisch, während Geoff unablässig in mich hineinstieß. «Komm her, John», hörte ich ihn sagen, dann fasste er mir ins Haar und zog meinen Kopf zurück.

Im selben Moment tauchte John vor mir auf und streckte mir seinen Ständer ins Gesicht. Da Geoff mir den Kopf weit zurückgebogen hatte, war ich gezwungen, den Mund zu öffnen, und John steckte ohne zu zögern seinen

Schwanz hinein. Er war lang, seidig-glatt und schmeckte angenehm salzig. Jetzt wurde ich von zwei Seiten gefickt, und beide Männer stießen ohne Rücksichtnahme in mich hinein. Bei der Vorstellung, wie ich benutzt, penetriert und mit Schwänzen angefüllt wurde, schüttelte mich ein weiterer Orgasmus, doch da verspürte ich auf einmal einen harten Druck an meinem engen Arschloch. Es dauerte einen Moment, bis ich begriff, dass Geoff mir den Peitschengriff in den Hintern schob. «Nein», versuchte ich zu protestieren, «der ist zu groß», doch Johns Schwanz steckte mir im Mund, sodass nur gedämpfte Schreie herauskamen.

Unerbittlich schob sich der glatte, runde Knauf durchs empfindliche Gewebe. Ein sengender Schmerz durchzuckte mich, gefolgt von einem außergewöhnlichen Lustgefühl, als das verdickte Ende die Muskelbarriere überwunden hatte und in mir steckte. Der schmale Schaft glitt mühelos durch die enge Öffnung, die Kugel bewegte sich in mir und berührte empfindsame Stellen, von deren Existenz ich bislang noch gar nichts gewusst hatte, füllte mich auf eine Weise aus, wie ich es noch nie zuvor erlebt hatte. Geoffs Schwanz rieb sich am harten, nur durch ein dünnes Häutchen getrennten Holzknauf, was mir durch und durch ging. Als ich von einem heftigen Orgasmus geschüttelt wurde, kam John in meinem Mund, und seine heiße Milch rann mir die Kehle hinunter. «Das gefällt dir, ja?», stöhnte Geoff, dann kam auch er und ergoss sich unter heftigen Zuckungen in meine Möse. «In jedem Loch ein Schwanz; so hast du's gern.»

Die vierte Hochzeit

«Wach auf, Emma.» Als ich widerwillig auf das sanfte, aber beharrliche Schütteln reagierte, war das Zimmer erfüllt vom grauen Licht der Morgendämmerung. «Wach auf, du musst aufstehen.»

«Warum?», stöhnte ich verwirrt; ich wusste nicht, wo ich war und warum ich aufstehen sollte. Mein Körper sagte mir, ich habe es warm und behaglich und solle noch mindestens eine Stunde weiterschlafen.

«Weil du heute heiraten willst.»

Ich schreckte hoch, setzte mich auf und schaute mich in dem unbekannten Raum um. Geoff lag neben mir und bemühte sich geduldig, mich wach zu bekommen. Einen Moment lang meinte ich zu träumen und glaubte, mein Unterbewusstes versetze mich in Panik und spiegele mir vor, ich befände mich mit Geoff an einem unbekannten Ort, obwohl ich doch bei Kit hätte sein und mich auf die Hochzeit vorbereiten sollen. Dann erinnerte ich mich an den gestrigen Abend, an den Jungfrauenabschied und die Entführung durch die Piraten.

«Keine Bange», sagte Geoff, in mein entgeistertes Gesicht blickend, «du hast noch jede Menge Zeit. Es ist noch nicht mal sieben.» Das graue Morgenlicht, das durch die Bullaugen sickerte, bestätigte mir, wie früh es war, doch er hatte Recht: Wenn ich mich nach den nächtlichen Ausschweifungen wieder in Form bringen, das Hochzeitskleid anziehen und rechtzeitig zur Trauung erscheinen wollte, wo immer ich mich derzeit befinden mochte, musste ich allmählich in die Gänge kommen. Ich schwenkte die Füße auf den Boden, und Geoff warf mir ein Handtuch zu. «Die Dusche ist dort drüben», sagte er und zeigte in die Richtung, die er meinte. Dusche? Offenbar sah er mir meine Skepsis an, denn er setzte grinsend hinzu: «Auch Piraten haben heutzutage Badezimmer, weißt du.»

Unter dem heißen Wasserstrahl wurde ich wach und dachte an das, was mir bevorstand. Heute war der Tag, da Kit und ich uns das Jawort geben und unseren versammelten Freunden und Angehörigen erklären würden, dass wir zusammenbleiben wollten. Und ich begann den Tag, indem ich spermaverklebt in Geoffs Bett aufwachte. Still in mich hineinlächelnd trocknete ich meinen noch immer empfindlichen Körper ab. Vielleicht war es genau richtig gewesen, Geoff auf diese Weise Lebewohl zu sagen. Auf jeden Fall war es dem Wesen unserer Freundschaft eher angemessen gewesen als der schmerzvolle Abschied in der verrauchten Bar.

Außerdem war es cool, mit dem Boot zur Hochzeit zu erscheinen. Bestrebt, der Zeremonie einen möglichst romantischen und traditionellen Rahmen zu geben, aber nicht heuchlerisch genug, um kirchlich zu heiraten, hatten Kit und ich ein auf der Themse vor Anker liegendes Schiff als Trauungsort gewählt. Geoff, der von Jane natürlich ins Bild gesetzt worden war, hatte unter Berücksichtigung der Gezeiten und des Umstands, dass wir mit der Strömung fuhren, genau berechnet, wie lange wir bis dorthin brauchen würden.

Als wir am Ort der Hochzeit eintrafen, versammelten sich die Gäste bereits auf dem Deck des schönen alten Schiffes. Bestimmt boten wir einen sehr prachtvollen Anblick: Geoff stand am Ruder, seine sechs kräftigen Freunde, wahrscheinlich zum ersten Mal in ihrem Leben mit sauberen weißen Hemden bekleidet, ruderten im Bug, und mein weißes Hochzeitskleid funkelte in der Morgensonne: die strahlende Braut. Wie der Zufall es wollte, machte Kits Nichte Eleanor uns als Erste aus. Rufend zeigte sie auf uns, dann versammelte sich an der Reling eine Menschenmenge, die uns freudig begrüßte, als wir längsseits gingen.

Jemand ließ eine Strickleiter herunter, und Geoff half mir beim Hinaufklettern. Als er bemerkte, dass ich Schwierigkeiten mit der Schleppe hatte, hob er mich hoch, meinte, ich solle mich an ihm festhalten, und kletterte mit mir die Strickleiter hinauf, während mein Seidenrock wie eine Fahne herabhing. Unter dem Jubel der Hochzeitsgäste setzte er mich mit leicht verrutschtem Schleier auf dem Deck ab, gab mir einen flüchtigen, freundschaftlichen Kuss und kletterte wieder ins Boot hinunter, wobei er den Gästen und vor allem Kit zuwinkte. Ich wusste, ich würde ihn nicht wiedersehen, wollte den Moment aber auch nicht in die Länge ziehen, indem ich einem langsam in der Ferne verschwindenden Fleck auf dem Wasser nachwinkte. Wir hatten eine letzte wilde Nacht und einen letzten freundschaftlichen Morgen miteinander verbracht: Das musste reichen.

Trotz der frühen Morgenstunde drängten bereits Touristen am Ufer, zeigten auf das filigrane Takelwerk unseres Schiffes und musterten neugierig die an Deck versammelte Hochzeitsgesellschaft. Das Schiff war wundervoll, die Messingbeschläge funkelten im morgendlichen Sonnenschein, das helle Holz schimmerte. Wir wirkten fehl am Platz auf diesem Schiff, das auf funktionale Eleganz hin gebaut war, wo jedes Tau und jede Klampe einem bestimmten Zweck diente und dessen Bestimmung es war, abzulegen und um die Welt zu segeln, mit seinem spitzen Bug die Meereswogen zu durchschneiden. Aber vielleicht war es ja doch ein passender Ort, um das Abenteuer der Ehe einzugehen, dachte ich bei mir.

Zum Glück hatten wir gutes Wetter und konnten uns an Deck versammeln, ehe die Zeremonie begann. Meine Angehörigen freuten sich, dass ich richtig Hochzeit feierte, mit traditionellem Hochzeitskleid und in einer altmodischen Umgebung. Meine Freunde zeigten sich amüsiert, aber nicht sonderlich überrascht. «Bei dir galt schon immer ganz oder gar nicht, hab ich Recht?», murmelte Eric, als er mit Philippa von der schmalen Gangway trat. Michael ließ Jane stehen und eilte herbei, um seinen Bruder zu begrüßen, und ich registrierte erleichtert, dass sie keinen Groll mehr aufeinander hegten.

Ein dünner Nebel schwebte über dem Wasser, und die Schwaden wogten umeinander, als die Sonnenwärme sie erfasste. Plötzlich tauchte wie auf ein Stichwort hin eine Schwanenherde aus dem Nebel auf und glitt an uns vorbei. Wir beobachteten, wie sie langsamer wurden und nach Brotkrumen Ausschau hielten. «Noch zu früh – das Buffet wird erst um zwei eröffnet!», rief Michael. Es hatte den Anschein, als musterten sie ihn geringschätzig, dann schwammen sie weiter flussabwärts.

Cassandra begrüßte mich mit Wangenkuss. Wie immer sah sie hinreißend aus, obwohl sie heute ein dezentes hellgraues Kostüm trug. «Keine Bange», meinte sie, «ich zieh mich später um.» Natürlich würde sie für uns singen, doch als Kits älteste Freundin war sie auch unser Ehrengast. «Kit ist mir nämlich noch was schuldig, weißt du», murmelte sie, paffte wie ein Fünfzigerjahre-Filmstar und ließ den Blick übers Wasser schweifen.

«Was meinst du damit?», fragte ich.

Sie wirkte leicht belustigt. «Wusstest du das denn nicht?

Ich musste dich für ihn ausfindig machen. Er kannte ja nur deinen Namen. Von jeder Hochzeit, bei der ich diesen Sommer aufgetreten bin, musste ich mir die Gästeliste beschaffen und sie nach Emma Fowler durchsehen.» Sie warf mir einen forschenden Blick zu. «Nur gut, dass es damit jetzt sein Bewenden hat, nicht wahr?»

Ich ging zur hochschwangeren, strahlenden Sarah hinüber, die am Mast saß. Kit hatte Robin als Best Man ausgewählt, weshalb er mit Vorbereitungen beschäftigt war und sie allein gelassen hatte. Sie drückte mir die Hand und meinte, sie freue sich, dass wir beide uns bei ihrer Hochzeit kennen und lieben gelernt hätten. Die Umstände unserer ersten Begegnung hatte sie entweder vergessen oder wollte lieber nicht daran denken.

Robin und die Platzanweiser geleiteten uns unter Deck, wo die Trauung stattfinden sollte. Die Kabine war erstaunlich groß, überall gab es vergoldetes Holz und Fenster mit Mittelpfosten, dennoch wurde es mit den vielen Gästen ein wenig eng. Da meine Eltern nicht mehr lebten, verzichtete ich auf einen feierlichen Auftritt. Mein Schwager Kevin hatte sich erboten, die Vaterrolle zu übernehmen, was ich ausgesprochen nett von ihm fand, aber auch in höchstem Maße unpassend: Bei der letzten Hochzeit, bei der wir uns begegnet waren, hatte er versucht, mich von Kit fern zu halten, anstatt uns näher zusammenzubringen. Neben Kit wartete ich in der ersten Reihe. Während der Raum sich allmählich füllte, wurde mir klar, dass ein würdevoller Einmarsch lediglich zu Durcheinander geführt hätte, denn mit der Schleppe hätte ich mich in dem Gedränge bestimmt verheddert.

Als alle sich in den Raum gezwängt hatten, begann die Zeremonie. Während sich erwartungsvolle Stille auf die versammelten Gäste herabsenkte, schaute ich Kit an und spürte, wie mir das Herz schwoll. Da standen wir nun und waren im Begriff, einander das Jawort zu geben. Trotz der vielen Hochzeiten, an denen ich schon teilgenommen hatte, hatte ich mir bis jetzt noch nie klar gemacht, welch machtvolles Zeichen der Hoffnung und der Ermutigung das Ehegelöbnis darstellte.

«Willst du, Emma Joan Fowler, diesen Mann ...»

«Ja», antwortete ich mit kräftiger, klarer Stimme. Ja, ich will – ich will es, mit ganzem Herzen. Ich will diesen Mann, der in Bereiche von mir vorgestoßen ist, von deren Existenz ich nicht einmal wusste, und der nicht weggelaufen ist, ganz gleich, was er dort entdeckt hat. Ich will bei ihm bleiben, so wie er bei mir geblieben ist. Ich will.

Als Kit meine Hand nahm, um mir den Ring über den Finger zu streifen, erschauerte ich von seiner Berührung. Die Römer haben geglaubt, es gebe eine unmittelbare Verbindung zwischen dem Ringfinger und dem Herzen, mein Ringfinger aber stand anscheinend mit meinem ganzen Körper in Verbindung: mit Herz, Brüsten und der empfindlichen Stelle zwischen meinen Beinen. Als ich seine Hand nahm und ihm den Ring überstreifte, den Jane mir reichte, spürte ich, dass er sie mir darbot, so wie er an jenem Abend im Hotel seinen ganzen Körper dargeboten hatte, voller Vertrauen und Offenheit. Zärtlich hob Kit den weißen Spitzenschleier von meinem Gesicht, neigte den Kopf und küsste meine emporgewandten Lippen. Zärtlichkeit und Erregung wallten in mir auf: Ich bin dein, dachte ich, ich gebe mich in deine Hände, und es steht dir frei, mich mit anderen zu teilen oder mich ganz für dich zu behalten. Jetzt gehöre ich meinem Mann.

Ich fühlte mich ein wenig benommen, als wir Hand in Hand wieder zum Deck hochstiegen. Einige Touristen, denen der Zutritt zum Schiff verwehrt wurde, klatschten, als sie uns sahen, und ich winkte zurück und dachte, wie seltsam es doch sei, dafür beklatscht zu werden, dass wir einander so glücklich machten. Als die Gäste uns umdrängten und gratulierten, blieb mir nichts anderes übrig, als mit einem idiotischen Grinsen ständig «Danke, danke» zu wiederholen, ganz gleich, wer mich ansprach. Kit erging es offenbar ganz ähnlich, denn er drückte mir so fest die Hand, als wolle er mich nie wieder loslassen, und nickte in einem fort mit einem seligen Lächeln auf den Lippen. Zum Glück hatte Robin alles im Griff und stellte uns gemäß Janes lautstarken Anweisungen für die Fotos auf. Mein Schleier flatterte im Wind, doch sie meinte, das sei nicht schlimm. «Das macht die Fotos interessanter!», rief sie.

In diesem Moment hob der Wind einer der Tanten den Hut vom Kopf; er segelte empor, verfehlte auf wunderbare Weise jedes im Weg befindliche Tau und landete auf dem Wasser. Die Schwäne stürzten sich auf den vermeintlichen Störenfried, und als er kein Lebenszeichen von sich gab, umkreisten sie ihn wachsam. Die Tante nahm es auf die leichte Schulter. «Ich hoffe nur, sie fressen nicht die Plastikkirschen», seufzte sie. «Wenn der Schwan erstickt, werd ich dann eingelocht?»

Kits Mutter, die ich bei Eleanors Hochzeit nur flüchtig kennen gelernt hatte, schüttelte mir mit warmem, festem Griff die Hand. «Glückwunsch, meine Liebe», sagte sie mit ihrer lauten Stimme, «ich glaube, ihr werdet sehr glücklich miteinander werden. Aber lauft nicht gleich weg und fangt an, Babys zu machen!» Ich versicherte, wir hätten nichts dergleichen vor. «Das freut mich zu hören», sagte sie, «denn dann würdet ihr wirklich was versäumen.» Sie drückte uns zwei kleine, schwere Päckchen in die Hände. «Danke», sagte ich, dann entfernten wir das Geschenkpapier. Ich spürte etwas Kantiges und hörte, wie Kit etwas fallen ließ, das klirrend auf dem Deck aufprallte. Es waren Schlüssel – zwei Motorradzündschlüssel. Als ich verdutzt hochschaute, wies Kits Mutter mit dem Kinn zum Ufer. Auf den grauen Steinplatten funkelten zwei rot und silber lackierte Ducatis.

Ich war sprachlos. Kit ebenso, denn er stammelte nur: «Mutter! Ich ...» Verwundert rissen wir die Augen auf.

«Na ja», meinte sie wegwerfend, «ich hab mir halt gedacht, ein Speiseservice wär nicht das Richtige für euch.»

«Danke», sagte ich mit zusammengeschnürter Kehle. Es würde klappen, ich wusste es. Sogar Kits Mutter wusste, dass wir unser Singledasein nicht aufgaben, um ein konventionelles Paar zu werden. Die beiden funkelnden Motorräder waren ein Symbol für das, was unsere Ehe werden könnte.

Für ein Mahl im Sitzen war nicht genug Platz, deshalb hatte Alex in der Prunkkabine unter Deck ein Buffet aufbauen lassen. Jane hatte ihn bereits bemerkt, was mich nicht verwunderte, und machte eine Bemerkung zum «wundervollen Buffet». Als ich errötete, hob sie die Brauen und murmelte nur: «Ich verstehe: Du hast es dir schon schmecken lassen, hab ich Recht?» Er sah noch hinreißender aus als bei Eleanors Hochzeit, denn er war nicht in Kellneruniform erschienen, sondern trug ein schwarzes Seidenhemd und eine eng geschnittene Hose. Ich musste zugeben, dass die Speisen nicht minder spektakulär waren und dass in dem prachtvollen Raum eine festliche Atmosphäre herrschte.

Als der Hunger der Gäste gestillt war, läutete Robin die an der Wand befestigte Schiffsglocke aus Messing, worauf alle Augen sich auf uns richteten und die Gäste allmählich verstummten. Jane erhob sich. «Da kein Brautvater zugegen ist», hob sie an, «obliegt es mir, die erste Ansprache zu halten. Zunächst aber möchte ich klarstellen, dass ich keinerlei Verantwortung für Emmas Erziehung und ihre Anständigkeit übernehme.» Es wurde gelacht; teilweise klang das Gelächter recht anzüglich. Wäre Jane tatsächlich für meine Moral verantwortlich gewesen, hätte ich in dieser Beziehung wohl noch weniger mit auf den Weg bekommen. Ihre Ansprache war toll, rührend und komisch zugleich. Sie wandte sich an die ganze Zuhörerschaft, nicht nur an meine engsten Freunde. Mit ihrem streng geschnittenen Männeranzug, dem weißen Hemd und der Krawatte wirkte sie erstaunlicherweise durchaus passend gekleidet, als übernehme sie für mich die Rolle des Best Man, so wie Robin es für Kit tat. «Wer Emma so gut kennt wie ich», schloss sie, «der weiß, dass es einen ganz besonderen Mann braucht, um sie glücklich zu machen, und ich habe keinen Zweifel, dass Kit dieser Mann ist. Lasst uns anstoßen: Auf Emma und Kit.»

«Auf Emma und Kit!», riefen die Anwesenden und hoben die Gläser. Jane nahm wieder Platz, und ich drückte ihr die Hand.

Als Nächstes hielt Kit seine Ansprache, und zwar eine für seine Verhältnisse überraschend ernste; dann brachte er den traditionellen Toast auf die Brautjungfern aus – zwei kleine Nichten, die ihre Sache tadellos gemacht hatten, das musste man ihnen lassen. Nun ergriff Robin, der Best Man, das Wort, und Kit und ich wechselten einen besorgten Blick. Üblicherweise schilderte der Best Man auf amüsante Weise, wie Braut und Bräutigam einander kennen gelernt hatten, doch in unserem Fall war sicherlich eine eingehende Überarbeitung angebracht, denn schließlich hatten wir es mit einem Familienpublikum zu tun. «Das wird schon klargehen», flüsterte Kit mir zu. «Robin würde Sarah niemals in Verlegenheit bringen.» Und tatsächlich beanspruchte er die Ehre für sich, uns einander vorgestellt zu haben, ohne die Umstände unserer ersten Begegnung zu erwähnen. Weiter hinten im Publikum bemerkte ich Cassandra, die mittlerweile ein umwerfendes Kleid mit Zebramuster trug und mich angrinste. «Es wird Emma sicherlich nicht wundern», sagte Robin gerade, «dass Kits Ruf in der Vergangenheit», er dehnte die Pause lange genug, um dem Gelächter Raum zu geben, «durchwachsen war. Hätte man mich bei meiner Hochzeit gebeten, diejenigen Gäste zu benennen, die als nächste den Ehebund schließen würden, wäre mir Kits Name nicht über die Lippen gekommen. Fakt ist», sagte er, während Kits Freunde unverhohlen kicherten, «ich hätte wahrscheinlich hundert Pfund darauf gewettet, dass ich eher eine Rede als Vater halten würde denn als Kits Best Man.» Voller Stolz zeigte er auf Sarahs merklich gewölbten Bauch, worauf diese errötete. «Aber», fuhr Robin fort, «niemanden freut es mehr als mich, dass ich diesmal falsch gelegen habe. Kit, in Emma hast du eine Ebenbürtige gefunden. Bitte schließ dich meinem ungewöhnlichen Trinkspruch an: Auf die Liebe, die uns immer wieder in Erstaunen versetzt.»

Kit und ich konnten mit der Lücke zwischen Mittagessen und Abendparty nichts anfangen, deshalb hatten wir Cassandra gebeten, mit ihrer Band zum Tee aufzuspielen. Noch während der letzte Trinkspruch in angeregtem Geplauder verklang, stimmten sie eine muntere Version des «Elevator Boogie» an, und Kit und ich betraten als Erste die Tanzfläche. Mir war klar, dass ich in dem Kleid nicht zwanglos würde tanzen können, doch das machte mir nichts aus; ich legte mir die Schleppe über den Arm, und Kit führte mich genau wie bei unserer ersten Begegnung. Ich kam meiner Brautpflicht nach, tanzte mit jedem, der mich aufforderte, und schwelgte in der Bewunderung, die ich mit all der weißen Spitze und den Perlen hervorrief. Kit verteilte seine Gunst ebenso freigebig wie ich, und ich beobachtete mit Vergnügen, wie er sich anmutig zur Musik bewegte.

«Das nächste Stück hat, wie ich weiß, eine besondere Bedeutung für Braut und Bräutigam», verkündete Cassandra, «also lasst sie aus sentimentalen Gründen diesen Tanz zusammen tanzen.» Die Gäste machten uns Platz, und als Kit mich in die Arme schloss und die Musik einsetzte, schoss mir das Blut in die Wangen. «Summertime», sang Cassandra und warf uns einen viel sagenden Blick zu, «and the living is easy ...» Ich barg das Gesicht an Kits Brust und hoffte, niemand werde mein gerötetes Gesicht bemerken. Kit wusste, was in mir vorging, schloss mich fest in die Arme und küsste mich dort, wo der Schleier endete, aufs Haar. Als ich einen Druck an meinem Bauch verspürte, wusste ich, dass auch er an unsere erste leidenschaftliche Begegnung dachte.

Ich genoss das ganze Drumherum, die kleinen, formellen Berührungen und das herzerwärmende Gefühl, von unseren Lieben umgeben zu sein. Ich freute mich bereits auf den Moment, da Kit und ich endlich allein sein würden, doch damit hatte es keine Eile; dies war unser großer Tag, und ich wollte das Beste daraus machen, ihn bis zur Neige auskosten und jeden einzelnen Augenblick genießen. Die Band machte eine Pause, und Jane zog mich und Kit an Deck. «Ich würde euch gern auf euren neuen Motorrädern fotografieren», sagte sie.

«In dem Kleid?», fragte ich ungläubig.

«Genau», sagte sie und schob uns mit sanfter Gewalt über die Gangway. «Das macht nämlich ein originelles Foto aus.» Folgsam setzten Kit und ich uns auf die Motorräder und lächelten in die Kamera. Obwohl ich wusste, dass seine Mutter Benzin im Blut hatte, konnte ich noch immer nicht recht glauben, dass die Motorräder uns gehörten. «Wunderschön», flüsterte Jane, in einem fort den Auslöser drückend, «nichts als weiße Spitze und funkelnder roter Stahl.»

Kit lächelte mich an. «Eine Ducati, wie?», murmelte er. «Soll ich mich mal hinter dich setzen?» Sein Blick sagte alles: Auch er dachte an den Parkplatz am Meer. Als ich mir vorstellte, Kit schlage mir die Schleppe über den Kopf und ficke mich an Ort und Stelle auf dem Motorrad, erschauerte ich. «Später», flüsterte er.

Wir kehrten zu unseren Gästen zurück, doch mittlerweile brannte ich vor Erwartung. Jedes Mal, wenn Kit mich ansah, sah ich in seinem Gesicht das Versprechen der Hochzeitsnacht. Eine Jungfrau, welche die erste Berührung ihres Bräutigams erwartete, hätte nicht gespannter sein können. Das war auch der Grund, weshalb ich mir so sicher war, dass es richtig gewesen war, Kit zu heiraten: Immer wenn wir uns liebten, war etwas Neues dabei. Wir waren bereit, Neuland zu betreten. Obwohl wir einander besser kannten als viele Paare, die bereits goldene Hochzeit feierten, wusste ich, dass ich heute Nacht auf ganz neue und spektakuläre Weise entjungfert werden würde.

Die Hochzeitsnacht

Als wir uns winkend von den letzten Gästen verabschiedeten, hatte sich die Nacht auf den Fluss herabgesenkt, und über uns hob sich die Takelage als schwarze Silhouette vom Sternenhimmel ab. Wir waren allein an Deck und genossen nach dem Rummel der Feierlichkeiten die Stille. Als wir zum Schiffsbug blickten und ich die breite Themse betrachtete, die dem Meer entgegenströmte, hatte ich tatsächlich das Gefühl, wir stünden am Anfang einer Reise.

Kit neigte den Kopf und gab mir einen leidenschaftlichen Kuss, der meinen ganzen Körper wärmte. Plötzlich ertönte lautes Gegröle: Am Ufer kam eine Gruppe Betrunkener vorbei, die uns applaudierten. Wir boten ihnen bestimmt einen eindrucksvollen Anblick, Braut und Bräutigam in Hochzeitskleidern, die sich auf einem pittoresken alten Schiff küssten. Wir verneigten uns spöttisch, dann hob Kit mich hoch und trug mich unter neuerlichem Jubel und begleitet von derben Scherzen unter Deck. Wir, das frisch getraute Paar in der Hochzeitsnacht, waren zur Pointe aller möglichen schmutzigen Witze geworden. Doch gerade darum drehte es sich im Grunde bei jeder Hochzeit, nämlich um den Moment, da der Bräutigam die Braut in sein Haus trägt und sie aufs Bett legt, um sie zu seiner Frau zu machen.

Kit drückte die kleine Eichentür mit dem Fuß auf, bugsierte mich vorsichtig durch den schmalen Durchgang und schob die Tür hinter uns mit dem Fuß wieder zu. Vor uns stand ein klassisches Himmelbett mit Vorhängen aus weißem Musselin; der Raum war der Inbegriff des Hochzeitsgemachs. Vielleicht wurden Bräute schon seit Hunderten von Jahren auf die gleiche Weise wie ich hier hereingetragen. Kit küsste mich zärtlich, dann warf er mich aufs Bett.

Ich lag auf dem Rücken, die Schleppe um mich ausgebreitet, und er legte sich sogleich auf mich, offenbar erregt vom Anblick seiner Braut, die auf dem Hochzeitsbett ihren Gemahl erwartete. Er streichelte mir über die Brüste und knetete sie, bis mich die kleinen Perlen zwickten und ich zusammenzuckte. Er fasste mich bei den Handgelenken und drückte sie über meinen Kopf hoch, schob die andere Hand unter die zahlreichen Schichten des Kleids und des Unterrocks. Fordernd streifte er mit der flachen Hand über meine Beine bis zum Rand der Strümpfe und ließ den Strumpfhalter gegen meinen Schenkel klatschen, dann wanderte die Hand weiter über meine nackte Haut bis zum weißen Spitzenhöschen, das bereits feucht wurde.

Durch den Stoff hindurch streichelte er mir die Möse; offenbar genoss er die Berührung des zarten Gewebes. Stöhnend versuchte ich, das Becken seiner Hand entgegenzustemmen, doch er lag auf mir, außerdem wurde ich durch das Kleid behindert. «Das ist nicht sehr jungfrauenhaft», meinte er leise. «Möchtest du etwa, dass dich dein Mann für ein lockeres Weibsstück hält? Beweg dich nicht und warte, bis er dir sagt, was du tun sollst.» Folgsam lag ich still und öffnete lediglich ein wenig die Beine, damit er mich leichter berühren konnte. Er schob einen Finger unter den Slip und streichelte über meine schlüpfrige Möse. «So ist's gut», murmelte er. «Du hast noch keinen Schwanz da drin gehabt, stimmt's? Vielleicht hat dich noch nicht mal jemand dort angefasst – jedenfalls kein Mann. Deine Freundinnen konnten deiner süßen kleinen Muschi aber bestimmt nicht widerstehen, hab ich Recht?»

«Das stimmt», ging ich auf Kits Spiel ein. «Ich hab meine Freundin gefragt, was in der Hochzeitsnacht wohl passieren würde, und da hat sie mir einen Finger reingesteckt und mich so merkwürdig angefasst. Da wurde mir innen drin ganz kribbelig.»

«Und hat sie dich auch geküsst?», fragte Kit und schob mir den Finger in die Möse, dehnte sie, als bereite er mich auf das erste Eindringen eines männlichen Glieds vor.

«Ja», antwortete ich flüsternd und dachte an Janes Mund an meinem Geschlecht. «Ja, sie hat mich überall geleckt, bis ich meinte, vor Lust zu sterben.»

Mit jäher Leidenschaft packte Kit die Schleppe und warf sie mir übers Gesicht, sodass ich nichts mehr sah. Ich spürte, wie er mir den Slip herunterstreifte und die Beine spreizte.

Ich konnte mir gut vorstellen, wie erregend der Anblick auf ihn wirken musste: das Gesicht bedeckt, aber die Möse über den weißen Strümpfen und den weißen Satinschuhen entblößt. Als er mir die Zunge tief hineinsteckte und gleichzeitig die Finger über den schlüpfrigen Knubbel des Kitzlers tanzen ließ, rief ich erregt: «Ja, ja, das ist gut!» Ich spürte nur Kits Mund, seine Hände und Unmengen von Seide an Gesicht und Beinen. Ich ertrank in einem Meer sinnlicher Berührungen.

Kit zog die Zunge aus mir heraus, dann spürte ich seine heiße, glatte Eichel an den inneren Schamlippen. Wie hätte es sich wohl angefühlt, wenn ich tatsächlich noch Jungfrau gewesen wäre und ich nichts von alledem mitbekommen hätte, weil das Kleid mein Gesicht bedeckte? «Oh», rief ich meiner Rolle gemäß aus, «was ist das? Was machst du mit mir?» Das schien Kits Leidenschaft noch weiter anzufachen.

«Das macht ein Mann eben mit seiner Frau», flüsterte er, «so wird das Mädchen zur Frau.» Mit einer einzigen Bewegung versenkte er seinen Schwanz tief in meinem Inneren. Ich hatte den Eindruck, er strahle etwas Archaisches aus, die uralte Freude an Eroberung und Unterwerfung, und ein tief in mir verborgener Instinkt machte sich mit lautem Stöhnen Luft. Jetzt war ich sein, nicht nur seine rechtmäßig angetraute Ehefrau, sondern auch sein körperlicher Besitz, und mein Körper hieß ihn tief in sich willkommen. Sein Schaft glitt rein und raus, unsere Hüften klatschten gegeneinander, wenn er ihn bis zum Anschlag in mir versenkte, und bei jedem rhythmischen Stoß rieb sich mein Kitzler an ihm. Kit legte mir die Hände auf die Beine, drückte sie noch weiter auseinander, und da wusste ich, dass er beobachtete, wie sein Schwanz besitzergreifend in mich eindrang. Tief in mir setzten die ersten Wellen der Erlösung ein, und als ich kam, schrie ich seinen Namen hinaus, während Kits Stöße immer heftiger wurden und auch er sich in mir ergoss.

Als er auf mir erschlaffte, zog Kit das Kleid von meinem Gesicht und küsste mich liebevoll. Minutenlang lagen wir reglos beieinander und hielten einander fest umschlungen, dann setzten wir uns auf. Am Fußende des Betts stand ein Stativ mit einer Kamera, deren Objektiv auf uns gerichtet war, und daneben saß Jane und beobachtete uns mit unverhohlenem Interesse. «Tja», sagte sie, «jetzt verstehe ich, was du an ihm hast.» Ich war baff.

«Du hast doch nichts dagegen, oder?», fragte Kit. «Ich hab mir gedacht, du würdest dich vielleicht über Hochzeitsfotos freuen, die ... etwas persönlicher sind. Du siehst scharf aus mit weißen Strümpfen und ohne Höschen.»

Ich fühlte mich überrumpelt, musste aber zugeben, dass ich es erregend fand, beim Sex fotografiert zu werden. Schließlich gab es kaum etwas an mir, das Jane nicht schon kannte, sowohl im Alltag als auch in körperlicher Hinsicht. «Nur zu», sagte ich mit erwartungsvoll pochender Möse.

«Wie wäre es», meinte Kit leichthin, «wenn ich ein paar Fotos machen würde?» Ich sah Jane an, denn ich war mir nicht sicher, ob sie ihn verstanden hatte, doch das hatte sie offenbar.

«Gern», sagte sie, dann tauschten sie wie bei einer Dinnerparty die Plätze. Irgendwie war es passend, wir beide auf dem Bett, Jane im Anzug und ich im Hochzeitskleid. Kit setzte sich auf den Stuhl, auf dem zuvor Jane gewesen war, und nahm den Fernauslöser in die Hand.

Auf einmal machte es mich verlegen, dass Kit uns zusah. Es war eine Sache, mit Jane allein herumzumachen, aber vor Publikum hatte ich es noch nie getan. Offenbar spürte sie meine Nervosität, denn sie übernahm die Initiative, fasste mir ans Kinn und hob es an, dann küsste sie mich mitten auf den Mund. Ich schloss die Augen und gab mich ganz der Empfindung hin, der ungewohnten Sanftheit ihres Kusses und der Leichtigkeit, mit der ihre Zunge über meine spielte. Unwillkürlich fasste ich ihr unters Jackett und betastete durchs Baumwollhemd hindurch die Wölbung ihrer Brüste. Als ich die Augen wieder öffnete, um ihr das Hemd aufzuknöpfen, sah ich Kits fasziniertes, erregtes Gesicht. Als ich Jane die Krawatte löste, sie beiseite warf und ihr das Hemd aufknöpfte, achtete ich darauf, dass Kit und die Kamera alles mitbekamen. Dass ich vor einer Kamera agierte, bewirkte, dass ich mir ordinär vorkam, wie ein Pornostar. Ich zog Janes Hemd weit auf, vergrub das Gesicht zwischen ihren Brüsten und fuhr mit der

Zunge über ihre üppigen Rundungen, was ihr ein Stöhnen entlockte.

Ich trug noch immer das Spitzenoberteil, entkleidete Jane aber so rasch ich konnte, streifte ihr die Hose ab und befreite sie von Jackett und Hemd. Nur mit der Unterwäsche bekleidet legte sie sich zurück, und nun war es an mir, die Initiative zu übernehmen. Mit dem Mund erkundete ich ihre Brüste, die glatt rasierten, weichen Achselhöhlen und ihren flachen Bauch. Ich löste ihren BH so geschickt, wie nur wenige Männer es verstehen, und ihre Brüste sprangen heraus und teilten sich, die dunklen Brustwarzen bereits steif vor Erregung. Noch nie zuvor hatte ich einen Frauenkörper so eingehend erforscht und über seine wohl vertraute Einzigartigkeit gestaunt. Bei jeder einzelnen Berührung meiner Zunge oder der Fingerspitzen wusste ich genau, was Jane dabei empfand. Ich streifte mit meinen Brüsten über die ihren, wohl wissend, welch köstliches Gefühl die harten Perlen an ihrer zarten Haut auslösen würden.

Der Moschusduft ihrer Möse stieg mir in die Nase, und meine Finger wanderten unter ihren Stringtanga, glitten weich in ihre feuchte Spalte. Während ich mich mit dem Daumen am Kitzler zu schaffen machte, leckte ich im gleichen Rhythmus ihre Brustwarze, bis sie vor Lust laut aufschrie. Ich achtete darauf, dass wir seitlich zur Kamera lagen, damit Kit alles mitbekam. Die Beule in seiner Hose verriet, welch großes Vergnügen es ihm bereitete, doch er sagte kein Wort, sondern betätigte lediglich alle paar Sekunden den Auslöser. Ich wollte ihn so scharf machen, dass er sich nicht mehr zu helfen wüsste und sich wie ein Tier auf mich würfe, doch ich wollte Jane auch mit Hand und Zunge zum Orgasmus bringen, so wie sie es bei mir im Anprobezimmer getan hatte. Ich streifte ihr den Slip ab und vergrub das Gesicht in ihrer Möse, hob ihr rechtes

Knie an, sodass ihre Ritze für die Kamera einsehbar war. Wie eine reife Frucht hob ich ihr Becken an meinen Mund, spreizte mit den Daumen weit die Schamlippen und steckte die Zunge tief in sie hinein, während sie mir die Hüften entgegenschob. Mit den Lippen zupfte ich an ihrem Kitzler, saugte ihn wie eine Brustwarze und steckte ihr tief einen Finger hinein, bewegte ihn an der empfindlichsten Stelle, bis sie sich vor Erregung wand.

Sie drehte sich auf dem Bett herum, sodass ihr Gesicht zwischen meinen Beinen zu liegen kam und unter dem Seidenrock verschwand. Während ich ihre bebende Spalte leckte, spürte ich, wie ihre Zunge nach meiner Möse tastete und die gleiche lustvolle Tätigkeit aufnahm. Das berauschende Gefühl war nahezu unerträglich; jeder Zungenschlag und jede Bewegung meines Fingers fand in meiner Möse Antwort, nicht nur in der Vorstellung, sondern ganz real. Wir bereiteten uns gegenseitig Lust, und unser stetig wachsendes Verlangen trieb uns dem gemeinsamen Höhepunkt entgegen. Als ich spürte, wie Kit den Rock beiseite schob und mein Hinterteil entblößte, dachte ich mir nichts weiter dabei, sondern nahm an, er tue dies für die Kamera. Als die erste Welle des Orgasmus brach, spürte ich jedoch, wie er seinen Schwanz in meiner zuckenden Möse versenkte und mit seinem heißen Schaft ausfüllte, während mir Janes Zunge, die mir unaufhörlich den Kitzler leckte, den Rest gab. Ich hatte ihn so scharf gemacht, dass er sich nicht mehr beherrschen konnte, doch nun war es mir egal; alles, was zählte, waren die intensiven Empfindungen, die meinen Körper erbeben ließen. Jane wurde ebenfalls von einem heftigen Höhepunkt überwältigt und zuckte unter mir. Kit krallte die Finger in meine Hüften und drückte mich seinen Stößen entgegen, schien sich aber noch zurückzuhalten. Als mein Orgasmus verebbte, wurde er langsamer, zog sich aber nicht aus mir zurück. Jane wälzte sich zur Seite und schaute uns zu.

Als er die Hand ausstreckte, meinte ich, er wolle sich am Bettpfosten abstützen, doch stattdessen erklang ein Glöckchen: Er hatte einen kleinen Seilzug betätigt, der an der Wand befestigt war. «Zimmerservice», meinte er. «Ich glaube, wir könnten einen Drink brauchen.» Ich machte Anstalten, mich herumzudrehen oder zumindest meinen nackten Hintern zu bedecken, er aber packte mich und hielt mich fest. «Nicht bewegen», befahl er mir.

«Aber ...» Als ich einwenden wollte, gleich werde jemand hereinkommen, schlug er mir mit der flachen Hand auf die Flanke.

«Meinst du etwa, die hätten noch kein frisch verheiratetes Paar gesehen?», sagte Kit. Jane lag nackt auf dem Bett; offenbar machte es ihr nichts aus, in diesem Zustand von einem Angestellten gesehen zu werden. Ich hörte, wie die Tür aufging, und senkte, vom Schwanz meines Mannes gepfählt, beschämt den Kopf.

«Der Champagner, Sir», sagte eine Stimme, die mir irgendwie bekannt vorkam.

«Danke», sagte Kit. «Würden Sie uns bitte einschenken? Wie Sie sehen, sind wir gerade beschäftigt.» Der Korken knallte, dann vernahm ich das Geräusch des Einschenkens, während Kit mich unverändert festhielt. «Danke», sagte er. «Hätten Sie vielleicht Lust, bei uns mitzumachen?» Wen forderte Kit da so nonchalant zum Bleiben auf? Ich verrenkte mir den Kopf, konnte den Mann aber immer noch nicht sehen.

«Es wäre mir ein Vergnügen», antwortete die vertraut klingende Stimme, dann nahm Alex auf der Bettkante Platz und zog Schuhe und Socken aus.

Jane half Alex bereitwillig beim Entkleiden und leckte

mit ihrer kleinen, rosigen Zunge über seine unbehaarte, schokoladenbraune Brust, als sie ihm das Hemd abstreifte. Während wir beobachteten, wie er sich aufs weiße Laken legte und Jane Mund und Finger über seinen schlanken Körper wandern ließ, wurde ich abermals scharf, und meine Möse zog sich um Kits Schwanz zusammen. Seine Stöße nahm er jedoch nicht wieder auf, sondern glitt aus mir heraus und hakte mir hinten das Kleid auf. Als er mir den Stoff über den Kopf streifte, war ich endlich aus dem beengenden Stäbchenkorsett befreit. Anschließend entkleidete er sich eilig, und dann waren wir alle nackt.

Jane nahm Alex' langen, glatten Schwanz in den Mund, bewegte die rot geschminkten Lippen daran auf und ab, bis der Schaft von ihrem Speichel glänzte. Ihr blondes Haar hing ihm auf den Bauch, und ihre scharlachroten Fingernägel kratzten über seine Brust. In ihrem Mund schwoll er an, bewegte sich aber nicht, sondern lag einfach nur da und schaute zu, wie sein Steifer zwischen ihren Lippen verschwand. «Dreh den Arsch rum», forderte er sie auf, worauf Jane sich so drehte, dass ihre Möse unmittelbar vor Alex' Mund platziert wurde. Als Alex die Zunge zwischen Janes Schamlippen versenkte, wusste ich genau, was er fühlte und wie es schmeckte. Während er seinen Mund kundig über ihre Möse bewegte, begann sie zu stöhnen und rieb sich an seinem Gesicht.

Kit stand hinter mir und liebkoste mich freizügig, während er dem Paar auf dem Bett zusah und gelegentlich am Champagner nippte. Er langte hinter sich in den Sektkübel, nahm einen Eiswürfel heraus und rieb mir damit über die nackten Brüste, während er mich festhielt. Ich schnappte nach Luft, als die Kälte meine Haut zum Brennen brachte und die Brustwarzen steif werden ließ. Das Eis wanderte über meinen Bauch zum Kitzler; das Gefühl war beinahe unerträglich intensiv. Dann steckte Kit sich den Eiswürfel in den Mund, gesellte sich zu Alex und Jane, schob Janes Kopf beiseite und stülpte seinen Mund über Alex' Ständer. Alex' Hüftzuckungen verrieten, dass er die Kälte an seinem Schwanz ebenso intensiv empfand wie ich zuvor an der Möse.

Jane setzte sich auf und streckte die Arme nach mir aus, die feuchte Muschi noch immer an Alex' weichen Mund gedrückt. Ich umarmte sie, küsste sie leidenschaftlich und streichelte ihr die Brüste, zwickte sie in die Nippel, bis sie laut stöhnte. Sie streichelte ihrerseits meine Brustwarzen, dann ließ sie die Finger zu meiner Ritze hinunterwandern und liebkoste sie zärtlich. Als Kit an meinen Hüften zog, hielt ich dagegen und bemühte mich, mit Janes sinnlichen Lippen und ihren zärtlichen Fingern in Kontakt zu bleiben, doch er war zu stark, und ich rutschte auf dem Bett nach hinten. Er hob mich an den Hüften hoch und setzte mich so auf Alex, dass der Schwanz des jungen Mannes an mein Loch stieß.

Ich ließ mich nicht zweimal bitten: Vom Zusehen war ich schon ganz feucht und verlangte danach, einen dicken Schwanz in mir zu spüren. Ich nahm ihn tief in mich auf, stülpte mich über ihn und schaukelte auf den Fersen, sodass er rein- und rausglitt. Jane beugte sich auf allen vieren vor und küsste mich wieder, ihr weicher Mund ein köstlicher Kontrapunkt zu Alex' hartem Glied. Ich rieb mich an ihm, sodass sein Schwanz die verborgensten Stellen erreichte und mein Kitzler gegen seine Lenden knallte. Alex und Jane hatten mir inzwischen beide an die Brüste gefasst, seine starken und ihre weicheren Hände kneteten und kniffen mich und sandten Lustwellen durch meinen Körper. Alex platzierte einen Finger an meinem Kitzler, und ich stieß leise stöhnend den Unterleib dagegen. Als ich mich zurückbog und die Brüste nach vorn streckte, nahm Jane einen Nippel in den Mund und saugte fest daran, beknabberte ihn mit ihren kleinen Zähnen.

Kit war jetzt hinter mir und küsste mich auf den Nacken, während sein Steifer gegen meinen Hintern drückte. Ich hob die Arme, damit er mir mit den Händen über die Flanken streicheln konnte, über die Brüste, den Bauch und um die Hüfte. Von drei Personen liebkost, war ich beinahe zu erregt, um zu kommen, und hatte eine solche Stufe der Empfindsamkeit erreicht, dass ich mir nurmehr der Empfindungen des Augenblicks bewusst war. Kit stützte sich schwer auf meinen Rücken und presste mich auf Alex' Brust nieder, und gleichzeitig umfasste er meine Handgelenke und drückte sie Alex in die Hand, der sie festhielt. Abermals rieb sich Kits Schwanz an meinem Arsch, glitt über die feuchte Stelle, an der Alex' Steifer mich rammte. Es war, als suche er nach den schlüpfrigen Säften, reibe sich damit ein. Dann spürte ich ihn an der runzligen Öffnung meines Arschlochs und versteifte mich, als mir Kits Absicht klar wurde.

Er hielt inne. «Willst du es?», flüsterte er mir ins Ohr, und ich nickte. Ich wollte es, wünschte mir mehr als alles andere, zweifach genommen, von beiden Schwänzen gleichzeitig durchbohrt zu werden, voneinander nur durch ein zartes Häutchen getrennt. Mit gespreizten Beinen vor ihm kniend wappnete ich mich, dann schob Kit seinen Schwanz durch die enge Öffnung. Er musste ihn mir ohne spezielles Gleitmittel hineinschieben, und ein scharfer Schmerz flammte in meinem Hintern auf, als er meine Abwehr durchbrach. An den Armen von Alex festgehalten und von Kits Gewicht niedergedrückt, konnte ich mich nicht rühren; mir blieb nichts anderes übrig, als den Muskelring so weit wie möglich zu entspannen, und als er seinen Schwanz in mich hineinschob, spürte ich, wie ich von diesen beiden Männern gedehnt und bis zum Zerreißen ausgefüllt wurde. Während ihre Schwänze sich in mir aneinander rieben, braute sich tief in mir der gewaltigste Orgasmus meines Lebens zusammen und ließ mich am ganzen Leib erbeben. Alle Unterscheidungen zwischen Innen und Außen, Lust und Schmerz schmolzen dahin, verbrannt in der Glut purer Leidenschaft.

Während Kit und Alex, von meiner Raserei und der Nähe des fremden Schwanzes erregt, immer schneller in mich hineinstießen, trug mich mein Orgasmus immer weiter und weiter, flaute zwischendurch ein wenig ab und erreichte dann einen neuen Höhepunkt. Ob durch Alex' Zunge oder aufgrund des Anblicks, den ich zwischen den beiden Männern bot, gelangte jedenfalls auch Jane zum Höhepunkt. Gleich darauf spürte ich, wie beide Männer bebend vor Lust kurz hintereinander in mich hineinspritzten.

Ich weiß nicht mehr, wann Jane und Alex sich entfernten, aber ich weiß noch, dass ich mit Kit allein war, als ich im Hochzeitsbett erwachte. Die Kamera und den Champagner hatten sie dagelassen. Wie gewöhnlich schlief er noch, und ich lauschte auf die gegen die Bordwand klatschenden Wellen und die Schreie der Möwen und stellte mir vor, wir lägen irgendwo in der Südsee vor Anker. Unsere Entdeckungsreise stand gerade erst am Anfang. Schon bald würde Kit sich regen, und dann würden wir aufstehen und auf unseren neuen Motorrädern losfahren, um die Flitterwochen auf den steilen, kurvenreichen Bergstraßen des Kontinents zu verleben. Am höchsten Punkt einer jeden Passstraße würde sich eine neue Landschaft vor uns ausbreiten, voller Versprechen und unbekannter Freuden. Unsere Möglichkeiten waren grenzenlos. Ich betrachtete sein schlafendes Gesicht, die leicht geteilten vollen Lippen und die entspannte, von einem seidigen Pony bedeckte Stirn und dachte mit einem zufriedenen Lächeln: Das ist mein Mann.